清朝的皇帝

高陽 著

一 開國雄主

經典新版

目錄

(一)開國雄主

一、皇帝的種種

清朝自康熙年間發生奪嫡的糾紛以後，不建儲位，成爲定制；從而又建立了立賢不立長的制度。因此，每一個皇子，都可能是未來的皇帝；也因此，皇帝的種種，須從出生寫起。

關於妃嬪召幸，有好些有趣而不經的傳說：既屬不經，雖然有趣，我亦不便介紹。不過，皇后及有位號的妃嬪，各有固定的住所；皇帝某日宿於某處，或召某妃嬪至某處共度良宵，作爲太監最高辦事機構的「敬事房」必然「記檔」，因而當妃嬪發覺懷孕時，可以查得受孕的日期。

妃嬪一證實懷了孕，自有太醫院的御醫定期「請喜脈」，服安胎藥；到得將次足月時，內務府就要「傳婦差」了。首先是選「奶口」；其次是找穩婆，都由「上三旗包衣」的妻子中選取。

出生以後，由敬事房通知內務府記入「玉牒」。所謂「玉牒」者，即是皇室的家譜；愛新覺羅氏大別爲兩類；凡是太祖的子孫稱「家室」；太祖兄弟的子孫稱「覺羅」。腰帶分黃、紅兩種，所以俗稱家室爲「黃帶子」；覺羅爲「紅帶子」。玉牒的封面，亦如其色，家室是黃色封面，覺羅是紅色封面，不妨稱之爲黃簿、紅簿。

皇子皇女當然記入黃簿，主要內容是性別、生母名氏、位號、第幾胎、出生年月日時，還有收生穩婆的姓氏，以便出糾紛時，可以追查。

然後是命名，時間早晚不一，有些出生未幾，即行夭折，既無名氏，亦未收入玉牒敘排行的，在康熙年間是常有之事。命名之制，至康熙皇長子胤禔出生，始有明文規定，上一字用

「胤」；下一字用「示」字旁，由內閣選定偏僻之字，奏請硃筆圈定。需用偏僻字者，因為此皇子將來可能成為皇帝，便於臣民避諱。自康熙朝以後，命名字派如下：

一、雍正：上「胤」、下「示」字旁。

二、乾隆：上「弘」、下「日」字旁。

三、嘉慶：上「顒」、下「玉」字旁。

四、道光：上「綿」、下「豎心」旁。

五、咸豐：上「奕」、下「言」字旁。

六、同治：上「載」、下「三點水」旁。

七、光緒：同上。

八、宣統：上「溥」、下「人」字旁。

至道光以後，有一不成文的規定，非帝系命名下一字，不用特定的偏旁。由此可知慶王奕劻之子載振與同治、光緒為兄弟，但不同祖；溥儒與溥儀為兄弟，且皆為道光的曾孫——我請讀者注意皇室的制度，就因為在細節上亦能顯示若干情況；自有助對清朝皇帝的深入瞭解。

皇子一到六歲，開始上學。讀書之處名為「上書房」，在乾清門右面，書房很大，除皇子外，近支親郡王之子，亦在此上學。上書房設「總師傅」一人，特簡翰林出身的大學士或尚書充任；「師傅」若干人，亦非翰林不得任此差。入學時，皇子向師傅一揖，師傅立受。

除讀漢文以外，皇子尚須學習「清書」；又稱「國語」，即是滿洲語文；教清書及騎射的都是滿員，稱爲「諳達」或「俺答」，皆爲滿洲話的音譯。滿洲人管西席叫「教書匠」，所以對諳達的禮數遠不及對師傅。不過教騎射特簡一二品滿員爲「壓馬大臣」，等於諳達的首腦，主要的職司是負責習騎射時的安全措施。

清朝對皇子教育，頗爲看重；除特派近支親貴「稽查上書房」以外，皇帝萬歲之暇，亦常至上書房巡視，或出題考課；有獎有罰。所以清朝的皇子，一旦接奉大統，都能親裁奏摺。而盡心啓迪的師傅，遇到得意門生而爲天子，不但一世尊榮，而且會蔭及子孫。因爲皇帝爲報答師門，對受業師傅的子孫，每每特加青眼。

由此可知，在上書房當師傅，必然希望自己的學生是皇位的繼承者；甚至爲學生設計，取得皇位。如杜受田之與咸豐，就是一個很有名的故事。

道光末年，杜受田入值上書房；皇子受學者爲文宗行四；惇王行五；恭王行六；醇王行七。文宗居長，且爲孝全成皇后所出，大位有歸，自不待言；但文宗兄弟中，資質以皇六子奕訢爲最佳，亦最得宣宗鍾愛；因而不斷在考慮，是否應該改變初衷，傳位於奕訢？

這種意向，漸漸外露；文宗頗以爲憂。有一年四月間，宣宗攜諸皇子行圍——打獵；駕出前

夕，杜受田問文宗：「四阿哥明天扈從行圍，應有所自見？」

文宗答說：「是的。所以我最近勤練火器。」火器就是洋槍。

「四阿哥錯了！只該立馬靜觀；端槍不動。」

「請問師傅，這有說法嗎？」

「自然。」

杜受田密密教導了一番；文宗心領神會，欣然稱謝。及至到了圍場，他如師傅之教，只靜靜看諸弟，追奔逐北；將一管槍平放在馬鞍上，始終不動。

「你怎麼不下手？」宣宗奇怪地問。

「回阿瑪的話，時值初夏，百獸蕃育，獐兔懷孕的很多；打死了有傷天和。而且，兒子亦不願跟弟弟們在這上頭爭一日之短長。」

宣宗一聽這話，認爲他有人君之度，立即打消了「易儲」的念頭；大爲誇獎，說他是「仁人之心」，又說他「友愛」。凡此反應，都是杜受田預期一定會發生的效果。

文宗對杜受田的恩禮，亦可謂至矣盡矣。他於道光三十年正月即位之初，即有上諭，杜受田賞加太子太保銜；杜父杜堮原任禮部侍郎，年逾八旬，賞頭品頂帶，太子太保銜；杜受田三月由左都御史兼署吏部尙書；五月調刑部尙書；七月加二級。咸豐元年五月升協辦大學士管理禮部事務。

於此，我要順便介紹「入閣拜相」的制度。清朝的內閣，至嘉道以後，形成定制，四大學士兩協辦，大致滿漢各半。由尚書一升協辦，即為「入閣拜相」；稱謂與大學士相同，名為「中堂」。但協辦升大學士容易；而尚書升協辦較難，道理很簡單，大學士缺多，協辦缺少。通常在尚書這個階段，迴翔盤旋，總須十年八年之久，到得調任吏部尚書，方取得升協辦大學士的資格。杜受田於道光二十四年由戶部侍郎升左都，同年十二月升工部尚書，其間因故「奪俸二年」，不計年資；至咸豐元年五月升協辦，實際年資不足五年，且由刑尚晉升，皆非尋常。

咸豐二年四月，杜受田奉命偕恭王的老丈人福州將軍桂良處理江蘇、山東水災以後的河工、漕運等事宜，歿於清江浦；文宗震悼，硃批遺疏云：「憶昔在書齋，日承清誨，銘切五中。自前歲懍承大寶，方冀贊襄帷幄，讜論常聞；詎料永無晤對之期。十七年情懷，付於逝水；嗚呼，卿之不幸實朕之不幸也。」遣詞用字，別具深情；至於恤典之優隆，遠軼常規。以協辦照大學士例賜恤，自不足為奇；入祀賢良祠，亦不算例外，贈太師、謚文正，則非同等閒。更有一事，在漢大臣可謂異數，即靈柩准入京城治喪。

杜受田是山東濱州人，其時因洪楊之亂，迎養老父，住在京師，所以杜受田靈柩須移京治喪。過去遇有此種情況，都是在城外找寺院停靈開弔；從無靈柩入京城之例。至於謚文正，上諭

謂援嘉慶年間大學士朱珪之例；朱珪亦爲帝師，當和珅用事時，仁宗亦頗受威脅，朱珪多方衛護，情事與杜受田相類。但經朱、杜二人創下例子，以後凡爲帝師，皆有諡文正的可能，李鴻藻以爲同治啓蒙，得諡文正，猶有可說；至孫家鼐亦諡文正，則末世名器必濫，不足爲貴。

當杜受田病歿時，杜翮年近九旬，猶住京邸；文宗爲這位「太老師」設想，亦無微不至。當時杜受田長子杜翰，方任湖北學政；應該由在京的次子杜堮至清江浦迎靈，顧念杜堮須在京侍奉祖父，特命杜翰扶柩回京。對杜堮則賞加禮部尚書銜，以爲慰藉；其後更賞食全俸。杜受田的三個孫子，均欽賜舉人，准予一體會試。杜翰在道光二十九年以檢討放湖北學政，本是宣宗對杜受田的酬庸；及至丁憂服闋、補官昇官的經曆，在有清一朝，前無古人，後無來者。

首先，以檢討放學政，便是異數。學政爲「差使」，三年差滿，回京覆命，應該仍回本職。杜翰道光二十九年放湖北學政；當咸豐二年七月丁憂，亦正是差滿之時。但丁憂守制，照例二十七個月方爲「服闋」，而杜翰只守了一年的制，是由於其時匪氛方熾，以「墨絰從軍」之例，如曾國藩便依此例「奪情」，奉旨領團練赴湘北剿賊。杜翰於咸豐三年十一月補右春坊右庶子，這是早在杜受田病歿，恩詔中便許下的諾言。自從七品的翰林院檢討，一躍而爲正五品詹事府的庶子，不止連升三級，是連升五級。

照正常的升遷程序，就算一帆風順，毫無頓挫，自檢討至庶子，至少越過了從六品贊善，正六品中允，從五品洗馬道三個階段。而這三個階段，起碼要十年的工夫。

翰林爲清貴之職，如果始終爲文學侍從之臣，則自庶吉士「留館」，二甲授職編修；三甲授職檢討，至正二品的內閣學士，內轉侍郎，外放巡撫，可決其必將大用。但在翰林院的官職上，除狀元特授「修撰」爲正六品以外，編檢皆爲七品；再上面便是從四品的「侍讀」、「侍講」，七品何能一升便到四品？是故編檢至相當年資，一定要出翰林院，其出路有三：一是外放知府；二是轉「科道」成爲言官；三仍是翰林，但必須轉至詹事府。

詹事府爲東宮官屬，清朝自康熙以後，既不立儲，詹事府便成贅疣；而所以保存者，即是爲了翰林升遷，必須有此人事上的管道之故。

詹事府下設左右春坊，其職屬有左右贊善；再上左右中允，再上左右庶子，庶子之上，便是詹事府的「堂官」，稱爲正詹事、少詹事，簡稱正詹、少詹。

贊善，中允都是六品，正合編檢升任，因此編檢出翰林院，而仍任清秘之職，稱爲「開坊」。當翰林「留館」，「開坊」是兩大關；但開坊以後，升至從五品的詹事府司經局洗馬，又是一大關；因爲洗馬應升的官職爲五品左右庶子，通政使參議，光祿寺少卿等，照吏部的則例，競爭者極多，而洗馬往往落空。故有「一洗凡馬萬古空」之號；而翰林一當到庶子，則出路甚寬，熬到這一地步，亦有一句成語形容，名爲「九轉丹成」；轉者吏部授官「六班」中的「轉班」之

「轉」。翰林開坊，由右轉左；升一級再由右轉左，如此轉來轉去，轉夠了年資，自然脫穎而出，故名爲「九轉丹成」。

京官一到五品，便具有「京堂」資格。「堂」者「堂官」；現在的說法便是「首長」。京中各部院的官員，通歸爲兩類：一類是「堂官」，包括正副首長在內，如各部滿漢尙書、左右侍郎共六人，即稱爲「滿漢六堂」；以下郎中、員外、主事等，通稱爲「司官」。因六部皆分司之故。

「京堂」雖可作「京官中的堂官」解釋；但僅限於三品至五品，亦即「六部九卿」的「九卿」，如大理寺、太常寺、太僕寺、光祿寺、鴻臚寺、通政使、詹事府、國子監等等衙門的堂官。至於二品、三品的京官，又特成一個階級，稱爲「卿貳」，卿是指大理寺正卿等三品京堂；貳是侍郎。位至卿貳，即意味著即將進入政治上的領導階層了。

杜翰只當了一個月的右春坊右庶子，官符如火，又升遷了；而且這一升比由檢討升右庶子更爲驚人，一躍而爲卿貳，是升爲內閣學士兼禮部侍郎銜，同時被派了三個差使，一是「辦理巡防事宜」；二是「稽察中書科事務」；三是「文淵閣直閣」。第三個差使，使他成爲內閣的實際負責人；因爲協辦大學士必在部，或在軍機，不到內閣；大學士多在家頤養，無事不到內閣。內閣日常事務，多由「直閣」的內閣學士處理。

又不久，正式補爲工部侍郎，同時在「軍機大臣上行走」，際遇之隆，升遷之速，無與倫比；文宗之報答師恩，眞可令人感動。但亦害了杜翰：牽涉在「辛酉政變」中，差點送掉性命。

「辛酉政變」的主角，一方面是慈禧、恭王及軍機章京曹毓瑛等，一方面是肅順、端華、載垣等所謂「三凶」及軍機大臣。結果「三凶」被逮賜死，軍機大臣穆蔭、杜翰、焦佑瀛被罪，穆、焦二人充軍，杜翰的罪名，本與穆、焦相同，「發往新疆致力贖罪」，亦因看在「杜師傅」的分上，「特諭革職，免其發遣」。

皇子在學期間，到了十六、七歲便可「當差」了，通常是派「御前行走」，學習政事。及至成年封爵；在結婚時自立門戶，稱爲「分府」。

清朝除「三藩」以外，異姓不王；所以凡封王必爲皇子、皇孫。其爵四等：親王、郡王、貝勒、貝子。惟一的例外是「國戚」；大多爲蒙古科爾沁旗的博爾濟吉特氏。這自然是有懷柔的作用在內的。

所謂「國戚」，是指公主夫家及太后、皇后的父親同胞兄弟而言；此外只算「椒房貴戚」而非國戚。因此乾隆孝賢皇后的內侄、大學士傅恆之子福康安封貝子，乃成異數。福康安「身被十三異數」，別有緣故；以後談高宗時會提到，此處不贅。

親王、郡王又分兩種，一種是「世襲罔替」，一人封王，子子孫孫皆王，這就是「世襲罔替」，俗稱「鐵帽子王」。一種是「降封」，父為親王，子為郡王，孫為貝勒，一代不如一代，直到「奉國將軍」為止。

同是皇子，何人該封親王，何人該封郡王；何人該封貝勒、貝子？大致決定於下列四個條件：

一、出身：所謂出身指其生母而言。世宗動輒謂皇八子胤禩「出身微賤」；同胞手足，何有此語？即因胤禩的生母良妃衛氏，來自「辛者庫」。這個名詞是滿洲話的音譯，實即明朝的「洗衣局」，專門收容旗籍重犯的眷屬，操持打掃灌園等等賤役。因為如此，胤禩在康熙時只封貝子；反而是雍正奪位之初，封此「出身微賤」的弟弟為廉親王。

按：清朝的宮闈之制，皇后以下，有皇貴妃、貴妃、嬪、貴人等等；大致生母為妃，而非由宮女逐漸晉升者，生子皆有封王的希望。

出身是主要條件，此外：才幹、愛憎、年齡是三個附帶條件，配合是否得宜，決定封爵的高低。

成年的皇子一旦封爵，即須「分府」。分府先須「賜第」；或則舊府改用，或則新建。王府除了「世襲罔替」者外，一旦降封，必須繳回；由宗人府咨商工部，另撥適當官屋，以供遷住。原來的王府，即指撥為新封的親、郡王府；其規制皆有一定，不得踰越。

除了府第以外，分府時總要置辦傢俱、陳設，需要一大筆款子，因此在分府時，須特賜一筆「錢程」。在康熙時定例是二十三萬銀子；怡親王胤祥在康熙朝未領過這筆款，因此，我判斷胤祥根本未曾受封，亦就未曾分府——聖祖崩逝時，胤祥方圈禁在宗人府，怡親王乃雍正所封。

皇子年長學成，爲朝廷辦事，大致可分爲兩種性質、四大類別。會典規定，可派皇子充任的職差爲一種性質；非定制而出於特命爲又一種性質。前者除少數特例外，一般而言，無足重輕；後者則可看出皇帝的意向，並大致可以測定其前途。

四大類別是：

一、恭代祭祀：中國的傳統講究禮治；一年到頭，祀典不斷。祀典分大祀、中祀、小祀；自明世宗更定後，相沿勿替，只有小幅度的修正。大祀應該親祀，但以種種緣故，不克躬行；照會典規定，可特命親郡王恭代。此是例行故事，無甚意義可言；但冬至南郊祭天，自雍正以後，格外重視，奉派恭代的皇子，被視爲大命有歸的暗示。

二、臨時差遣：遇到某種情況，必須表示重視其事；或形式上應由皇帝親裁時，臨時差遣皇子辦理。如賜祭大臣，常派皇子帶領侍衛，前往奠酒，即爲一例。派出皇子的身分，常視被賜祭的對象而定，如杜受田靈柩到京，特派恭親王帶領侍衛十員前往奠酒，足以顯示對杜受田的恩禮特隆。

三、分擔政務：康熙以前，原則上不使親貴干政；皇八子胤禩曾一度奉派爲總管內務府大臣，則以胤禩特具事務長才，而內務府大臣只是管皇室的「家務」，與參國家機要者不同。

雍正得位，信任怡親王胤祥、莊親王胤祿，則以兄弟鬩牆，非在骨肉中結黨不足以殘骨肉。及至乾隆即位，起初正如雍正之作風；但深知重用親貴，一則有尾大不掉之危；再則有徇庇縱容之害，所以約束王子，不使與聞政事。嘉道亦大致如此；及至咸豐即位，因洪楊勢熾，且恭王確有才具，一度使之掌軍機。由此成例，而親貴執政，弊多於利，已成定論；清朝之亡，未始不由此。

四、寄以專閫：清初親貴從征，立功大小，決定爵位高低，親屬關係的遠近，只於領兵多少有關係；兵多將眾而不能克敵致果，只會受罰，不會被獎。因此，派出大將軍寄以專閫，就理論而言是予以一個立功的機會；亦可說是一種考驗。既能通過考驗，又立了功勞，則選此人繼承皇位，爲理所當然之事。康熙在奪嫡糾紛以後，絕對禁止皇子結黨爭立；而晚年任皇十四子爲大將軍，用意在此。

談到皇子成爲皇帝，不能不先談「大行皇帝」。皇帝駕崩，在未有尊謚、廟號以前，爲別於「今上」，概稱「大行皇帝」；皇太后、皇后亦然。中國的皇帝，暴崩的很多；或者由「不豫」至「大漸」，亦即起病至臨危，往往只有兩三天的功夫。夷考其故，皇帝玉食萬方，營養過剩；加以起居及醫藥上的照料，至少是十分周到，所以諸如肺結核等等慢性病，極少發生；而高血壓、心臟病則為恆見，這兩種病，奪命皆速。所謂「暴崩」不是腦衝血，便是心肌梗塞；清朝有好幾個皇帝，即死於這兩種病。

世宗可能顧慮到這種情況，倉卒之間，口噤不能言，無由下達，「末命」，豈非又起骨肉蕭牆之禍？因此證明了一個皇位繼承問題的特殊處理辦法，親自書寫繼承人之名，藏於乾清宮最高之處，即世祖御書「正大光明」匾額後面；另有一小銀盒，內中亦書同樣的硃諭，出巡時由貼身太監隨身攜帶，以備變出不測時，仍能確知大位誰屬。

一般而言，至大漸時，召繼位皇子及顧命大臣至御榻前，口宣末命；駕崩後，繼位的皇子既未登基，更無年號，而且天下臣民還不知道宮中「出大事」，但根據「國不可一日無君」的法則，既有遺命，不必柩前即位，即已自動成為嗣皇帝。顧命大臣，其他皇子以及宮眷、太監等，行大禮、改稱呼，作為事實上承認皇帝的表示。

嗣皇帝第一件要做的事，是處理大行皇帝的遺體。清朝皇帝經常「住園」；夏天則至熱河「避暑山莊」避暑，即在宮內，自雍正以後亦住養心殿，不住乾清宮。主要的原因是，以滿洲「祭於寢」的習俗，皇后所住的坤寧宮，經過改建，地下埋了兩口大鐵鍋，每天後半夜煮兩頭豬祭神，中宮變成「沙鍋居」，何能再住？

所以除大婚合巹之夕，一住坤寧宮東暖閣，以應故事之外，皇后從不住坤寧宮；這一來，皇帝亦就不住乾清宮了。

但乾清宮畢竟是皇帝的正寢，所以不管康熙崩於暢春園；雍正崩於圓明園；乾隆崩於養性殿；嘉慶、咸豐崩於避暑山莊；道光、同治崩於養心殿，光緒崩於瀛台，皆奉遺體於乾清宮，在此大殮或行正式祭禮。

第二件要做的事，是遵奉遺命遵嫡母及生母爲皇太后；再以奉太后懿旨的名義，以嫡福晉亦即所謂「元妃」爲皇后。在此期間，處分重大事件，對外輒用「奉遺命」的字樣；有關宮闈則用「奉懿旨」的字樣。

接下來是頒遺詔又稱「哀詔」；然後欽天監擇日在太和殿行即位禮；禮畢頒「恩詔」佈告天下，新皇帝已經正式產生。

稱爲「恩詔」者，因爲嗣君即位，與民更始，大赦天下，「非常赦所不原者咸赦除之」。所謂「常赦不原」即「十惡不赦」。此外耆齡百姓及孤苦無依者，賜帛賜米，亦有規定，總之加恩中外，所以稱爲「恩詔」。

恩詔中還有最重要的一件事，必須說明，即是定年號：新君的年號，照例由明年起算，而且非正式即位以後，不能頒年號。文宗崩於熱河，穆宗未奉梓宮回京行即位禮，即有用新年號的

「祺祥通寶」的「樣錢」出現，爲此，李蒓客頗致譏評；殊不知此爲別有經濟上的理由之從權措施。以後會談到，此處不贅。

年號起於漢武帝，但歷代帝皇似乎全未考慮到歷史記載的方便。動輒改元，甚至一年之中，一改再改；直到明朝，始畫一爲一帝一年號而仍有例外：一是英宗，年號先爲「正統」；復辟後改爲「天順」。二是光宗，萬曆四十八年秋即位，一月即崩；嘉宗接位定明年年號爲「天啓」，如是，則光宗竟無年號；因定即位之日起至年底爲止，爲「泰昌元年」。一年三帝兩年號；在正統的皇朝爲一罕見的現象。但清朝的年號，自入關開始，一帝一號始終正常。

年號關乎「正朔」，等於御名的別稱，自應較常人命名，格外愼重；或出親裁、或由軍機大臣及南書房翰林擬呈圈定，皆幾經斟酌，決不會不通不妥，鬧出宋太祖用僞號「乾德」的笑話。其原則大致如下：

一、避免使用前朝末代年號的字眼，如「崇」與「禎」。

二、聲音響亮，決無拗口之弊。

三、最重要的是，要有一種深入淺出，令天下臣民共曉的涵義。自順治以後，年號的涵義如下：

1順治——入關之初，天下未定；願將順民意，以求大治。此一年號顯然有撫慰的用意在

內。

2康熙——天下既定，與民休息，希望安居樂業。

3雍正——雍爲雍親王；正爲正位。特選此兩字，正見得其得位不正；世宗喜自作聰明，類此弄巧成拙之事甚多。

4乾隆——乾卦在五倫中，象徵爲男、父、君；用於年號自是指君。乾隆者「乾運興隆」，可見高宗得位的基礎是很薄弱的。此年號配合其他各種跡象，透露了許多秘密。

5嘉慶——此年號爲高宗內禪時所定，嘉是對嗣皇帝的嘉許，嘉勉；慶者高宗自祝。

6道光——光大道統之意。清朝諸帝年號，道光的涵義，比較空泛。

7咸豐——道光年間，積極整頓鹽務、漕運、河道，但鴉片戰爭的結果，顯示財用不足，國勢中衰；文宗即位，以求富足爲第一要義，因稱咸豐。

8同治——穆宗年號，本定「祺祥」，辛酉政變，「三凶」被逮，兩宮垂簾，恭王執政，同治的涵義非常明顯：太后臨朝聽制，並不專斷，願與親貴大臣，共同治國。

9光緒——緒有二義，一爲統緒，二爲次緒。張衡「東京賦」：「故宗緒中圮」，注曰：「緒、統也」。所以年號用此緒字，既以表示德宗爲外藩迎立，亦以表示兄終弟及的先後次序。於德宗的身分，異常貼切，同光之際，詞臣最盛，故能選用此精當深刻的字眼。光自是光大之意。

10宣統——迎立溥儀的懿旨，明白宣告，溥儀入繼爲穆宗之子，兼祧德宗。此是根據慈禧的意旨，明白宣告統緒，用意亦在防止醇王一系，或者會引明世宗的故事，以皇帝「本生父」的身分，在宗法上引起爭議。

在年號之外，御名應如何避諱，亦是在即位之初，即須明白規定的一件大事，否則民間無所遵循，會發生觸犯「大不敬」嚴重罪名的可能。

清太祖名努爾哈赤，太宗名皇太極，世祖名福臨，都是滿洲語的譯音，既未以漢文命名，自不發生避諱的問題。又自文宗開始上一字不必避諱；而至德宗以後，對避諱亦不視爲嚴重的問題，所以此處所說重點，在康、雍、乾、嘉、道、咸、同七朝皇帝御名避諱的規定。

聖祖名玄燁。上一字改用元字；但如天地玄黃之玄；昭烈帝劉備字玄德之玄，都不能改用元字，則在書寫時缺末筆作玄。其他字中有玄者，如紘等，亦准此書寫。惟一的例外是畜生之畜，不必缺筆，否則反成大不敬了。

下一字燁，以煜字代替。

世宗名胤禛。胤改用允，他的兄弟均因此而改名，只有怡親王，特旨仍用原名胤祥。至於胤祚、胤征（尚書篇名）等，則用原字。

下一字禛，以禎字代替；而胤禎原是他的同母弟皇十四子的原名。雍正既奪其位，復攘其名；這是中國歷史上骨肉倫常之變的慘劇中，最複雜的一重公案，正文中會細敘，此處不贅。

高宗名弘曆。上一字弘改爲宏；不過他的兄弟不必改名。此外如必須書原字爲弘者，缺末筆。下一字曆，日改爲止，作歷。曆本改稱時憲書。

仁宗名顒琰。上一字之半，禺改爲禹；下一字琰改爲瑗。

宣宗名綿寧。仁宗遺詔改名旻寧。旻字冷僻罕用；如必須用到時，日下之文缺一點，作旻。

文宗名奕詝。上一字不必避諱，永以爲例；下一字缺末筆作詝；凡字中有宁者均准此書寫。

穆宗名載淳。淳中之子改爲日，作湻。

至於德宗名載湉；下一字已成死字，毫無用處，故不避自避。溥儀之儀爲常用字，但民間不避；當時清室衰微，犯諱亦無所謂。惟少數忠於清室的遺老，書儀字仍有缺筆。

避諱是件很討厭的事，倘或犯諱，重則有殺身之禍；輕亦不免影響前程，譬如鄉會試寫作俱佳，而一字犯諱，藍榜貼出，這一科就算完了。

但對後世史學研究者，特別是在考據方面，避諱的規定，常是極好的線索，甚至是有力的證據。尤其是作爲反證，例如鑒定書畫版本的眞僞，樣樣看來都眞，唯獨應避諱而未避，即可決其爲僞。

再舉個具體的例子，紅樓夢中很重要的一個本子，「已卯本」，我的朋友趙岡兄確定它出於怡親王府，證據是抄本中遇「曉」字皆缺末筆，而其時——乾隆二十四年，怡親王爲胤祥的幼子弘曉，爲避家諱，曉字缺筆，其說明確，毫無疑義。

清朝諸帝，對避諱最注重的是世宗。避字諱以外，又避音諱；如禎字應念爲「正」，即平聲念作去聲。皇十四子本名胤禎，極可能由於與御名胤禛，字異而聲同，以音諱爲名，勒令改爲胤禵；然後攘「禎」爲己有。唐人特重避諱，但亦沒有如許花樣；西諺：「人是政治的動物」；這句話用在清世宗身上，百分之百正確。

下面要談清朝皇帝的日常生活，分爲公私兩部分；先談公的部分。

這部分的生活，最重要的莫過於處理國政；主要的兩項工作是：披閱章奏與召見臣工。

明朝的章奏，統於通政使；清朝則以內奏事處爲章奏出納之地。除緊要奏摺，隨到隨遞外，一般性的奏章，每日在宮門下鑰，約莫下午五點鐘左右，以黃匣貯送御前；在燈下披閱。看過，以指甲在奏摺上畫出不同的刻痕，由隨侍太監依照刻痕，用硃片筆代批。不同的刻痕所代表的意義是：

一、「知道了」——用於備案性質的奏章。

二、「議奏」——性質較爲複雜，須由主管部院籌議辦法，請旨定奪。

三、「該部知道」——所謂「該部」指主管部院，譬如某省學政奏報到差日期，則批「該部知道」，自是指禮部而言。

以上三種是例行的處理辦法；倘爲重要而須請旨辦理事項，在乾隆以前，大致爲親裁指授，洋洋千言的批文，不足爲奇，嘉慶以後，則交軍機處先作研究。凡前一日夜間所過目的奏摺，次日五鼓時分，由內奏事處在乾清宮前發交各部院司官，及各省提塘官：軍機處亦由值班章京去「接早事」；俟軍機大臣黎明到達，立即呈上閱看，交換意見，大致決定了處理原則，總在辰時（上午八點）以前，便要「見面」了。

所謂「見面」便是晉見皇帝；地點總在養心殿東暖閣。皇帝一天召見的臣工，多寡不一；但第一批必是軍機大臣，逐案請旨；決定後立刻由軍機大臣轉告「達拉密」（軍機章京領班），寫上諭呈御前，裁可封發，稱爲「寄信上諭」，簡稱「廷寄」。特別重要或機密者，由軍機大臣親自執筆。此爲由「承旨」而「述旨」；軍國大事，大致即在上午八時至十時這段時間內，君臣相商而定奪。

軍機退下後，方召見其他臣工。其順序爲：

一、特旨召見人員，包括親貴、各部院大臣、督撫等。

二、外放封疆大吏「請訓」及辭行，稱爲「陛辭」。

三、道員，知府單獨「引見」。

四、州縣官集體「引見」。

這一順序當然不是一成不變的，例如內務府大臣常在最後召見，因爲所談之事，涉於瑣碎，費時較多，不如在該召見的人都召見過了，看辰光可以從容垂詢。

此外，亦有大臣請求召見，當面有所陳述；事先請求召見，名爲「遞牌子」，等候通知晉見；遇緊急事故，則不限時間，隨時可以提出要求，名爲「請起」——君臣相見，稱爲「一起」，所以傳召晉見，名爲「叫起」；集體「引見」，名爲「大起」。

所謂「引見」，所謂「牌子」，都有說法。凡召見必有引導之人，稱爲「帶班」；引導者的身分，視被召見者的身分而定，譬如親貴督撫進見，由領侍衛內大臣或御前大臣帶班；道員以下召見，則由吏部堂官帶班；新進士引見則由禮部堂官帶班。唯一的例外是，每天軍機例見，不必帶班；事實上軍機大臣的首席，即爲帶班者，故稱「領班軍機大臣」。

「牌子」的正式名稱叫做「綠頭籤」，長約四、五寸；寬約寸許，上綠下白，寫明被引見者的姓名、職稱，以及籍貫、出身等；以備皇帝參考。

我以前曾說道，凡是一個正統皇朝，必能警惕於前朝的覆亡之由，有失改進，改得愈徹底，愈完善，則享國愈長。清懲明失，共有三件大事：勤政、裁抑外戚及宦官，皇子教育。這三件大事，裁抑外戚及宦官，不算徹底，皇子教育直至雍正以後始重視，惟有勤政一事，始終如一，自元旦至除夕，皇帝無一日不與大臣相見，視明朝嘉靖，萬曆數十年不朝，閣臣身處綸扉，竟有終其任不識天顏者，兩相比較，賢愚自見。

清朝的衙門有「封印」之制，自臘月下旬至次年正月中旬，爲時約一月；但宮中的新年假期，約只十日。定制，凡年內須了結的案件，截至十二月廿五日止，必須奏請裁決；所以這一天須皇帝批示的奏章，常達兩三百件之多。魯迅的祖父周福清，因經手賄買鄉試關節，刑部批罪充軍，而德宗批示斬監候，一反擬罪較重，俟硃筆輕減，以示恩出自上的慣例，一時刑名老吏，亦爲之錯愕不解；我曾爲文考證其事，原因之一，即在此案結於十二月廿五日，待批奏摺過多，影響情緒，故而有此近乎遷怒的處置。

事實上，所謂宮中約有十日假期，是指停止處理尋常國事而言，遇有軍國大計，必須立取進止；尤其是有軍事行動時，仍舊不論時間，隨到隨辦。如乾隆十四年正月，征金川時，元旦即有一諭：

元旦天氣晴朗，旭日融和，群情欣豫，定卜今歲如願。經略大學士傅恆已抵軍營；除夕申刻接奏摺，惟時朕已封筆，此皇祖、皇考成憲，經歲惟此片刻之間。所奏揀員辦理糧運，即自行酌定，朔於夜分封筆後，亦未嘗稍閒也。

初二復有三道上諭，指授用兵方略；最後一道指出以前張廣泗，訥親錯在何處，再次申明約束，即至四月間如尚未奏功，即應班師，令岳鍾琪坐鎮云云，都是經過深入研究所作的愼重決定。是則所謂「勤政」，亦非徒具形式，確確實實連歲時令節，都在操勞的。

此外祭祀、巡幸、較武、衡文等等，偷一次懶，就可能發生不良的影響，身爲天子，如果要想做好，實在辛苦。因此，只有在私生活上調劑。

宮闈事秘，皇帝的私生活，外間瞭解者不多，因此，有種種離奇的傳說。但可斷言者，清朝如穆宗不免荒嬉外，其他皇帝決無如前朝任性而行，近於荒淫的惡德，即如穆宗的荒嬉，亦不過微行一事；較之明熹宗毫無心肝，根本連皇帝的責任是甚麼都不知道，還算高明多多。

皇帝的生活，照衣食住行的區分，我介紹溥儀自述的情況；這是最可靠的第一手資料；當然，他的衣食住行跟他的祖先已有或多或少地不同了。

爲皇帝管理衣著的太監，名爲「四執事」；四者：冠、袍、帶、履。貯放上用冠袍帶履，名爲「四執事庫」，實即乾清宮東廊的端凝殿，取「端冕凝旒」之義。

據溥儀說：他「一年到頭都在做衣服，做了些什麼，我也不知道，反正總是穿新的。」又引用一份資料，統計出某年十月份中，做了皮襖十一件、皮袍褂六件、皮緊身二件、棉衣袴和緊身三十件。照此看來，棉衣袴和緊身，每天都可以穿新。又說：「單單一項平常穿的袍褂，一年要照單子更換二十八種，從正月十九青白嵌皮袍褂，換到十一月初一的貂皮褂。」

按：二十八種袍褂，載明會典，固然不錯，但亦並非一成不變，到時候非換不可。溥儀爲沖人，身不由主；內務府及內監，唯有糜費，始能中飽；故有如此大量製備衣服的情形。在此以前，殊不盡然，宣宗尤爲節儉。

上用的衣料，不必外求，在洪楊以前，江寧、蘇州、杭州三織造衙門，負責製辦上用四季衣料；其他如皮統子則由邊疆西北各省進貢。所需購自市上者，不過「貼邊、兜布、子母鈕和線這些小零碎」，但據溥儀記載，光是製作前述的皮棉衣服，這些「小零碎」就開支了銀元兩千一百餘。

在穿的方面，我必須指出一個錯誤的流行觀念；如電視連續劇上所表現的，皇帝一出場必是龍袍在身；或者明黃袍褂，事實上大謬不然。除了儀典所定，必須照制或服御以外，皇帝便殿燕居，乃至接見大臣，亦著便服；不過那時的便服，即是現在的中式禮服，包括長袍與現在稱爲馬褂的「臥龍袋」，以及瓜皮帽等。

關於食，溥儀有一段很生動的描寫：

「關於皇帝吃飯，另有一套術語，是絕對不准別人說錯的。飯不叫飯，而叫『膳』；吃飯叫『進膳』；開飯叫『傳膳』；廚房叫『御膳房』。到了吃飯時間——並無固定時間，完全由皇帝自己決定。」

按：由於溥儀住在養心殿，無人管束，故可任意而爲。在溥儀以前，宮中傳膳的時間，我在前面已經談過；宮中規矩甚嚴，不容隨便破壞。溥儀的情形是特例，非常規。

『我吩咐一聲「傳膳」，跟前的御前小太監，便照樣向守在養心殿的明殿上的殿上太監說一聲：『傳膳』！殿上太監又把這話傳給鵠立在養心門外的太監；他再傳給候在西長街的御膳房太監……這樣一直傳進了御膳房裡面。」

按：乾清門內，東西各一門，東曰「日精」，西曰「月華」。月華門內，北起漱芳齋，經過儲秀宮、翊坤宮、永壽宮、養心殿之東而達內右門，名爲「西一長街」。溥儀所說的「西長街」即指此。一進內右門，西首即是御膳房，位置與養心殿遙遙相對，御膳房南面牆外，便是軍機處。

「不等迴聲消失，一個猶如運嫁妝的行列，已經走出了御膳房。這是由幾十名穿戴整齊的太監們組成的隊伍，抬著大小七張膳桌，捧著幾十個繪有金龍的朱漆盒，浩浩蕩蕩地直奔養心殿而來。進到明殿裡，由套上白袖頭的小太監接過，在東暖閣擺好。平日菜餚兩桌，冬天另設一桌火鍋，此外有各種點心、米膳、粥品三桌；鹹菜一小桌。盒具是繪著龍紋和寫著「萬壽無疆」字樣的明黃色瓷器；冬天則是銀器，下托以盛有熱水的瓷罐。

每個菜碟或菜碗，都有一個銀牌，這是為了戒備下毒而設的，並且為了同樣的原因，菜送來之前，都要經過一個太監嚐過，叫做『嚐膳』。在這些東西擺好之後，我入座之前，一個小太監叫了一聲『打碗蓋』。其餘四五個小太監，便動手把每個菜上的銀蓋取下，放到一個大盒子裡拿去。於是我就開始『用膳』了。」

所謂「食前方丈」；所謂「玉食萬力」，在一般人想像中，天廚珍供，縱非民間傳說的龍肝鳳髓，亦必是在材料上，水陸雜陳，無所不有；在烹調上，煎炒烹煮，花式繁多。事實上大謬不然。

先說材料，平淡無奇，以豬肉、羊肉、雞、鴨爲主；海味極少，鮮魚罕用；素菜配料，亦不過口蘑、白菜、菠菜、山藥、茨菇、蘿蔔、豆腐、豆芽之類。不但比不上河工、鹽商的飲食；就是一般富家，亦比上方玉食來得講究。

談到烹調方法，更是簡陋粗糙，大部份都是預先燉好，盛於黃砂碗中，移置鐵板之上，下燃熾炭；碗上再蓋鐵板，復燃熾炭，因此黃砂碗中始終保持沸滾的狀態。一聲「傳膳」，膳伕們迅速移去鐵板；將黃砂碗中的菜，傾覆於御用瓷器中，扣上銀蓋，即可進奉。

這種菜好吃嗎？當然不好吃；究其實際，根本不吃。那末吃什麼呢？溥儀說：

「我每餐實際吃的是太后送的菜餚，太后死後由四位太妃接著送，因為太后或太妃們都有各自的膳房，而且用的都是高級廚師，做的菜餚，美味可口，每餐總有二十來樣。這是放在我面前的菜，御膳房做的都遠遠擺在一邊，不過做個樣子而已。」

自康熙時代開始，便盛行小廚房制度；至慈禧聽政以後，變本加厲，御膳房已如贅疣，但從無人敢言廢除。內府務相傳的心法是：無例不可興，有例不可滅。何況御膳房是應有的制度；更何況御膳房是內務府一大利藪？

談到住。帝后妃嬪，各有所主。照理論上說，皇帝住乾清宮；皇后住坤寧宮；太后住養心殿之西的慈寧宮；太上皇則住「東六宮」之東的寧壽宮。妃嬪則住坤寧宮左右的「東西六宮」，即所謂「掖庭」。但實際情形，未必如此。

先說帝后。坤寧宮之不能住人，已如前述；乾清宮自世宗以後，除了穆宗因為負氣，曾在此獨宿以外，其他諸帝只有崩沒，遺體才移此「正寢」；生前多不宿此。那末住在那裡呢？住在養心殿。

養心殿在乾清宮右前方，自雍正初年開始，成為皇帝的寢宮及治事之處；嘉慶七年曾重加修葺。養心殿除東西暖閣，後面還有兩進房子，有名的「三希堂」，即與西暖閣相連，此外有隨安室、無倦齋、梅塢、能見室、攸芋齋等等軒館。皇后即住隨安室；與東面皇帝的寢宮相對。

東西六宮、妃嬪所居，此為喜讀宮闈者所艷稱之處。大致東六宮保留著明朝的遺制，變化不大；西六宮則頗有更張。先談東六宮。

東六宮分成兩排，每排三座；第一排由南往北為景仁宮、承乾宮、鍾粹宮；此三宮之東，由南往北為延禧宮、永和宮、景陽宮。其中最有名的是永和宮；明末為田貴妃所住，吳梅村的「永和宮詞」，哀感頑艷之中，不盡興亡之感；而無獨有偶的是，清朝最後的皇后隆裕，亦住永和宮。隆裕崩後，端康太妃入居永和宮，端康即光緒瑾妃。

在隆裕以前，穆宗嫡母慈安太后住鍾粹宮；此為稱「東太后」的由來。

西六宮的規制，本與東六宮相同，但從明朝開始，即一再改作，第一排本為永壽宮、翊坤宮、儲秀宮；第二排本爲啓祥宮、長春宮、咸福宮。永壽、咸福兩宮如舊，翊坤與儲秀；啓祥與長春則雙雙合併，名稱亦有更改。

翊坤宮爲慈禧太后封妃時所住，穆宗即誕生於此。與儲秀宮合併時，拆除儲秀門，就原址改建爲體和殿；殿後儲秀宮，後爲宣統皇后秋鴻所住。兩宮東西前後，皆有廂房，其中翊坤宮東面後廂房，各爲平康室；不知那位皇帝所題，竟不諱「平康」二字，亦是怪事。

第二排啓祥宮與長春宮合併後，啓祥宮改稱太極殿；又拆除長春門，改建體元殿。啓祥宮本名未央宮，明世宗本生父興獻王誕生於此，因而更名爲啓祥宮，清末爲穆宗瑜妃所住。

長春宮爲慈禧回鑾以後所住，後來宣統的妃子文綉居此。長春宮的特色爲走廊四周，畫了「紅樓夢圖」，西廂名承禧殿，設有至聖先師神位，爲文綉讀書之處。

她寫有一篇短文，名爲「京苑鹿」，說「野畜不畜於家」，苑鹿失去自由，「猶獄內之犯人，非遇赦不得而出」。結論是：「莊子云：寧其生而曳尾於塗中，不論其死爲骨爲貴也。」到了民國二十年，溥儀還在天津時，文綉提出離婚的要求，成爲轟動一時的社會新聞。結果如願以償，而她有個哥哥，在天津「商報」上發表一封給文綉的公開信，說「慢云遜帝對汝並無虐待之事，即果然虐待，在汝亦應耐死忍受。」又說：「縱中宮待汝稍嚴，不肯假以詞色，然抱衾與裯，自是小星本分。」此等妙文亦曾傳誦一時。

長春宮後面的重華宮，自乾隆開始，亦爲皇帝生活中一個重要的所在。雍正在位時，皇子並未分府，高宗封寶親王，婚後住重華宮；即位後，重華宮即成「潛邸」，大加裝修。內有崇敬殿，殿額題作「樂善堂」；高宗爲皇子時所印的詩集，即名「樂善堂集」。重華宮的故事，可記者有二，「國朝宮史」：

每歲十二月初一日，懋勤殿首領太監，陳龍箋，大筆，墨海於重華宮祇候。以「賜福蒼生」筆，書福字十餘幅，懸貼各宮。自是將軍督撫奏函至，並御書緘賜之。十五、六等日召御前大臣、侍衛至重華宮；二十六、七日召諸王大臣、內廷翰林等，至乾清宮賜福字。

按：召近臣面賜福字時，有一儀節；皇帝面南，立書福字；受賜者北面而跪，當御筆初下時，即開始磕頭。完，兩太監移福字自受賜者身上移過，置於地上候墨乾，名爲「一身是福」。又「嘯亭雜錄」：

乾隆中，於元旦後三日，欽點王大臣之能詩者，曲宴於重華宮，演劇賜茶，仿柏梁制，皆命聯句，以紀其盛。復當席御製工章，命諸臣和之。後遂以為常禮。

重華宮的戲台在東面，台前五楹敞廳，名爲漱芳齋。「辛酉政變」後，兩宮垂簾，以漱芳齋爲「公所」，退朝後在此治事進膳；每月朔望有戲。當時兩宮和協外倚恭王；內撫幼帝，雖是孤兒寡婦，卻是一片興旺氣象。所謂「同光中興」，實在也就只是兩宮在漱芳齋的那幾年而已。

此外，東六宮之東爲寧壽宮，本爲太后所住，乾隆三十七年重修，備爲歸政後頤養之所；乾隆六十年永定爲太上皇燕憩之地。慈禧晚年亦住寧壽宮，主要的原因是，寧壽宮有一座三層的大戲台，各爲「暢音閣」；便於慈禧「傳戲」。

與寧壽宮相對的是，西雲宮之西的慈寧宮；慈寧宮之西的壽康宮；壽康宮之後的壽安宮。「國朝宮史」：

> 皇帝尊聖祖母為太皇太后：尊聖母為皇太后；居慈寧、壽康、寧壽等宮，奉太妃、太嬪等位隨居。

壽康、壽安等宮，爲先朝妃嬪，及有「常在」、「答應」等稱號的宮眷所住。在宮中，這些人屬於被遺忘的一群；所以稱壽康，壽安爲冷宮，亦與事實相去不遠。

談到行，皇帝出警入蹕，都是坐轎子，從六十四人所抬的「玉輅」，到宮中兩名太監手抬的軟轎，種類極多。皇帝出宮的機會到底不多，無須細敘；在宮中「行」的情形，頗可一談。如溥儀所記，即爲歷來相沿的規制；皇帝不論行至何處，都有數十人前呼後擁：

「最前面是一名敬事房的太監，他起的作用，猶如汽車喇叭，嘴裡不時發出「吃——吃——」的響聲，警告人們早早迴避。在他後面二三十步遠是兩名總管太監，靠路兩側，鴨行鵝步地行進；再後十步左右，即行列的中心（我或太后）。如果是坐轎，兩邊各有一名御前小太監，扶著轎桿隨行，以便隨時照料呼應；如果是步行，就由他們攙扶而行。在這後面還有一名太監舉著一把大羅傘，傘後幾步，是一大群拿著各樣物件和徒手的太監：有捧馬扎以便隨時休息的；有捧衣服以便隨時換用的；有拿著雨傘、旱傘的。

在這些御前太監後面，是御茶房太監，捧著裝著各樣點心茶的若干食盒。當然還有熱水壺、茶具等等，更後面是御藥房的太監，挑著擔子，內裝各類常備小藥和急救藥，不可少的是燈心水、菊花水、蘆根水、竹葉水、竹茹水、夏天必有藿香正氣丸、六合定中丸、金衣祛暑丹、萬應錠、痧藥、辟瘟散，不分四季都要有消食的三仙飲等等。

在最後面，是帶大小便器的太監。如果沒坐轎，轎子就在最後面跟隨。轎子按季節有暖轎、涼轎之分。」

皇帝的飲食起居，公私生活，離不開太監。清朝的太監，雖不如明朝的宦官那樣，能夠左右朝政；但無形中發生的影響也不小。所以在「皇帝的種種」之中，不能不稍稍多費篇幅，談一談此輩。

清朝太監勢力的消長，可以分做順治、康熙、乾隆以後及同光等四個階段。順治入關，接收大內，宮中猶是明朝四司六局的編制；順治十年設「內十三衙門」，悉本明制，此是宦官制度的復活，爲之主持者，是一個名叫吳良輔的太監。

這時從龍入關的上三旗包衣，本是天子家臣，照道理說，宮中的管家應該是他們，而非太監；太監既然得勢，勢必與上三旗包衣發生權利衝突，因此，雙方鬥得很厲害。順治十五年，吳良輔以「交通內外官員，作弊納賄」被逮問，但以世祖的寵信，吳良輔竟得無事；十八年正月初二，世祖且親蒞法源寺，觀吳良輔祝髮，歸後即不豫，以天花崩於正月初七。吳良輔之祝髮爲僧，是因罪遁入空門以求免；還是代帝出家，今已無考。

世祖一崩，上三旗包衣全力反攻；尤以正白旗爲最出力。所謂上三旗指正黃、鑲黃、正白；兩黃旗本爲太宗所領，奴以主貴，自當別於下五旗，正白旗旗主本爲多爾袞；死後無子，正白旗

包衣被收，遂成上三旗；但與兩黃旗亦有區分；正白旗包衣在名義上是為太后服役，所以選奶口，以及織造等差，都出自正白旗。上三旗之向太監奪權，即由正白旗直接訴請孝莊太后主持，復得親貴支持，乃能大獲全勝；其方式是用遺詔罪己的口氣，大加改革，裁撤「內十三衙門」，即為其中之一。

順治遺詔，為清朝開國最重要的文獻；清祚能久，此詔關係重大。相傳係大學士王熙承孝莊太后之命所改寫；與跪受世祖之末命，大不相同；其中有一款云：

> 祖宗刱業，未嘗任用中官，且明朝亡國，亦因委任宦寺。朕明知其弊，不以為戒，設立內十三衙門，委用任使，與明無異，以致營私作弊，更踰往時，是朕之罪一也。

順治十八年二月十五，聖祖即位後一月，上諭，正式革去「內十三衙門」，提到吳良輔處斬；又提到一「滿州佟義」，與吳良輔朋比為奸。此佟義不詳何許人；但既能深入宮禁，必為勳臣。按：佟氏為漢人而與愛新覺羅，早結姻婭；聖祖生母，即出佟家。當時佟姓族人，居高官不知凡幾；故有「佟半朝」之稱。

在康熙朝，太監雖不如順治時得勢，但仍多皇帝的親信，口啣天憲，一語之出入甚大。康熙最信任的太監名梁九功；雍正即位後，不知緣何畏罪，自絕於煤山。如平劇「連環套」以及紅樓夢中的描寫，都還可以看出康熙、雍正兩朝，太監在宮中跋扈者頗有其人；直至乾隆朝，方大加裁抑。

高宗極恨太監，我猜信這是因爲他「出身微賤」，從小養於宮中時，常受太監輕侮所致。高宗裁抑太監的方法，頗爲巧妙；他將太監改成姓秦、姓趙、姓高三姓，合之則爲「秦趙高」三字，以爲警惕。又內奏事處的太監，一律改姓王；因爲王是最大的一姓，若有人到內奏事處去打聽機密，問到「王公公」，不知是那個王太監，只好廢然而返。

還有一個有名的故事，一年高宗巡幸熱河時，有一太監橫行不法；爲縣令高層雲所痛責。一時皆爲高層雲危，而高宗不但不罪，反而嘉許。此尤可見高宗對於太監的痛恨。

嘉道兩朝，一承乾隆家法；太監無敢爲非。至咸豐末年，溺於聲色，太監得以夤緣爲利。及至慈禧發動「辛酉政變」，安德海因密傳書信之功，漸次跋扈不法，後爲丁寶楨誅於濟南，此爲清末宮闈一大公案。自此約有十年清靜，至李蓮英得寵用事，見微知著，清祚將終，已可看出消息。

太監在明朝，最多時有數萬名之多。康熙晚年曾爲大臣談早年的見聞；據說明朝太監人數太多，每日送飯，不能遍給，以派遣在冷僻之處的太監，倘或因病不能起床，即有活活餓死的可能。清朝的太監雖有編制上的限制，但最多時仍有三千名左右。

這三千名太監，大部分來自京東及河北南部；明朝的太監有福建人，清朝則絕無僅有。太監亦有品級，最高的是三品，至李蓮英，由慈禧特旨賞戴二品頂帶；是唯一戴紅頂子的太監。

太監的首腦稱爲「都領侍」、「領侍」，但一般都用「總管」、「首領」來區分；總管又有大總管、二總管的說法。大致太后、皇帝、皇后的宮中的太監首腦爲總管；妃宮就只有首領了。自總管至太監，稱其所侍候的后妃爲「主子」；管皇帝叫「萬歲爺」，先帝則在「爺」字加年號，如世祖則爲「順治爺」；聖祖則爲「康熙爺」。至於稱慈禧太后爲「老佛爺」，那是特例。

大內共分九個區域，如乾清宮、養心殿、寧壽宮等；每一個區下，有多寡不同的處，如乾清宮的「內奏事處」等，總計四十八處。每區設總管一員，被轄於「都領侍」之下，稱爲「九堂總管」；爲太監部門的最高權力組織，有何大事，由「都領侍」召集九堂總管會議決定。九堂總管的品級，自三品至五品不等。

四十八處設四十八個首領太監，品級自四品至九品不等；當然，最多的是「未入流」的太監，分派在各處服役。最低級、也是最苦的是打掃處的太監；犯了過失的太監，常派到此處來服勞役，作爲懲罰。

太監的苦樂不同，勞役不均，貧富不等，其距離恐怕超過任何階層，任何行業。在表面上看，太監的待遇，相差不大，最高的是月給銀八兩、米八斤、制錢一千三百文；最低的是月給銀二兩、米一斤半、制錢六百文。但是富庶的太監，其闊綽之處，說來有如神話；「溥儀自傳」中說：

「我用的一個二總管阮進壽，每入冬季，一天換一件皮袍，都屬貂翎眼、貂爪仁、貂脖子，沒有穿過重樣兒的。僅就新年那天他穿的一件反毛的全海龍皮褂，就夠一個小京官吃上一輩子的。」

貂皮今稱「明克」；西方貴婦人，以擁有一件明克大衣，視爲財富與地位的象徵，而阮進壽有數十件貂皮袍，其豪富爲何如。

這些人的錢是那裡來的呢?第一是與內務府勾結，凡有大工、大慶典，如興修宮殿、修陵寢、大婚等等，都要先講條件。

如溥儀的二總管，後來升爲大總管的阮進壽，在「大婚」時曾勒索「內務府」；據溥儀自述：

「我事先規定了婚費數目，不得超過三十六萬元，內務府按照這個數目在分配了實用額之後，可以分贈太監的，數目不多，因此在大總管這裡沒通過。事情僵住了。堂郎中鐘凱為此親自到阮進壽住的地方，左一個「阮老爺」，右一個「阮老爺」，央求了半天，阮進壽也沒答應，最後還是按阮進壽開價辦事，才算過了關。」

按：溥儀所說的這段話，需要說明或補充者有三：第一、大婚只用三十六萬元，是因爲溥儀畢竟只是「關起門來做皇帝」。同、光兩朝大婚，正式預算及各省督撫報效，總數在四、五百萬兩銀子左右。第二、內務府大臣皆爲兼領，不常到衙門；事務工作，有「堂郎中」爲其首腦。「堂」有堂官的意味在內。第三、清朝官場稱謂，官至三品始可稱「大人」；阮進壽既爲大總管，自是三品都領侍；郎中五品，稱之爲大人，亦不爲諂諛；但對太監的尊稱，只有「公公」，並無大人。而又有些太監不喜「公公」的稱呼，所以稱之爲「老爺」。

太監的另一項經常收入爲犒賞。內廷行走人員，逢年過節，或者奉召參加慶典，如「入座聽戲」等等，對太監皆須有所饋贈；倘遇頒賞，則視「恩典」大小而定紅包大小，寧豐勿薄，尤其是出自特恩，打發更須注意，倘不滿其意，回宮覆命時，加上一兩句閒話，便成有力的讒言，恩遇方隆，旋即失寵，便是因小失大了。

還有一種搞賞，實在是花錢消災。對大臣、言官的處分中，有一種叫做「傳旨申飭」：派出來的太監都是利嘴，倘或好好招待，紅包豐厚，則念一遍傳旨申飭的上諭，便即了事。如果不懂這個訣竅，一無表示；「申飭」便變成痛詬，狗血噴頭，祖宗十八代都可以罵到。

太監弄錢的花樣很多，但不管什麼花樣，性質上總脫不了「敲詐勒索」四字，舉幾個例子如下：

一、左宗棠內召入軍機，自蘭州入覲；召見時免冠磕頭，大帽子置於正前方，如果曾賞戴花翎，則帽子倒置，即以翎尾對御案。奏對既畢，「跪安」退出時，左宗棠忘了取回帽子；太監送回賢良寺行館，索酬兩萬銀子，否則洩其事於言官，糾彈失機，何等沒趣？左宗棠無奈，只好接受其勒索。

二、慈禧萬壽，某疆臣進獻珍玩，外加紅木底座玻璃罩；凡此進貢，照例應有豐厚的「門包」。但此疆臣所派的差官，不甚內行，打點得不夠，太監便使壞了；等貢品抬入宮內，差官退入殿外，復又被喚了進去，指出玻璃上有裂痕，隨時會破，不便進呈。差官急得不知如何是好；太監便以同情的態度表示，可以爲他換一個玻璃罩，但須兩千銀子。此差官迫不得已，打電報回去匯了銀子來了結此事。其實所謂裂痕，只是太監在玻璃罩裡面，沾了一根頭髮而已。

三、世續的父親崇綸，久任禁軍統領，在庚子以前是慈禧面前的紅人之一。他在兼內務府大

臣時，得罪了一名有頭有臉的太監；一次奉召進宮，經過一處殿廷時，屋子裡潑出一盆洗臉水，淋得他袍褂盡濕；那太監趕緊出來請罪。崇綸懂得他們的花樣，這不是發脾氣的時候，只問：太后在等著，一身皆濕，如何入見？太監拿出一套袍褂來；又訴苦說好話。崇綸花了好大一筆錢，才能換上乾淨袍褂去見慈禧。

類此故事，不勝枚舉。若問，如果不受勒索，又將如何？則有張蔭桓的故事，可以說明一切。甲午以前，張蔭桓奉派為英國維多利亞女皇加冕慶賀專使；歸途道經巴黎，購得祖母綠及紅寶石戒指各一枚，進獻兩宮；前者的價值遠過於後，特以孝敬慈禧。那知李蓮英那裡沒有打點到，為他一句話說得慈禧對張蔭桓痛恨不已，與他後來之得殺身之禍，不無關係。

據說李蓮英是說了這麼一句話：「難為他記得那麼清楚！莫非咱們眞的就不配使紅的？」慈禧當時色變；原來她自以為一生的恨事，是未能正位中宮。當兩宮垂簾聽政時，公評是東宮有德，西宮有才；軍機奏請裁斷時，慈禧所作的決定，明明是鐵定不移的事，但還得問一聲慈安，才能算數。這一點對慈禧是極大的刺激；因而任何有嫡庶之分的事物，皆為絕大的忌諱。其實，滿洲舊俗，對嫡庶之分，並不視之為如何嚴重之事。因為基本上的身分都是差不多的；選秀女時，何人「指婚」皇子；何人成為王府的「格格」，全憑運氣。清宮后妃，姐妹甚多，妹妹身分高於姐姐，亦是常事。甚至如穆宗皇后，阿特魯氏的姑姑，亦即崇綺的幼妹，選為妃嬪，對胞姪女須行朝中宮之禮，此在漢人爲不可思議之事，而清宮無足爲奇。

但以滿清末年，漢化的程度已很深；所以慈禧的嫡庶觀念是漢人的，不是旗人的。漢人的嫡庶，不僅有身分的差異，更有出身的貴賤。慈安的父親做過廣西右江道；而慈禧的父親惠徵是安徽池太廣道，出身完全相同；論才識，則慈安不及；且又生子，得使帝系血胤不絕，從那方面來說，皇后應該是她而非慈安，卻偏偏倒了過來，此所以慈禧引爲莫大的屈辱，無可彌補的恨事。

李蓮英用這個忌諱來中傷張蔭桓，是極狠的一著。因爲張蔭桓一直同情德宗；且與翁同龢接近，是公認的「帝黨」。甲午以後，李鴻章失勢；翁同龢與張蔭桓如水乳交融，財政、洋務兩大要政爲翁、張緊緊抓住手裡，朝野側目，而張蔭桓的「帝黨」色彩，亦更濃厚；「后黨」視之如眼中釘。偏偏張蔭桓毫不在乎；戊戌政變以前，德國太子亨利親王訪華，一切接待、覲見的儀節，由張蔭桓一手包辦，幾乎連翁同龢都無置喙的餘地。其中如德宗降御座與亨利握手、便殿賜坐等等，已爲保守分子視作大逆不道；及至國宴用他私人的廚子製西餐，這簡直要掘內務府的根了！於是通過李蓮英的關係，讒於慈禧，說張蔭桓「教壞了皇上」。慈禧以今視昔，認爲當初進獻首飾，不用民間唯正室方可著紅裙的紅色；而用象徵妾侍的綠色，是有意輕視。於是在「戊戌政變」中，將張蔭桓亦列爲禍首。

關於太監的生理問題，國醫陳存仁博士是專家，不但研究有素，而且蒐集的資料、圖片，相當豐富。陳博士談太監的文章，曾連載於「大成」雜誌，讀者有興趣不妨參閱。在這理，我要談一談太監由不正常的生理而引起的不正常心理。

太監不正常的心理，大致由三種情感所構成，第一種是自卑感，形成的原因，由身體上的缺陷而來，不難理解。第二種是不足之心；因爲「人之大欲」永遠無法滿足，所以恆在忽忽若有所失的心理狀態之中，對於物質上的貪得無厭，以及精神上的幸災樂禍、誇大等等，都是此不足之心的反應。

第三種只能用一個「陰」字來概括，陰柔、陰損、陰險皆是，這由生理上的女性荷爾蒙加上太監身分的卑微而形成。

太監之「陰」，如李蓮英之中傷張蔭桓，即爲一例。所謂「明槍易躲，暗箭難防」，太監用到這個「陰」字訣，極其可怕，溥儀就常吃太監的暗虧；我不妨把它指出來：他在自傳中說：

「有一次我一連吃了六個春餅，被一個領班太監知道了，他怕我被春餅撐著；竟異想天開地發明了一個消食的辦法，叫兩個太監左右提起我的雙臂，像砸夯似的在磚地上蹾了我一陣。過後他們很滿意，說是我沒叫春餅撐著，都虧那個治療方法。」

這是出於愚昧還是故意，不容易下斷語；但下面這個例子，明明是有意「整人」：

「這或許被人認為是不通情理的事情，不過還有比這更不通的哩。我在八九歲以前，每逢心情急躁，發脾氣折磨人的時候，我的總管太監張謙和或者阮進壽，就會做出這樣的診斷和治療：「萬歲爺心裡有火，唱一唱，敗敗火吧！」說著，就把我推進一間小屋裡，到後倒插上門。我被單獨禁閉在裡面，無論怎麼叫罵、踢門、央求、哭喊，也沒有人理我。直到我哭喊夠了，用他們的話說是「唱」完了、「敗了火」，才把我釋放出來。」

對一個孩子來說，這是殘酷的懲罰，但在爲了「敗火」，當作一種治療方法來看，太監可以施之於「萬歲爺」。請看「陰」得可怕不？

二、愛新覺羅的祖先

清爲女眞族，世居渤海之東，吉林松花江一帶。唐朝曾建渤海國，由開元十七年至後唐同光三年，始爲遼所滅。但九十年後，即宋徽宗政和三年，完顏（姓）阿骨打（名）起兵叛遼，自立爲女眞主；政和五年破遼，建國號曰金，定都會寧，在會寧古塔附近。姓名亦改爲完顏旻，是爲金太祖。

金太祖的第四子，即是舊時婦孺皆知的金兀朮；金在漢化以後，原來有音無字的名字，改爲漢名，叫做完顏宗弼，官拜「太師都元帥」，謚忠烈。

完顏宗弼功勞雖大，卻未能接位爲帝。太祖在位九年；傳弟吳乞買，改名完顏晟，是爲金太宗，在位十二年，傳太祖之孫完顏亶，是爲金熙宗，在位十四年，爲其同祖的堂弟完顏亮所弒。完顏亮奪位時，爲宋高宗紹興十九年；在位十二年，以荒淫無道被廢，貶爲海陵王。葉德輝校刊的高本通俗小說，有「金虜海陵王荒淫」一卷，記其淫亂事蹟，與南齊廢帝海陵王蕭昭文，可以媲「醜」。相傳，宋與金媾和後，金又興兵伐宋，即因完顏亮讀了柳永的一首詠西湖的詞，興起「立馬吳山第一峰」的壯志豪情之故。

代完顏亮而立者，爲金世宗完顏雍，在位二十九年，年號大定；治國不愧其年號，在這二十九年之中，全力漢化、尊禮漢人；元遺山詩：「明昌大定三生夢」；其令後人嚮往如此。

在熙宗傳廢帝，廢帝傳世宗，皆爲兄弟相襲。自世宗開始，帝系方始一貫。世宗在位時，本立次子允恭爲太子，不及得位而歿。完顏允恭所娶的妃子，其母爲宋徽宗在五國城所生的幼女，這位宋朝公主之女，生子名完顏璟；繼其祖世宗爲帝，即是金章宗。

金章宗由於有漢人的血統；而且是高貴的血統，所以漢化的程度，較之世宗更進一步。在位時更定官制，修明刑法，又設置弘文院，提倡文學藝術；前引元遺山詩，所謂「明昌」，即爲金章宗的年號。「癸辛雜識」載：

（金）章宗母乃（宋）徽宗某公主之女，故章宗嗜好書劄，悉效宣和，字畫尤為逼真。金國之典章文物，惟明昌為盛。

是則金章宗之令人愛慕，尤過於金世宗；無怪乎陳寅恪挽王國維，有「回思寒夜話明昌」之句。

宋理宗端平元年，宋與蒙古聯合滅金，爲金章宗既崩之第二十六年。不久，宋亦亡於蒙古；元朝代興。但元能滅金，不能滅女眞族，只能驅逐其回女眞故地；並設「五萬戶」，賦予自治權。其地稱爲建州。按：國史稱建州者，不下五地之多；此建州爲渤海國的舊地，清朝的始祖爲女眞族的酋長，居鄂多理，即今吉林敦化，爲當時建州最大的一個城。

到了明朝，對女眞仍採羈縻政策，設置建州衛。不久，增設建州左衛；衛指揮猛哥帖木兒，他有個堂姊妹入明宮爲妃嬪，有寵於成祖；因而猛哥帖木耳得升爲都督。清史中稱之爲「都督孟特穆」；清朝建國後，尊之爲「肇祖」；肇者肇始之意。

肇祖的玄孫名覺昌安，爲太祖努爾哈赤的祖父，追尊景祖，景祖之子塔克世，就是太祖之父，追尊顯祖，生有四子：努爾哈赤、穆爾哈齊、舒爾哈齊、雅爾哈齊，除穆爾哈齊庶出外，其餘都爲顯祖嫡妻喜塔臘氏所出。

太祖居長，生於明朝嘉靖三十八年。到萬曆十年，太祖二十四歲時，祖父同時遇難。事起於有個塔克世的舊部尼堪外蘭，與建州衛都左指揮王杲之子，古勒城城主阿太章京不睦；私下引導遼東總兵寧遠伯李成梁攻古勒城。阿太章京的妻子是覺昌安的孫女兒，也就是塔克世的侄女；覺昌安最鍾愛這個孫女兒，聞訊大驚，星夜馳救。由於尼堪外蘭曾是塔克世的舊部，所以在他們六弟兄中，公推行四的塔克世護持老父，赴援古勒。

古勒的城很堅固，李成梁的部隊，久圍不下；尼堪外蘭便派人進城活動，阿太章京的部將，殺主出降。那知尼堪外蘭殺降屠城；覺昌安、塔克世父子，雙雙被害。

噩耗傳來，努爾哈赤悲憤不已；向明朝派在遼東的地方官大辦交涉。奏聞朝廷，爲了安撫努爾哈赤，於萬曆十一年二月，遣派使者將覺昌安父子的遺體送回，封努爾哈赤爲「龍虎將軍」，任命爲建州左衛都督，給與敕書三十道，馬三十匹。努爾哈赤向使者要求，逮捕尼堪外蘭交給他處置；使者拒絕了。

於是努爾哈赤在這年五月間，以他父親所遺留的十三副盔甲，起兵攻尼堪外蘭於圖倫城；尼堪外蘭逃至熱河承德附近的甲版城；努爾哈赤在圖倫部署略定，復攻甲版，尼堪外蘭便又逃至撫順，要求「入邊」。

邊者，「柳條邊」；據「辭海」解釋：

清初屢有蒙古寇警，乃在今遼吉兩省，插柳結繩，以定內外，謂之柳條邊，亦稱柳牆。南起遼寧鳳城縣，北至開原縣，折而西南下，至山海關接邊牆，周一千一百二十餘公里。又自開原縣威遠堡、迤東，歷吉林省北界，至發特哈，長三百九十餘公里。……共有門凡二十，清時每門設章京、筆帖式、官兵，分界管轄，稽查出入。

這是清朝的情況；明朝的柳條邊，從西面看，南起山海關、迤邐往北偏東，即今熱河、遼寧兩省的邊界，至開原威遠堡，迤東抵達松花江（明清稱爲混同江），爲明朝在東北的疆界。至於自開原往南，以達鳳城的柳條邊，爲保護清朝龍興之地的興京（今新賓）而設；當努爾哈赤初起時，固無此柳條邊，即明朝的柳牆，後亦由開原後縮至撫順。尼堪外蘭要求「入邊」，亦就是要求進入明朝疆界，獲得庇護。邊吏怕引起糾紛，拒而不納；尼堪外蘭只好一直往北，逃至齊齊哈爾西南的鵝爾渾（今名昂昂溪），築城以避。

自此而始，努爾哈赤展開拓土開疆的事業，首先是以興京爲根據地、統一建州三衛；自萬曆十九年開始，矛頭指向「扈倫四部」。扈倫也是金人後裔所建的一國，共分四個部落，烏喇在北、哈達在西、葉赫在東、輝發在南；明滅元後，以扈倫改設爲海西衛，因此扈倫四部亦稱「海西四部」；其地當遼河以東、松花江以西。

海西四部後來構成「八旗」的主要部分；其酋長亦成親貴。四部設治之地如下：

烏喇，今吉林省永吉縣北，松花江東；清名其城爲打牲烏喇。

哈達，本與烏喇同族，故城有二，一在開原縣東；一在寧古塔西南。

葉赫，其先本蒙古人，姓土默特；滅那拉據有其地，因冒姓那拉；後遷葉赫河，改稱葉赫部，設治今吉林省伊通縣。慈禧太后即出於此族。

輝發，其族來自黑龍江，姓伊克哩；以後改姓那拉。數遷至輝發河邊呼爾奇山，因稱輝發部。故城在今遼寧省輝南縣附近。按：海西四部中那拉氏有二，故正確的稱呼，應爲葉赫那拉及輝發那拉。

努爾哈赤的事業，奠定於三十五歲時。這年是萬曆二十一年，秋九月，葉赫糾合哈達、輝發、烏喇及長白山、蒙古科爾沁等部落，組成「九國聯軍」，圍攻滿洲，陳兵撫順以東的渾河北岸。努爾哈赤料敵不過烏合之眾，據險列陣，發百騎挑戰，擒葉赫西域城主布寨，聯軍大潰，努爾哈赤縱兵掩襲，斬級四千，獲馬三千匹，鎧甲千副，並俘虜烏喇貝勒之弟布占泰。自此軍威大振。

於是二十七年滅哈達，三十五年滅輝發，四十一年滅烏喇，海西四部，已亡其三，只剩下葉赫未下。其時努爾哈赤垂垂老矣，五十五歲了。

清末有個傳說，葉赫與清朝勢不兩立，葉赫那拉氏的秀女，不得選爲后妃。此說無稽。太祖高皇后即出於葉赫那拉氏。不過葉赫在海西四部中，與努爾哈赤的糾紛特多，始終不屈，則爲事實。

萬曆四十六年，亦即努爾哈赤稱帝的第三年，發兵攻明，臨行以「七大恨」告天誓師，這是做作。努爾哈赤世受明恩，起兵叛明，若無此所謂「七大恨」，則師出無名。「七大恨」當然是過甚其詞，但其中三恨皆由明助葉赫：

「明不守盟約，逞兵越界，衛助葉赫，恨二也；

明越境以兵助葉赫，致我已聘之女，改適蒙古，恨四也；

葉赫渝盟召釁，而明乃偏信其言，遣使詬詈，肆行陵侮，恨六也。」

告恨侵明的第二年，萬曆四十七年正月，努爾哈赤親征葉赫。遼東經略楊鎬集兵瀋陽，分四路攻滿洲，每路兵六萬，相約會師興京。復有葉赫相助。結果左翼中路及北路，右翼南路，三路兵敗，僅剩李成梁之子李如柏所領的右翼中路，遁回瀋陽。葉赫本遣兵來會，中途得報，明軍大敗，急急引兵而歸。

是年八月，努爾哈赤征葉赫。葉赫分東西兩城，東城兵潰，城主金台吉被執，不屈而死；西城城主布揚吉獻城投降。葉赫至此始亡。

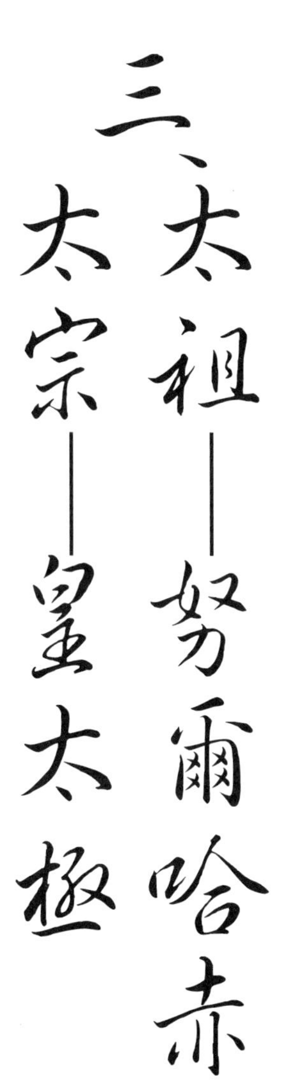
三、太祖——努爾哈赤
太宗——皇太極

史家重正統；構成正統的唯一條件是：國中無國；亦即統一。但一個正統皇朝而能享祚綿長；以我的看法，必須經過兩代的經營。所謂「兩代」，當然不能死看，以爲必是父死子繼，或者兄終弟及，緊接著的兩代；其間或有波折頓挫。總之「馬上得天下，不能馬上治天下」；力戰經營之「得」，與偃武修文之「治」，必須繼承有人，方能厚植根基，長治久安。如隋之代北周而有天下，亡梁滅陳，統一南北，而庫藏豐盈，開國條件之佳，無與倫比，但歷三世，凡三十七年而禪於唐，即因第二代煬帝爲敗家子之故。

從正面看，隋之前如漢，繼高祖之創業而有文帝之文治，乃有漢家四百年天下；隋之後如唐，高祖、太宗，父子兩代；如宋，太祖、太宗兄弟，亦爲兩代；如明，則應視太祖、成祖爲兩代。至於清朝，入關以前，太祖、太宗的事業是一貫的，有因襲而無因革；雖獨尊非太祖「共主」之本意，但自夏禹以來，非家天下不足以傳國，基本上應視之爲一個政權的由草創而成熟。因此，我以太祖努爾哈赤，太宗皇太極合併寫爲一章。

清朝自太祖至宣統凡十二帝，但輒云清宮十三朝者，因太宗有天聰、崇德兩年號；細考不然，清朝建元應自崇德始，天命、天聰爲皇帝之稱號而非年號。孟森「清代史」云：

> 太祖之建號「天命」，本自稱為「金國汗」，而亦用中國名號，自尊為「天命皇帝」，其實並

非年號，並未以「天命」為其國內臣民紀年之用。特帝業由太祖開創，在清史自當尊為開國之帝。入關後，相沿以「天命」為太祖之年號，則亦不足深辨。

至太宗改稱「天聰」，亦是自尊為「天聰皇帝」，非以紀年。觀太宗修太祖實錄，屢稱「天聰皇帝」為不可分離之名詞，可以見之。太祖實錄成於天聰九年，時雖尚無帝制之心，而已有為國存史之意，亦見志量之不同其他夷酋。實錄既成，明年又實行建國，去舊國號之「金」而定為「清」，觀其以夷稱若為「滿住」，後即就改為「滿洲」以名其國，則清之為清，亦就金之口音而變寫漢字，謂為清國耳。而清之一朝，實定名於是，故天聰十年有大舉動，收元「崇德」，則真用為年號。

這個看法非常精當，太祖雖藉「七大恨」伐明，實際上只希望在關外立國，而能獲得明朝的承認；初無問鼎中原之心。此只看太祖所定的立國制度，爲共主而非獨裁，即是心目中有一並無任何子侄可以稱帝的觀念在；自更談不到代明而興，成一朝正統的大志。

何謂共主？即是八旗旗主，各置官屬，各有人民，並立而不相上下；遇有大事，則八旗主會議決定。「武皇帝（太祖實錄）」載：

天命六年正月十二日，帝與帶善、阿敏、蒙古兒泰、皇太極、得格壘、跡兒哈朗、阿吉格、姚托諸王等，對天焚香祝曰：「蒙天地父母垂祐，吾與強敵爭衡，將輝發、兀喇、哈達、夜黑、同一語音者，俱為我有。征仇國大明，得其撫順、清河、開原、鐵嶺等城，又破其四路大兵；皆天地之默助也。今禱上下神祇，吾子孫中縱有不善者，天可滅之，勿刑傷，以開殺戮之端。如有殘忍之人，不待天誅，長與操戈之；念，天地豈不知之？若此者，亦當奪其算。昆弟中若有作亂者，明知之而不加害，俱懷理義之心，以化導其愚頑。似此者，天地佑之，俾子孫百世延長。

這是清朝開國文獻中，很重要的一篇；可以看出太祖最看重的一事，就是團結；而團結必出於公平與忍讓。他自稱「天命皇帝」，而不欲有子繼承帝位，即是怕引起骨肉間的大衝突。至於以後太宗稱帝，乃種種因素，自然而然推移演變而來，因非太祖本意所在；亦非太祖始料所及。

前引告天文中八人，即爲八旗旗主，當時四大貝勒，四小貝勒。帶善即代善，蒙古兒泰即莽古爾泰，得格壘即德格類，跡兒哈朗即濟爾哈朗，阿吉格即阿濟格，姚托即岳託。除阿敏、濟爾哈朗爲太祖之侄；岳託爲代善之子以外，其餘皆爲太祖之子。

四大四小八貝勒，大致皆爲旗主。但有一貝勒主兩旗，如四貝勒皇太極之有兩黃，亦有兩貝勒主一旗，如鑲藍之先歸阿敏，後歸濟爾哈朗，八旗成長演變的過程，即爲清朝開國的歷史，而太祖一生的事業、理想，甚至感情，亦可由八旗的成長演變的過程中，充分反映。因此，談太祖、太宗父子，最切實際的辦法，便是談八旗制度。

太祖以十三副遺甲起事，即是只有十三名能作戰的甲士；加上必須的從屬人員，大致不會超過五十人。征尼堪外蘭時，得兵百人，甲三十副；以後歸附日眾，必須加以部勒。最原始的組織是十個人一小隊，其中之一爲首領。編隊時，每人出箭一枝，束爲一束，由首領保管，這一束箭便是權威的象徵。所以這個小隊稱爲「牛彔」，漢語「大箭」之意，牛彔的首領稱爲「牛彔額眞」，額眞即「至」。

以後牛彔的編制，逐漸擴大，最終於萬曆二十九年定制，每牛彔三百人。其時只有四個牛彔，合計一千二百人；四牛彔無論行軍打獵，都在一起，以旗色爲號。旗分黃、白、紅、藍色。於此可知，八旗最初只有正黃、正白、正紅、正藍四旗。

及至萬曆三十五年滅輝發；四十一年滅烏喇，實力大增，計有四百個牛彔，總計十二萬人；十四年間增加了一百倍。這四百個牛彔，分爲滿洲、蒙古混合編組三百另八個；純蒙古七十六個；漢軍十六個。於是在萬曆四十六年，增編四旗，黃、白、藍旗鑲紅邊；紅旗鑲白邊，稱爲鑲黃、鑲白、鑲紅、鑲藍旗。

八旗的旗主，先要從早先的四旗談起，孟森先生「八旗制度考實」，考出：

正黃，旗主四貝勒皇太極。

正紅，旗主大貝勒代善。

正藍，旗主三貝勒莽古爾泰；後歸德格類。

此三旗之外的正白旗，後由多爾袞所領，但那是太祖既崩以後的事，最初必另有旗主。孟先生下筆極謹慎，因無資料，故付闕如；但我爲孟先生作一補充，正白旗的旗主，必是太祖的長子，廣略貝勒褚英。

所謂「四大貝勒」，是太祖稱帝後所封，併其弟舒爾哈齊第二子阿敏，與其親生之子，敘齒以定次序，代善年最長，稱大貝勒；其次爲阿敏，稱二貝勒；以下爲莽古爾泰及皇太極。其實代善爲太祖次子；最初的大貝勒應該是褚英；二貝勒方爲代善；第五子莽古爾泰爲三貝勒；第八子皇太極爲四貝勒，分領白、紅、藍、黃四旗。

何以見得正白旗爲褚英所領？此可由情理推知；太祖的基本武力只有四旗，自然由年長的四子分掌。褚英與代善一母所生；初期的征伐，褚英亦常受命領兵，則代善既有一旗，褚英更當有一旗，即爲唯一最初旗主無考的正白旗。及至褚英獲罪爲太祖所誅，正白旗必然收歸自將；因爲小一輩中，褚英居長，他人的資望自不足以駕馭此旗；而且可意料的是，正白旗是兵額裝備皆優的一旗，太祖亦不能輕易託付他人。

至於阿敏原不主旗，後來由四旗擴編爲八旗，始得領鑲藍旗；皇太極以才具冠於兄弟，多領鑲黃一旗。鑲紅、鑲白兩旗主名無考；我很疑心，此兩旗本屬於阿敏之父舒爾哈齊。黃道周「建夷考」：

初酋（按：指努爾哈赤）一兄一弟，皆以驍勇雄部落中。兄弟始登壠而議，既則建台，策定而下，無一人聞者。兄死，弟稱「三都督」，酋疑弟二心，佯營莊第一區，落成置酒；招弟飲會，入於寢室，鋃鐺之，注鐵鍵其戶，僅容二穴，通飲食，出便溺。弟有二名裨，以勇聞，酋恨其佐弟，假弟令召入宅，腰斬之，長子數諫勿殺弟，且勿負中國，奴亦囚之。其凶逆乃天性也。

據孟森考證，所謂「有一兄」，乃誤記，太祖居長，不得有兄。「長子」即褚英，而「二名裨」爲常書、納奇布。我疑心鑲紅、鑲白爲舒爾哈齊居旗主之名，而由此「二名裨」分別帶領。舒爾哈齊及此二將被殺，兩旗亦歸太祖自將；連正白旗共保留三旗的兵力，臨終時分授三幼子。其詳見後，先談舒爾哈齊的死因。

按：上引文中的「三都督」，指烏喇貝勒布占泰。九國聯軍之役，布占泰原已被俘，太祖為懷柔起見，放他回國，且結姻親，親結得很奇特，在只知儒家禮法的人看來，聞所未聞。

烏喇貝勒名滿泰，其女名阿巴亥，於萬曆二十九年嬪太祖為妃，後立為后，即多爾袞之母；多爾袞死後獲罪，「禍延先妣」，阿巴亥改稱為大妃。

大妃有叔即布占泰，繼滿泰而為烏喇貝勒；九國聯軍之役，布占泰被擒，而太祖釋之回烏喇。布占泰本為太祖的叔岳，此時呼叔岳為「恩父」。因烏喇後求婚滿洲，太祖以弟舒爾哈齊之女相許；二次又求婚，復以舒爾哈齊之女許配；三次再求，則太祖以第四女許婚。於是太祖與布占泰由互為叔岳，而又一變為翁婿。

翁婿之反目，在萬曆四十年；起因是布占泰想娶太祖的一個「未婚妻」。這話似乎太離譜了；但一說明白，讀者就會覺得我用「未婚妻」一詞，不為過分。

太祖的這個「未婚妻」明史稱為「葉赫老女」。孟心史有一篇：「清太祖所聘葉赫老女事詳考」、扈倫四部皆由「葉赫老女」而亡，傾城傾國尤物，眞是禍水。茲先言太祖與葉赫的關係。

太祖四后，後來由於太宗由四貝勒共治而定於一尊，所以他的生母成了「太祖孝慈高皇后」，她的閨名叫孟古姐；為葉赫東城貝勒楊機奴之女。楊機奴胞兄名卿家奴，為西城貝勒，其子名卜寨；生女即所謂「葉赫老女」。

九國聯軍之役的盟主為高皇后的胞兄納林布祿；所以此役為大舅子反妹夫。卜寨亦傾兵與戰，奮勇當先，不料坐騎觸木而踣，為太祖部下所斬。戰事結束，葉赫要求歸還卜寨遺體；太祖剖其半與之，遂成不解之仇。

萬曆二十五年，葉赫搆和，以十五歲的葉赫老女許婚太祖，而以納林布祿胞弟金台吉之女，許婚代善，皆正式下過聘禮，不久，葉赫悔婚，金台吉之女嫁於蒙古；留葉赫老女不遣。

原來納林布祿要拿葉赫老女作為「獎品」；誰能打敗滿洲，即以葉赫老女相許。於是萬曆二十七年葉赫誘哈達貝勒猛骨孛羅，有云：「爾若執滿洲來援二將，贖所質三子，盡殲其兵二千人，我妻汝以所求之女。」太祖得知其情，一舉滅了哈達。

萬曆三十五年，輝發貝勒拜音達裡，原來聘了太祖之女為妻；卻久不迎娶。原來他亦看上了「老丈人」的「未婚妻」葉赫老女；因而為太祖所滅。

萬曆四十年，葉赫老女已經三十歲，但對布占泰而言，仍有極大的魅力；布占泰竟因此以「骲箭」射太祖侄女，亦即其妻娥恩姐。太祖興師問罪，布占泰謝過：「或者人以讒言，令吾父子不睦。若果射汝女，欲娶汝婚，上有天在。」太祖要求他以「汝子並大臣之子為質，方見其眞」。延及一年，布占泰竟將他的兒女及十七臣之子，送葉赫為質；太祖因而親征烏喇，布占泰僅以身免，投往葉赫。結果國亡而香夢未圓，布占泰並沒有娶到葉赫老女。

太祖與舒爾哈齊同母兄弟，由生嫌隙不和，而至於幽禁致死，並先殺舒爾哈齊兩子，其起因有二：一爲烏喇及布占泰的態度不同。布占泰爲舒爾哈齊兩女之婿，顧念親情，並不視之爲敵；萬曆三十五年曾有作戰時公然袒護的事實。太祖因而奪弟兵權；舒爾哈齊的反應，據「清史稿」本傳云：

居恆鬱鬱，語其第一子阿爾通阿；第三子札薩克圖曰：「吾豈以衣食受羈於人哉？」移居黑扯木，上怒，誅其二子，舒爾哈齊乃復還。歲辛亥八月薨。順治十年追封謚。子九，有爵者五。

第二個原因是我的判斷。太祖諸弟中，惟舒爾哈齊得與其並稱，「明實錄」於太祖兄弟的朝貢，並稱爲都督；「朝鮮實錄」亦並稱之爲「老哈赤」、「小哈赤」。於此可知兩人地位相埒；而舒爾哈齊與明朝邊將另有一重特殊關係，其女爲李成梁之子、遼東總兵李如柏之妾，生一子。當時有「奴酋女婿作鎮守，未知遼東落誰手」之謠；即指李如柏。舒爾哈齊既有兵權，復有奧援，則在對烏喇的政策上，發生重大歧異，自然爲太祖所忌，遂致演出骨肉相殘的慘劇。

太祖既滅烏喇；扈倫四部只剩下一個葉赫，於是以索布占泰爲名，攻破葉赫兀蘇等城十九處。葉赫兩貝勒金台吉、布揚古叔侄，告急於明；明遣游擊馬時楠、周大岐帶槍炮手一千，保護葉赫東西兩城。其時滿洲兵還不敢與明對抗，主要的原因是，明軍有「紅衣大將軍」——大炮之故。因此，太祖修書向明朝解釋興兵葉赫，由於葉赫「悔婚」、「匿婿」，不得不然。

當時明朝的威信未墜，猶足以使四夷有所顧忌，所以太祖還不能不貌為恭順，而另出以狡計，愚弄邊吏。因此，明朝雖支持葉赫，卻並無發兵助葉赫攻滿的打算；而太祖亦不敢大舉侵葉赫，避免對明朝的過分刺激。

這樣大致僵持的形勢到了萬曆四十三年夏天，發生了變化。葉赫急於復仇，以「老女」許婚蒙古喀爾喀部的莽古爾代，五月下聘，七月成婚；太祖部將都以為此可忍，孰不可忍，主張進兵葉赫。而太祖不以為然：「武皇帝實錄」載萬曆四十三年六月事云：

初、夜黑（按：師葉赫）布羊姑以妹許太祖（按：布羊姑即布楊古．卜寨之子，「老女」之兄），受其聘禮，又欲與蒙古胯兒胯（按：即喀爾喀）部班孤兒太（按：師莽古爾代）台吉（按：「台吉」由漢語「太子」轉變而來，各部落酋長之子，皆稱「台吉」，意同王子），諸王臣曰：「聞夜黑將汗聘之女欲與蒙古，所可恨者莫過於是。當此未與之先，可速起兵。若已與之，乘未嫁時，攻其城而奪之。況此女汗所聘者，非諸王可比，既聞之，安得坐視他適？」皆力諫興兵不已。

太祖曰：「或有大事，可加兵於彼；以違婚之事興兵，則不可。蓋天生此女，非無意也，因而壞哈達、輝發、烏喇，使各國不睦，干戈擾攘至此。大明助夜黑，令其女不與我而與蒙古，是壞夜黑，釀大變，欲以此事激我忿怒，故如是也。今盡力征之，雖得其女，諒不久而亡，反成災患。無論與何人，亦不能久。啟釁壞國已極，死期將至矣。」

諸王臣反覆諫之，必欲興兵；太祖曰：「吾以怒而興師，汝等猶當諫之，況吾所聘老女，為他人娶，豈有不恨之理？予尚棄其忿恨，置身局外以罷兵；汝等反苦為仇校，令吾怨怒，何也？聘女者不恨，汝等深恨何為？豈因忿遂從汝等之言乎？汝等且止。」言畢，令調到人馬皆回。

諸王臣奏曰：「此女迄今三十三歲，已受聘二十年矣。被大明遣兵為夜黑防禦，夜黑遂倚其勢，轉嫁與蒙古，今可侵大明。」

太祖不允……。

按：如上實錄，太祖所謂「大明助夜黑，令其女不與我而與蒙古」一語，當係後來修實錄時所加，太祖當時必不致作此語，當時御史翟鳳翀巡按遼東時，主張根本不管他們的「家務」，疏稱：「以天朝作外夷撮合，名污而體褻，」可以反證明朝決無令葉赫以「老女」予蒙古之事。天聰修實錄所以加此語，無非以此與「告天七大恨」相呼應，以見其「造反有理」而已。

太祖之不欲興問罪之師，乃是老謀深算，因為葉赫之結蒙古，一方面恃以為援；另一方面亦是故意激怒太祖，希望滿洲興兵，則不但葉赫與蒙古組聯軍，足以相敵，而且明朝亦一定會從清河、撫順發兵，東向夾擊，危亡立見。

同樣地，太祖不欲伐明，亦是怕葉赫與蒙古拊其背；決定「固疆宇、修邊關、務農事、裕積儲」，自是持重的做法。

可注意的是，此後事態的發展，第一、三個月以後的閏八月，長子褚英以罪為太祖所殺。所得何罪，迄今不明；只有就官書中現存記載去猜測。「東華錄」順治五年三月，幽繫肅親王豪格一條下記：

> 諸王貝勒貝子大臣會議，豪格應擬死；得旨：「如此處分，誠為不忍，不准行。」諸王大臣復屢奏言：「太祖長子，亦曾似此悖亂，置於國法。」乃從眾議，免肅親王死，幽繫之，奪其所屬人員。

是則褚英的罪名，與豪格相似。按：豪格為太宗長子；順治異母兄。入關後平四川，斬張獻忠於陣；但與其叔攝政王多爾袞不和，削爵繫獄，其妻且為多爾袞所奪。「清史列傳」宗室王公卷二記：

（順治）五年二月凱旋，上御太和殿宴勞。三月，睿親王（多爾袞）以豪格徇隱隨征護軍參領希爾根冒功事；又欲擢用罪人揚善之弟吉賽，議罪削爵，繫之卒於獄，八年正月，上親政，念其枉，復封和碩肅親王，立碑表之。

十三年九月追謚武，再立碑以紀其功。

據此，則豪格之獲罪，別有緣故，後當詳考；大致亦爲不得皇位之故。當時以豪格之罪名比擬褚英；則褚英當亦有反太祖之事實，而與太祖不願興兵征葉赫及反明有關。

明朝人的記載，如「從信錄」等，記褚英之爲父所誅，是由於反對太祖叛明之故；此可能與事實適得其反。因爲就現有的資料來看，太祖是採取穩健的步驟；而「諸王大臣」主張興兵，此「諸王大臣」當然包括褚英在內。此後不久，正式稱帝，亦是由於「諸王大臣」紛紛勸進；過拂部下之意，勢必影響士氣，不得不然。

太祖建國在萬曆四十四年正月，年五十八歲；稱號爲「天命皇帝」，後世誤以爲建元天命。其實，太祖此時不但無代明而有天下的雄心壯志；甚至根本不想維持傳統的帝制，諄諄以共治爲囑。據滿州老檔「武皇帝實錄」，載天命七年（明天啓二年）三月初三日事：

皇子八人進見問曰：「我等何人可嗣父皇，以登天賜之大位，俾永天祿。」帝曰：「繼我而為君者，毋令強勢之人為之。此等人一為國君，恐倚強恃勢，獲罪於天也。且一人之識見，能及眾人之智慮耶？爾八人可為八固山之王，如是同心幹國可無失矣。」

這是太祖制定的國體，孟心史稱之爲「聯旗制度」。但此制度要維持不墜，實在得難。八固山除了四小貝勒以外；四大貝勒都想繼承帝業，最後由皇太極繼位，出於代善父子的擁立；否則相互砍殺，決不能成一統之業。

明亡清興，實有天意，有清太祖、太宗及代善；並有明熹宗、思宗。明朝並非無人，袁崇煥、孫承宗、熊廷弼，無不可以制滿洲，但其遭遇，眞是令志士喪氣。當然，誤國的疆臣邊師亦不是沒有。先談袁崇煥；張岱「石匱書後集」卷十一本傳：

袁崇煥廣西藤縣籍，東莞人，萬曆己未進士，為邵武縣令。天啟壬戌，陞兵部職方司主事，時廣寧失陷，王化貞與熊廷弼逃歸，畫山海關為守。

按：廣寧失守在天啓二年。熊廷弼爲經略；王化貞爲巡撫，兩人不和，而內閣及兵部皆袒護王化貞，因此熊廷弼雖有大舉的計劃，無由實現。

天啓元年，原爲撫順游擊而投清的李永芳勾結了王化貞部下的一個游擊孫得功；由孫得功向王化貞獻議，說李永芳有心反正，只要一發兵，裡應外合，足以大破清軍。王化貞大喜，以爲立功有秘計，益發輕視熊廷弼。見此光景，熊廷弼便上奏乞休；朝廷亦已許了他。不道尚未能離任，太祖已在天啓二年正月對遼河發動攻擊，孫得功想綁架王化貞投清；幸有別將相救，得免被俘。

熊廷弼痛恨王化貞僨事，同時深知敵人還不敢渡遼河而西。因而隨王化貞入關，打算著朝廷知道他的才具，既然王化貞失敗，自然就會想到他，那時再來經營，亦還不遲。

「袁崇煥傳」又說：

京師各官，言及遼事，皆縮朒不敢任，袁崇煥獨攘臂請行，與閻鳴泰同出監軍山海。巡撫劉策議於山海關外掘壕塹，築備城關……崇煥言守關當於關外守之，築城與掘壕俱不便，請罷。閣部孫承宗自請至關，相度形勢，是崇煥言。掘壕議遂寢，朝議遂以孫承宗為經略。

按：此記殊有未諦。山海關外另築重關，議出兩王；兩王者薊遼總督王象乾；及代熊廷弼經略遼東軍務的王在晉。當時大僚多不願到遼東是事實；而王在晉功名念切，首輔葉向高因許以「關門一年無事，即予封拜」，因毅然以兵部尚書出鎮遼東。

但實際上不但未到遼東，連遼西都未到，只在山海關內坐鎮。關外已經棄守；但非滿洲所佔，而是蒙古喀爾喀、土默特等部在盤桓。其時的情勢非常特殊，滿洲與明朝都在爭取蒙古，滿洲希望蒙古進攻明朝，所以讓出關前之地；而明朝則以為蒙古為我「守邊」，所以經常有鉅款犒賞，名為「行款」；蒙古兵則稱為「西部」。王象乾的長技，即在結納「西部」，以「行款」買得個無事，待老解職，挾豐盈的宦囊回老家去求田問舍，做權紳魚肉鄉里。

王在晉到鎮，就照王象乾的辦法，打算著幹滿一年，便可入閣拜相。不道忽然動了功名之念，計畫利用西部，收復廣寧；王象乾便極力勸阻，他說：「收復廣寧而不能守，朝廷不念收復之功；只問失地之罪，豈非自取之咎。為今之計，不如在關外設關；守住山海關，即是保衛京師。」

他說這話是有私心的。原來他的轄區雖為薊、遼，但遼事有經略、有巡撫，所以實際上只是管薊州。薊州不失，即無罪過；如果關外設關，關內的薊州又多一重保障，更可高枕無憂，所謂

「守住山海關，即是保衛京師」；這「京師」二字應改爲「薊州」，才符實際。

王在晉的本意亦只在守山海關，欣然納議，請鉅款在關門外八里鋪築關城；寧遠道、袁崇煥，及王在晉的好些幕僚都不贊成，而王在晉不顧。

奏疏到京，首輔葉向高以爲僅憑書面上的說明，無法判斷；次輔孫承宗自請「身往決之。」到關一看，認爲王在晉的想法，根本不通；據明史「孫承宗傳」，當時有這樣一段對話：

孫：「新城成，即移舊城四萬人以守乎？」

王：「否。當更設兵。」

孫：「如此，則八里內守兵八萬矣。『一片石』西北，不當設兵乎？且築關在八里內，新城背即舊城址：舊城之品坑（高陽按：掘壕成品字形謂之品坑）地雷為敵人設，抑為新兵設乎？新城可守，安用舊城？如不可設，則四萬新兵倒戈舊城下，將開關延入乎？抑閉關以委敵乎？」

王：「關外有『三道關』，可入也。」

孫：「若此，則敵至而兵逃如故也，安用重關？」

王：「將建三案於山，以待潰卒。」

孫：「兵未潰而築寨以待之，是教之潰也。且潰兵可入，敵亦可尾之入。今不為恢復計畫關

而守，將盡撤藩籬，日闃堂奥，畿東其有寧乎？」

按：以上一問一答，如不明山海關的地形不知王在晉的荒謬。山海關的正面，亦即由南面的海邊，往北抵山，約計四十里。北面轉折往西之處即「一片石關」，俗稱「九門口」；爲山海關的要隘，故當設兵防守。由一片石往南，凡歷五關到海，其中有一個關，就叫「三道關」；北距一片石，南距山海關，各爲二十里。王在晉的意思，新城如不守，四萬新兵，可由「三道關」入關；所謂「舊關」，則指原來的山海關。及至孫承宗詰以「兵逃如故，安用重關？」自覺失言，因謂另築三寨以待潰卒。眞是越說越不成話了。

論理語窮。於是孫承宗就地召集軍事會議，議守關外。關外又守何處呢？袁崇煥主守錦州西南的寧遠；閻應泰主守寧遠以南十二里海中的覺華島，此處爲後來明軍屯糧之地；王在晉則主守「中前所城」，此城在寧遠之西一百六十五里，而寧遠距山海關一百九十里，換句話說，中前所城在山海關外二十五里之處。很顯然地，王在晉是怕關外守不住，爲了逃起來方便，所以主守中前所城。

孫承宗支持守寧遠之議，但希望由王在晉提出建議；誰知花了七晝夜的工夫，未能說服王在晉。迫不得已，還朝以後，據實上奏。

孫承宗的奏疏中說：

> 與其以百萬金錢，浪擲於無用之版築，曷若築寧遠要害；以守八里舖之四萬人當寧遠衝，與覺華相犄角。敵窺城，全島上卒旁出三岔，斷浮橋，繞其後而橫擊之，即無事，亦且收二百里疆土。總之敵之帳幕，必不可近關門；杏山之難民，必不可置膜外。
>
> 不盡破庸人之論，遼事不可為也。

按：寧遠即今興城，乃恢復遼金的舊名。興城以東爲杏山及松山當小凌河西岸；渡河爲今錦州，明朝稱爲廣寧中屯、左屯衛；過大凌河在今溝幫子，鎮安一帶，始爲明朝的廣寧衛。覺華島今稱菊花島，在興城以南十二里海中，上有海雲、龍宮兩寺。明朝通海運時，東南糧秣接濟山海關，即囤覺華，雖離海十二里，實爲沙灘，水淺時涉足可過，不煩舟楫。所謂「三岔」，當指小凌河自海而北！過杏山後，分出女兒河、湯河兩支流，遂成三岔而言。當敵窺寧遠城時，必須過杏山、松山、渡雙樹舖河，方到城下；此時覺華島的守卒，由東面在小凌河西岸登陸，預備燒斷敵軍在雙樹舖河所搭浮橋，攔腰襲擊，則敵無歸路，必當速退，可解寧遠之危。

奏疏以外，孫承宗復在熹宗御經筵時，面奏王在晉不足任，於是調爲南京兵部尚書，並斥責

逃入關內，附和築城之議的監司邢愼言等。遼東經略，一時不得其人；孫承宗奮然請行，詔「以原官督山海關及薊、遼、天津、登萊諸處軍務」，並以閻應泰爲遼東巡撫。「石匱書」卷八孫承宗傳：

承宗請行邊，天子御書餞送，詒書鄭重，以漢諸葛亮、唐裴度為比。出鎮之初，關門三十里外，斥堠不設；經營四年，闢地四百里，徙幕踰七百里，樓船降騎、東巡至醫無閭。

醫無閭山在今鎭北附近，已及廣寧；易言之，在化貞所棄的廣寧，幾已收復。至天啓五年八月，孫承宗爲閹黨所攻去職，兵部尙書高第代爲經略。前後在關四年，修復大城九、堡四十五、練兵十一萬，造甲冑器械等攻守之具數百萬，拓地四百里、開屯五千頃。而滿洲始終不敢犯，孫承宗不去職，豈有後來清兵入關之事？

明末淸初與山海關有關者。有兩高第，一爲山海關總兵，本人即爲楡林籍，後降於淸，隨多鐸征河南；「淸史列傳」列於「貳臣」。一即此處要談的遼東經略，他是關內灤州人，字登之，兩榜出身，在孫承宗出鎭遼東時，爲兵部尙書，亦主撤兵守關，孫承宗駁而不行。明朝的兵部尙書，既掌軍政，亦主軍令，猶如現代合國防部長與參謀總長於一身，稱爲「本兵」，威權極重，孫承宗駁了他的政策，認爲大損威望，因而不睦。既代孫承宗爲遼東經略，自然一反所爲，撤關外之兵。袁崇煥時爲寧前道，不奉命，他的理由是：「我是地方官，守土有責。情願死在寧遠，不撤。」高第無以相難，只好不聞不問。

在孫承宗守遼的四年，滿州只零星騷擾，不敢大舉入侵；因爲太祖極見機，知道孫承宗不好惹。現在換了與王在晉一丘之貉的高第，自然不客氣了。高第頭一年十月到關；太祖第二年（天啓六年，天命十一年）正月，太祖率諸貝勒大臣西征；統兵號稱四十萬。一路勢如破竹；高第坐視不救。

袁崇煥與總兵滿桂，只數千兵，固守寧遠；太祖旨在攻關，關門一下，寧遠不潰即降，無足爲憂；因而繞城而西，橫截山海關大路，同時分兵取覺華島。不道袁崇煥在城上發炮，太祖不敵而退。「石匱書」袁傳，記其事云：

> 丙寅（天啟六年）北騎四十萬偪寧遠城，城中戍守數千人，兵勢單弱，城外有紅（衣）炮數門，無敢發者；崇煥事急，勒唐通判親自發炮。凡放紅（衣）大炮者，必於數百步外，掘一土塹，火著線，即翻身下塹，可以免死。唐通判不曉其法，竟被震死；炮過處，打死北騎無算，並及黃龍幕，傷一裨王。北騎謂出兵不利，以皮革裹屍，號哭奔去。……遼東人謠曰：「苦了唐通

判，好了袁崇煥。」

此眞齊東野語！袁崇煥復以崇禎中清太宗的反間計，殺崇煥傳首九邊；天下皆以爲袁崇煥通敵傾國，雖正人君子亦然；毫無例外，此所以張岱賢者，只有如此筆墨。

捷報到京，本爲閹黨的兵部尚書王永光，一反支持高第的態度，上疏請重用袁崇煥：

遼左發難，各城望風奔潰。八年來賊始一挫，乃知中國有人矣！蓋緣道臣袁崇煥平日之恩威有以慴之，維之也。不然，何寧遠獨無奪門之叛民，內應之奸細乎？本官智勇兼全，宜優其職級，一切國外事權，悉以委之，而該道員缺，則聽崇煥自擇以代。

「悉以委之」則竟是以袁崇煥爲實質上的經略；所升的官職則是「都察院右僉都御史巡撫遼東。」既有獎，自有罰，論高第不救寧遠之故；他說關兵只得五萬，若救寧遠，萬一關門有失、危及京師。於是閹黨打算趁此機會整孫承宗。其時孫承宗已罷官回原籍畿南高陽；得到信息，派人跟戶部去說：「我交給高尚書的兵是十一萬七千；上年十一、十二月，高尚書領的餉，亦是十一萬七千人。他說五萬，你們給他五萬人的餉，看他怎麼辦？我現在先不辨；高尚書應該自悔失言，有所補正。我如果一上奏疏，說明實情；傳到四夷，讓他們恥笑中國有數目字都搞不清楚的經略大臣，豈非有傷國格。」這是孫承宗忠厚，讓高第具疏自陳：「前止據見在兵五萬，會核有某兵、某兵，合十一萬有奇。」因得從輕發落，免官而已。

現在回頭來說清太祖努爾哈赤「清實錄」：

> 上至瀋陽諭諸貝勒曰：『朕自二十五歲征伐以來，戰無不勝，攻無不克，何獨寧遠一城不能不耶？』不懌累日。

據明人記載，謂太祖受創而回，憤懣疽發背卒。朝鮮人記載，更謂太祖攻寧遠受傷而卒。要之，太祖自此不履戰場，延至是年八月十一日未時，卒於離瀋陽四十里的靉雞堡：事先不豫至清河溫泉休養，大漸回京，崩於途次。壽六十八。

此時隨侍太祖的就是年方三十七歲的大妃；「清實錄」言大妃：

> 饒豐姿，然心懷嫉妒，每致帝不悅。雖有機變，終為帝之明所制，留之恐為國亂，須遺言於諸王曰：「俟吾終必令殉之。」諸王以帝遺言告后，后支吾不從。

此非當時眞相：眞相是太宗等矯詔逼大妃殉葬。因爲既饒豐姿，又當狼虎之年，必不能安於室；若有外遇，貽先帝之羞，猶其餘事，問題最嚴重的是，她所生三子，太祖生前「分給全旗」，除阿濟格甫成年以外，多爾袞、多鐸一爲十五、一爲十三；如果大妃的情夫是野心分子，通過大妃而控制三旗人馬，將肇大亂。因而假造先帝遺言，逼大妃上吊；以絕後患。

當太祖崩於靉雞堡，匆匆成斂；群臣輪班抬「梓宮」回瀋陽：初更入宮，開始談判，整整談了一夜，大妃無奈，終於在第二天辰刻自盡。「清實錄」——天聰九年所修的「武皇帝實錄」；比乾隆朝改篡的「高皇帝實錄」，保存了較多的眞相。

「實錄」中接「后支吾不從」句下云：

諸王曰：「先帝有命，雖欲不從，不可得也！」后遂服禮求，盡以珠寶飾之，哀謂諸王曰：「吾自十二歲事先帝，豐衣美食，已二十六年，吾不忍離，故相從於地下。吾二子多兒哄，多躲，當恩養之。」諸王泣而對曰：「二幼弟，吾等若不恩養，是忘父也！豈有不恩養之理？」

於是后於十二日辰時，自盡，壽三十七。乃與帝同柩，已時出宮，安厝於瀋陽城內西北角。

多爾袞，多鐸後由太宗撫養，其時孝莊皇后亦爲其姑孝端皇后育於宮中，小多爾袞一歲。我一直懷疑世祖爲多爾袞與孝莊所生之子，後面會談到，此不贅。

太祖既崩、遺命八固山共治；九月太宗即位，乃出於代善父子之擁立。「東華錄」：

太祖初出嘗有必成帝業之心，亦未嘗定建儲繼位之議……。太祖高皇帝賓天，大貝勒代善長子岳託，第三子薩哈廉告代善曰：「國不可一日無君，宜早定大計。四貝勒才德冠世，深契先帝聖心，眾皆悅服，當速繼大位。」代善曰：「此吾素志也。天人允協，其誰不從？」次日，代善書其議，以示諸貝勒。皆曰：「善」，遂合詞請上即位。上辭曰：「皇考無立我為君之命，若捨兄而嗣立，既懼弗克善承先志，又懼不能上契天心，且統率群臣，撫綏萬姓，其事綦難。」辭之再三，自卯至申，眾堅請不已，然後從之。

孟心史「八旗制度考實」，就此析論云：當時論實力，太宗手握兩黃旗，已倍於其他貝勒，又四小王皆幼稚，易受代善指揮，惟餘有兩大貝勒，阿敏非太祖所生，自不在爭位之列；莽古爾泰以嫡庶相衡，亦難與代善、太宗相抗。故有代善力任擁戴，事務極順。

代善之所以盡力，由兩子之慫恿。觀於清開國八王，世所謂鐵帽子王，其中太祖子三人，太

宗子二人，太祖所幼育宮中之胞侄一人，其餘二人，乃皆代善之後，以始封者非皇子，故以郡王世襲。而此兩郡王，一為克勤郡王，即岳託；一為順承郡王，即薩哈廉之子，勒克德渾，清之所以報酬者如此，蓋代善實為清之吳泰伯。

按：所謂「鐵帽子王」，即「世襲罔替」的親王或郡王。據上文刊封號姓名如下：

一、太祖子三人：

禮親王代善

睿親王多爾袞

豫親王多鐸

二、太宗子二人：

肅親王豪格

承澤親王碩塞（順治十二年改號莊親王）

三、太祖所幼育宮中之胞侄一人：

鄭親王濟爾哈朗

四、代善之後二人

克勤郡王岳託（初封成親王，後因事降貝勒；歿後詔封克勤郡王。其子孫初改封號為衍禧郡王；又改平郡王；乾隆年間復號克勤郡王。）

順承郡王勒克德渾

太宗武功，不遜於父，在位十七年，征服東海諸部及索倫部，今吉林、黑龍江兩省，盡歸統屬，平定內蒙古，尤以擊敗察哈爾林丹汗，獲得「傳國璽」，爲正式建號「大清」及建元「崇德」的由來。至於侵明之役，前後六次，第二次用反間計殺袁崇煥，由後世來看，明思宗決非清太宗的對手，清代明興，已露端倪。

六次伐明之役如此：

第一次：太宗與袁崇煥議和不成，於天啓七年，亦就是太宗即位的第二年五月，大舉攻遼西。遼河以西的大川叫大凌河，北起義州，南流入海，爲錦州的屏障，其時大凌河正在築城，城工未竣，總兵趙率教守錦州，堅守不失，於是太宗渡小凌河，經連山（今錦西）進圍寧遠。

寧遠爲袁崇煥親自鎭守。他的戰術很特別，環城掘壕；士兵守壕不守城，壕前擺滿大車，作爲防禦工事；而車後有火器埋伏。太宗佯退誘敵；袁崇煥不爲所動，乃又回師進擊，不道槍炮齊發，清軍死傷無算，是爲錦州大捷。太宗出師不利，毀大小凌河而退。

隔了兩個月，魏忠賢對袁崇煥看不順眼，買御史參他不救錦州；袁崇煥罷官，以王之臣代爲巡撫。

又過了一個月，熹宗崩，無子；皇五弟信王入承大統，即是年號崇禎的思宗。十一月，魏忠賢伏誅；崇禎元年四月，袁崇煥復起。

袁崇煥復起，殺毛文龍，以及太宗用反間計，假手崇禎殺袁崇煥，過程皆富於戲劇性。我曾檢「明史」、「石匱書」及其他野史參校；「石匱書」所記殺毛文龍事，最爲得實；記復起則足以反映當時輿論對袁崇煥的強烈不滿，此眞千古冤獄！此處介紹「石匱書」所敘，並作必要的注解。讀過「陶庵夢憶」的讀者，都知道張岱是個很有趣的人；他記崇禎召見袁崇煥的情形，充滿了「戲文」的趣味：

崇禎踐祚，起兵部尚書，加太子太保，令地方官敦趨就道，遂於元年七月十四日至邸。上御平台，特宣崇煥，並輔臣、尚書、九卿等召對。

按：「平台」在西苑，爲明武宗開「內操」時所建以閱兵者，明末出師命將，皆召見於此；入清改名「紫光閣」。

上語崇煥曰：「女直跳梁十載，封疆淪陷，遼民塗炭，卿萬里赴召，有何方聞，據實奏聞。」

按：女直即女眞；遼興宗名耶律宗眞，爲避諱因改眞爲直。

崇煥對曰：「臣受皇上特達之知，注臣於萬里之外，倘皇上假臣便宜，五年而東患可平，全遼可復，以報皇上。」

按：「便宜」者，「便宜行事」之謂。袁崇煥知敵不足畏；所患者層層掣肘，不能放手辦事。故袁崇煥首以此爲言；此後所有要求，皆不脫「便宜行事」的範圍。

上曰：「五年滅寇，便是方略，朕不吝封侯之賞，卿其努力，以解天下倒懸。」輔臣韓爌、劉鴻訓、李標、錢龍錫等奏曰：「崇煥肝膽識力，種種不凡，眞奇男子也。」

崇煥奏曰：「臣在外調度，所有奏聞，一憑閣臣處分；閣臣不可不著力主持。」

上顧諭閣臣；閣臣奏曰：「敢不承命！」

崇煥又奏曰：「邊事四十年，蓄聚此局，原不易結，但皇上宵旰於上，正臣子枕戈待旦之秋；臣盡心竭力，約略五年。但五年之中，須事事覈實，第一錢糧；第二器械，戶工兩部，俱要悉心措置，以應臣手。」

上顧諭兩部尚書王家楨、張維樞；奏曰：「敢不承命。」

崇煥又奏曰：「臣承命在外，止以滅寇為事，五年之中，事變不一，還要吏兵二部，俱應臣手，所當用之人，選與臣用，所不當用之人，即與罷斥。」

上顧諭兩部尚書王永光、王在晉曰：「敢不承命。」

崇煥又奏曰：「聖明在上，各部公忠，毫無不應臣手，但臣之力制東事而有餘，調眾口而不足，一出君門，便成萬里，忌功妒能，實遂無人？即凜於皇上之法度，不致以權掣臣之肘，亦能以意亂臣之心。」

上曰：「朕自主持，不必以浮言介意。」崇煥又奏曰：「有皇上主持，臣不孤立……。」

張岱行文，所要強調的是，袁崇煥要挾需索，得寸進尺，最後竟想箝制言官。但既皆許諾，則袁崇煥殺毛文龍，亦爲便宜行事，無足爲罪。至於「一出君門，便成萬里」，確爲當時實情，崇禎既許以「朕自主持，不必以浮言介意」，而到頭來畢竟聽信浮言，陷袁崇煥於孤立，且以殺身，則是君負臣，非臣負君。

至於毛文龍，自有取死之道，此人爲杭州無賴，浪跡遼東，因緣時會，得領師干；捏造戰報戰功，得升爲左都督，據遼東半島、鴨綠江口的皮島，以籌餉爲名，大做走私的生意；滿洲所需物資，多從皮島而來，核其行爲，「資敵」無疑；但「日以參貂交結當道」。既見殺，當道不復再能得賄；因而怨及袁崇煥；先造蜚語，說袁崇煥通敵；而清太宗提出要求，以毛文龍的首級爲信物。這話由「當道」（包括言官）以至宦官，日言於崇禎，信之不疑，所以後來一聞浮言，即以爲袁崇煥果然通敵。是則殺袁崇煥，亦不盡由於崇禎庸闇；總之，萬曆一朝四十餘年，寃氣戾氣，凝集不結，遂有天啓東林之禍，閹黨橫行，崇禎初雖有「逆案」，但君子道消，小人道長之勢未改，幾無正人君子容身之地。此是明朝氣數已盡，崇禎既昧於天命，不能返躬修省；更不能善盡人事，惟果於殺戮，足令志士喪氣，不亡又安可得？

「石匱書」記毛文龍被誅事，頗爲細緻，足當實錄；本傳云：

（崇煥）至雙島（高陽按：指瓊島及皮島）、文龍往寧遠，遲之兩日，見江上戰船將士，皆傲視不顧，諭以「督師親至地方，爾輩何不晉謁？」對曰：「未奉將令，不敢晉謁。」

按：此足見毛文龍心目中根本無袁崇煥。但決不能謂爲袁崇煥以其無禮，殺之以爲報復；袁崇煥的想法是。有此心目中無主帥之將，則緩急之間，不但不可恃；且緊要關頭，反足以助敵，亦未可知。袁崇煥所以有五年復全遼的把握，端在能保有完全徹底的指揮權。今有此將，安可不除；且知毛文龍交結當道，如果循正當之途徑去毛，必不能如願，因而採取斷然行動。本傳續載：

崇煥愕塞，不發一言；但日與幕客數人，沿江閒步，拾沙際文石，攫奪為戲，或呼酒席地，小飲成狂。兵船偵探見者，皆曰：「督台輕狂若是。」皆不以為意。

平情而論，袁崇煥此時雖已有必去毛文龍之意，但亦非不可挽回，只要毛文龍能示誠受節制，袁崇煥亦樂於有此一支海上呼應支援之兵。只是基本上毛文龍便輕視袁崇煥，那就不能不決裂了。

當時等毛文龍回來以後，袁崇煥並未動手，相與燕飲，每至夜分；席上談公事，袁崇煥主張變更營制，並設監司理民政；毛文龍怫然不悅，話就談不下去了。

於是袁崇煥諷示毛文龍離官回鄉；毛文龍說：「我一向有此意思，但惟有我知道『東事』；等『東事』告竣，朝鮮衰弱，一舉可以佔領。」所謂「東事」即指對滿洲的軍事而言。毛文龍大言不慚，已使得袁崇煥大感不快；而居然還存著佔朝鮮的妄想，則他的兵即令能打，亦必保存實力，對袁崇煥五年復遼的計劃，完全沒有幫助。到此，袁崇煥才決定採取行動。

於是以邀「觀射」爲由，將毛文龍誘至袁崇煥設在山上的行帳；隨行士兵摒拒在外。其過程在張岱的筆下極其生動。

「石匱書」記袁、毛打交道，尚有他語；又袁崇煥所帶親兵無幾；而雙島毛軍數千，袁崇煥何能從容執法？則袁之機智，自別有過人之處，仍須看「石匱書」方知其中曲折奧妙：

（崇煥）索其兵將名冊，以給犒賞；文龍不肯進冊，漫應曰：「本鎮所帶親丁，現在雙島者，三千五百餘人耳。明日領犒。」

按：毛文龍不肯進冊者，因袁崇煥一直要查核他的餉項支出；恐一進冊則據名冊核餉，情弊立見。乃約次日犒軍，登岸較射。

乃傳令中軍，帶親丁四面擺圍：崇煥坐帳房犒賞軍士。文龍來謝，坐語良久；崇煥曰：「明日不能踵別，國家海外重寄，合受煥一拜。」拜已，相約從，山上親丁，仍於山上擺圍。文龍從官百二十人，俱繞圍兵，內丁千名截營外，崇煥乃命各從官過見，慰勞之曰：「各將官海外勞

苦，糧多不敷，使汝等空乏，情實可憫。汝等亦受我一拜。」拜已，眾皆感泣。

按：向毛一拜，以寬其意，向眾從官一拜，是一種試探。「眾皆感泣」則知可以感化，可以理折，可以氣奪，然後可以殺毛文龍。

遂問將官姓名，有言毛可公、毛可侯、毛可將、毛可相，百二十人俱姓毛。

按：此似近乎兒戲；其言夸誕。實則不然。當時投身行伍，有不知其姓者；主事者乃任意製一姓名予之。如王得標、王得勝之類。有輕率者，則故意製一惡姓怪名以相戲；湘軍中不乏其例。然亦有喜舞文弄墨，特爲製一與其人不稱之嘉名相贈；如鮑超目不識丁、貴後始識其姓，而字「春霆」，即其一例。彼時通文墨者，每以屈事武夫爲恥；遇有機會，每加戲侮。如鮑超曾得部下獻董香光屛條四幅；相傳係李闖部下得自明宮。鮑超謂幕友：「何無上款？」此幕友答謂：「好辦！」援筆在下款之上；加一上款：「春霆軍門大人雅正」。文士狎侮武夫，類皆如是。所謂「毛可公、毛可侯」的題名，亦是一時相戲，未必有何深意；而毛文龍不說眞話，遂成口實。

崇煥曰：「汝等豈可都姓毛？」文龍應曰：「皆是小孫。」崇煥作色對文龍曰：「此便欺我！此輩皆異姓之人，今皆姓毛！吾聞天子方可賜姓；汝今擅改人姓，欺君罔上，罪莫大焉」。顧官曰：「汝等還該復還本姓，為朝廷出力，自立功名，何得為此欺罔之事。」因大聲問文龍曰：「我到此數日，披肝瀝膽，望爾聽我訓誡。豈意汝狼子野心，總是一片虛詞。目中已無天子國法，豈容寬假？」語畢，西向叩頭，請皇命；褫文龍冠帶。

按：清制有「皇命旗牌」，而無「尚方劍」，皇命即等於尚方。明制有皇命，有尚方劍；兩者權威有差滅。凡出鎮，必賜皇命旗牌，而尚方劍則係特賜。一請尚方，其人必死。袁崇煥先請皇命，後請尚方；步驟不亂，自見其智珠在握。

數之曰：「女（汝）有應斬十二大罪：

兵馬錢糧，不經查核，夜郎自據，橫行一方，專制孰甚？當斬一；

說謊欺君，殺降誅順，全無征戰，卻占首功，欺誑孰甚？當斬二；

剛愎撒潑，無人臣禮，牧馬登萊，問鼎白下，大臣無道。當斬三；

每歲侵餉銀數十萬，每月給米三斗五升，剋減軍糧。當斬四；

私開馬市，潛通島裔（夷）。當斬五；

命姓賜氏，不出朝廷，走使輿台，監（濫）給劄付，犯上無等。當斬六；

劫掠商人，奪船殺命，積歲所為，劫贓無算，身為盜賊。當斬七；

部將之女，收為姬妾，民間之婦，沒人為奴，好色誨淫。當斬八；

逃難遼民，不容渡海，日給碗飯，令往掘參，畏不肯往，餓死島中，草菅民命。當斬九；

拜魏忠賢為父，迎冕旒像於島中，至今陳汝明一夥，盤踞京師，交結近侍。當斬十；

女真攻破鐵山，慘殺遼人無數，逃竄皮島，掩敗為功。當斬十一；

開鎮八年，不復守土，觀望養寇。當斬十二。」

又諭各官曰：「毛文龍十二罪，汝等說當與不當？若殺之不當，汝等上來先殺了我。」延頸就戮，眾官皆相視失色，叩頭乞哀。

毛文龍爲之氣奪，只叩頭求免；袁崇煥問毛可公、毛可信那班人：「文龍當斬否？」都唯唯稱是；中有人以爲毛文龍雖無功勞，亦有苦勞，但爲袁崇煥作色一喝，亦即住口。

此時，袁崇煥方始請尙方劍，斬毛於帳下，隨即宣布，只誅文龍，餘俱無罪。乃重新部署，將毛文龍的兵分爲四協，以其子毛承祚及副將陳繼盛分別率領。同時大犒將士，傳檄各島，將毛文龍的各種苛政，盡皆革除。恩威並用，貼然綏服。

回到寧遠，上奏具言其事；最後自陳：「文龍大將，非臣得擅誅，謹席槀待罪。」崇禎看袁崇煥如此作爲，心裡不免害怕，這就種下了袁崇煥不得善終的基因；亡國之君之爲亡國之君，就在這些地方！從古至今，只有英主才能用英雄。或謂庸主亦可用英雄，如劉阿斗百事不問，唯倚武侯。此亦不然，劉阿斗是個特例；武侯爲顧命之臣，劉阿斗倚恃如父，論其實際，並非信任。若如官文，自可謂之庸，但能重用胡林翼，此識人的眼光及用人不疑的襟度，亦就不庸了。

話雖如此，崇禎自亦不能不優詔相答。於是袁崇煥又上言：「文龍一匹夫，不法至此，以海外易爲亂也。其眾合老稚四萬七千，妄稱十萬，且民多，兵不能二萬，妄設將領千，今不宜更置帥，即以副將陳繼盛攝之。」又請增餉至十八萬。報准奏。

平心而論，袁崇煥的處置，確有些欠考慮；當毛文龍叩頭求免，從官畏服，則權威已經建立，只逮捕毛文龍置於左右；其子承祚及部將爲求保毛之命，必然聽命，一樣亦可達到整頓的目的。以前方大將，除非有反叛犯上的逆跡，不能不斷然處置以外，絕無請尚方劍立斬的必要。那就無怪乎有人造作蜚言說袁崇煥通敵，而以毛文龍的首級爲信物了。

是年十月，清太宗率兵破邊牆，自遵化侵北京；「東華錄」載：

天聰三年即明崇禎二年，十二月辛丑，大兵偪北京。上（按：指清太宗，此時尚自稱「金國汗」）營於城北土城關之東，兩翼兵營於東北，偵知滿桂、侯世祿等集德勝門。上率右翼諸貝勒前進。又聞瞭見東南隅有寧遠巡撫袁崇煥、錦州總兵祖大壽以兵來援，傳令左翼諸貝勒迎擊。

癸卯（按：中隔一日），遣歸順王太監齎和書致明主。

上率諸貝勒環閱北京城。

乙巳（按：又隔一日）屯南海子。

丁未（按：又隔一日）進兵距關廂二里。

戊申，聞袁崇煥、祖大壽營於城東南隅，豎立柵木，令我兵偪之而營。上率輕騎往視進攻之處，諭曰：「路隘且險，若傷我軍士，雖勝不足多也。」遂回營。

如上所引，自辛丑至戊申，歷時凡七日，太宗只在城外盤旋，並未能攻城，原因是京城高大堅固；且無攻城之具，所以雖兵臨城下，並不危急。只看袁崇煥、祖大壽援兵到後；並不急於接戰，而在廣渠門外，構築工事，有斷其歸路之意。按：清兵此次由喜峰口破邊墻入關、陷遵化，薊州巡撫王元雅自經死；駐關門的總兵趙率教赴援陣亡；清兵遂趨薊州，越三河，略順義，而至京城之北。及至袁、祖入援，屯營東南即廣渠門外，則通州及三河在控制之下；俟各路勤王師集，清兵不復再能由三河、薊州、遵化而出喜峰口、南天門，則只有自順義北走，經密雲出古北口，袁崇煥自必早有伏兵，而屯德勝門外的總兵滿桂，率師追擊，三面夾攻，清軍危乎殆哉。太宗本怯袁崇煥，所以此次進關繞道蒙古、熱河，不敢正面攻守錦州的祖大壽及坐鎮寧遠的袁崇煥勘陣以後，復有「路隘且險，若傷我軍士，雖勝不足多」之語，自度已難力敵，因用智取。

說起來似乎齊東野語，而確爲實情，趙普半部論語治天下，清太宗一部三國敗明朝。這部「三國」還不是陳壽的「三國志」；而是羅貫中的「三國演義」。

滿洲之有文字，始自萬曆二十七年，係蒙古文的改良。最早譯成滿文的少數漢文書籍，其中就有一部「三國演義」。太宗熟讀此書，且頗以自矜；他的用兵，自戰略至戰術，往往取法於「三國演義」中的故事。計殺袁崇煥，則脫胎於「蔣幹盜書」：茲接前續引「東華錄」如下：

先是獲明太監工人，付與副將高鴻中，參將鮑承先，寧完我，楊式達海監收。至是回兵。高鴻中、鮑承先遵上所授密計、坐近工人太監，故作耳語云：「今日袁巡撫有密約，此事可立就矣。」時楊太監佯臥竊聽，悉記其言。

唐戌，縱楊太監歸。楊太監將高鴻中，鮑承先之言詳奏明帝，遂執袁崇煥下獄。祖大壽大驚，率所部奔錦州，毀山海關而出。

時的情事及輿論。

「東華錄」據清朝官文書所記如此；再看明朝方面的記載如何？仍引「石匱書」袁傳以見當時的情事及輿論。

崇煥奏：「臣守寧遠，寇被臣創，決不敢侵犯臣界。只有遵化一路，守戍單弱，宜於彼處設一團轉練兵。」遂以王威為請。兵部以王威新奉部劾，不肯即予；留難移時，北騎果於遵化入口。

按：張岱此傳可取，即在敘事公正；並不以爲其時對袁崇煥皆曰「可殺」而一筆抹煞。袁料敵如神，既已提出遵化單弱的警告，兵部即應事先防範；而留難不予王威，全然不符當日平台召見，事事應手的許諾，則追究北騎入口的責任，全在「本兵」。應斬者實爲王在晉，而非袁崇煥。

崇煥與祖大壽率蒙古壯丁萬餘騎，進援薊鎮：北騎至薊鎮，與崇煥兵遇，不戰，離城數里紮營。次早直趨京師，崇煥尾其後，亦至京師城下，即上疏，請入城養病，俟病稍痊出戰。上不許，召崇煥陛見，勞以裘帽，即命歸營。是日北騎繞城北；山海總兵滿桂方到，兵未成列，北騎襲之，大敗，全軍覆沒。滿桂侄殺入陣，救出滿桂。滿桂創重，伏馬上馳出城，至城下，請入陛見，遂言崇煥於女直主殂，差喇嘛僧往彼議和，殺毛文龍以為信物，今勾引入犯，以城下之盟，了五年滅寇之局。上猶未信，有二內官被擄，囚營中逃歸，言親見崇煥差官往來，語言甚密者；又言城上瞭望，有見敵兵與我兵嬉笑偶語，往來遊戲者。又言滿桂戰不利，差人往崇煥營，速其放炮，及放炮，皆無錢糧（彈藥）。

以上所記，得諸傳聞，頗有失實者之處，如謂袁崇煥奏請「入城養病」云云，已涉於離奇；以下所記，亦復如此：

上大怒，即遣中使二人，召崇煥面議軍事。崇煥欲無往而難於辭，乃以軍中見疑，請以二中使為質；上即以二中使留質軍中。崇煥陛見，即命滿桂與之面質，滿桂見崇煥御前賜坐，拉之下跪，盡發其通敵奸狀，並言其接濟寇糧，鑿鑿有據。崇煥見滿桂色變，遂不能辯，免冠請死。上命錦衣衛堂上官拿送鎮撫司，即令滿桂往統其軍。

謂袁崇煥不敢陛見，以及見滿桂色變，皆爲必無之事。滿桂並未「全軍覆沒」，創亦不甚重；否則，崇禎不致「即令往統其軍」。

事實上是袁崇煥與祖大壽，同時奉召陛見；事先毫無跡象，說此去有何危險，因此召對時驟縛袁崇煥，使得祖大壽股慄無人色。既退，聞山海關、寧遠將卒，不肯受滿桂節制；祖大壽乃引所部兵出山海關。如關寧將卒，願受節制；以祖大壽的本性而言，還是會跟滿桂合作，共禦北騎及至祖大壽既奔，滿桂營承定門外，爲清兵所破，戰死。

其時已復起孫承宗督師，駐通州收容潰卒。當務之急自然是安撫祖大壽，孫承宗與袁崇煥皆於祖大壽有恩，因而孫承宗請袁崇煥在獄中作書，召祖大壽聽命於孫承宗，仍遣出關守錦州，關外局勢暫時可以穩住了。

關內則永平淪陷，由阿敏領重兵駐守，其餘清兵於崇禎三年二月，退回奉天。五月，孫承宗督師攻復灤州，阿敏怯敵不敢赴援，屠永平官民，偕遷安，遵化守將棄城而遁，孫承宗部將張春追擊，斬獲甚眾。永平、遵化、遷安、灤州四城皆復。阿敏則因此被罰，免死幽禁，他與他的兒子洪可泰，自關內所奪得的人口、奴僕，牲畜，俱給阿敏的胞弟濟爾哈朗，鑲藍旗從此易主。時爲天聰四年，即崇禎三年六月。

八月間，袁崇煥被難。閹黨本擬藉此翻案；目標還不止於袁崇煥，而是借袁案株連錢龍錫。

孟心史「明本兵梁廷棟請斬袁崇煥原疏附跋」云：

時閣臣錢龍錫持正，不悅於閹黨。閹黨王永光復用為吏部尚書，引同黨御史高捷為龍錫所扼者；遂以龍錫與崇煥屢通書，訐議和，殺文龍為龍錫主使，並罷龍錫。時起用孫承宗，禦建州兵，兵退；遂於三年八月磔崇煥。九月逮龍錫；十二月下龍錫獄。

閹黨借議和、誅毛，指崇煥為逆首；龍錫等為逆黨，謀更立一逆案，與前案相抵。（按：崇禎即位，整肅閹黨，此案名為「逆案」。所謂「前案」即指此。）內閣溫體仁、吏部王永光主其事，欲發自兵部；而兵部尚書梁廷棟不敢任而止。僅議龍錫大辟，決不待時。帝不信龍錫逆謀，龍錫亦悉封上崇煥原書及所答書，帝令長繫。

明年，中允黃道周申救外，而帝亦詔所司再讞，減龍錫死，戍定海衛。在戍十二年，兩赦不原。其子請輸粟贖罪，周延儒當國，尼不行。南渡後始復官歸里卒。崇禎宰相五十人，龍錫尚為賢者。崇禎初與劉鴻訓協心輔政，朝政稍清，兩人皆得罪去。崇煥則以邊事為己任，既被磔，兄弟、妻子流三千里，籍其家無餘貲，天下冤之。

按：崇禎即位之初，誅魏忠賢，定逆案，撤九邊監軍太監，罷蘇杭織造，用錢龍錫、劉鴻訓、來宗道等入閣辦事，來宗道雖有「清客宰相」之稱，錢劉則皆為不附魏忠賢，而於天啓朝見斥者。崇禎初政，確有一番清明氣象；所惜除惡不盡，且乏知人之明；於是溫體仁値經筵，周延儒為禮侍，而劉鴻訓不旋踵罷去，逆閹流毒復起，可為扼腕。

袁崇煥死得很慘，「石匱書」本傳：

於鎮撫司綁發西市，寸寸臠割之。割肉一塊，京師百姓從劊子手爭取生噉之。劊子手亂撲，百姓以錢爭買其肉，頃刻立盡。開膛出其腸胃，百姓群起搶之，得其一節者，和燒酒生囓，血流齒頰間，猶唾地罵不已。拾得其骨者，以刀斧碎礫之，骨肉俱盡，止剩一首，傳視九邊。

此段記載，似有言過其實處；但必有其事，則毫無可疑。其家屬在遼者，流貴州；在籍者流福建。史書皆謂其「胤絕」。乾隆四十八年，高宗手詔查問袁崇煥後裔下落；廣東巡撫尙安查奏：「袁崇煥無嗣，係伊嫡堂弟文炻之子入繼為嗣，見有五世孫袁炳，並未出仕。」後蒙恩得授峽江縣丞。

民初東莞人張江裁作「東莞袁督師後裔考」，據云：袁下獄定罪後，其妾生一子，先匿民間；後依祖大壽，其子名文弼，以軍功編為寧古塔正白旗漢軍；後居黑龍江璦琿。傳七世而有弟兄三人，其季名世福，即富明阿；咸豐六年官至副都統，從欽差大臣德興阿輾戰江南，爲滿洲名將；光緒八年卒，年七十六，官至吉林將軍。富明阿多子，長子壽山、六子永山皆顯達；但惜隸於旗籍。袁崇煥地下有知，不悉其爲欣慰，抑爲遺憾。

袁崇煥一死，最大的影響是，不復再能用祖大壽。「清史列傳貳臣傳」記祖大壽云：

（崇禎）三年正月，大兵（按：指清軍）克永平，下遷安、灤洲，各留師鎮守。（孫）承宗檄大壽率兵入關規復……四月，大壽同總兵馬世龍、楊肇；副將祖大樂、祖可法等襲灤州，以巨炮擊毀城樓。我兵在城中及永平、遵化、遷安者，皆不能守、棄城出關而歸。大壽仍鎮錦州。

能「以巨炮擊毀城樓」，則城何可守？阿敏棄四城而遁，事非得已，於此可知。太宗命阿敏守薊州四城，實爲借刀殺人之計。欲除阿敏的動機，早肇於太祖新喪之際。「東華錄」崇德八年八月，召責阿敏旗下大將傅爾丹時，追述往事云：

太祖皇帝晏駕哭臨時，鑲藍旗貝勒阿敏，遣傅爾丹謂朕曰：「我與諸貝勒議，立爾為主；爾即位後，使我出居外藩可也。」朕召……等至，諭以阿敏（云云），若令其出居外藩，則兩紅、兩白、正藍等旗，亦宜出藩於外，朕已無國，將誰為主乎？若從此言，是自壞其國也。……復召鄭親王問曰：「爾兄遣人來與朕言，爾知之乎？」鄭親王對曰：「彼曾以此言告我，我謂必無是理，力勸止之。彼反責我懦弱，我用是不復與聞。」

阿敏請率本旗出藩，即有不願臣服之心；遲早必成肘腋之患。濟爾哈朗幼育於太祖宮中，小於太宗七歲；情誼如同胞，故太宗思奪鑲藍旗予濟爾哈朗，爲理所必至之事。薊州四城，本由濟爾哈朗占守；兩個月後，命阿敏接防，以其時祖大壽由孫承宗慰撫，將領兵入援，事先遣諜潛入永平偵察，爲清軍所獲斬於市，乃知錦州明軍將入關；祖大壽威名素著，因以阿敏代濟爾哈朗，藉攖其鋒。勝則損其實力；敗則以此爲罪。其爲借刀殺人，情勢顯然。

收復薊州四城後，孫承宗逐漸整頓防務，由關內擴及關外，崇禎四年七月，命祖大壽築大凌河城。大凌河在錦州以東，在此築城，即爲向前推進，是採取攻勢的明徵。太宗自不容此城之成，自率主力度遼出廣寧大道，而以德格類等率偏師出錦州以北的義州，遙爲呼應。八月師至城下；城內軍民工役三萬餘人，糧食是一大問題，太宗因定長圍之築，兵分十二路，南北東西每一面三路，大將在前，諸貝勒、台吉在後。佟養性率包衣跨錦州大道而營，其時清軍已有紅衣大炮，命名「天祐助威大將軍」，即由佟養性督造，亦由佟養性爲炮兵指揮。圍城的工事，規模浩大，據「清史稿」祖大壽傳：

> 周城為壕、深廣各丈許；壕外為牆，高丈許，施睥睨。營外又各為壕、深廣皆五尺。

因此，朽山，錦州兩路援軍，都未能到達大凌河城。九月，遼東巡撫邱禾嘉，總兵吳襄（吳三桂之父，祖大壽的姊夫，吳三桂爲祖大壽的外甥），合軍七千人赴援，亦爲太宗親自領兵擊退。

太宗長圍的目的，不在得地在得人；一則曰：「（明）善射精兵，盡在此城」。二則曰：「我非不能攻取，不能久駐，但思山海關以東智勇之士，盡在此城；若殺爾等，於我何益？」（俱見「清史列傳」祖大壽）尤以生致祖大壽爲志在必得；所以設圍之初，即再次致書招降；第二通中有這樣的話：

> 倘得傾心從我，戰爭之事我自任之；運籌決勝，惟望將軍指示。

這不僅是請祖大壽當他的「軍師」；直是請祖大壽發號司令。這當然是從三國演義中「三顧

茅蘆」得來的靈感；而此後之善視祖大壽，則參用曹瞞之於關雲長的故智。當大凌城中「糧盡薪絕，殺人爲食，析骸而炊」，亦即是到了以人骨作薪煮人肉的地步時，祖大壽終於投降，事在崇禎四年十月。

祖大壽初降，太宗與之行「抱見禮」，親以金巵酌酒慰勞，贈以黑狐帽貂裘，明日用祖大壽策，奇襲錦州，「清史列傳」本傳載其事云：

> 命貝勒等率八旗諸將及兵四千人，俱作漢裝；大壽率所屬兵三百五十人，以二更起行，趨錦州，炮聲不絕，為大凌河城中人突圍奔還狀。會大霧，人覿面不相識，軍皆失隊伍，為收兵而還。

如果沒有這場大霧，我很懷疑，一入錦州，此作漢裝的四千清兵，恐將不復再得回遼東。祖大壽始終無降清之心；此非我好作翻案文章，證以此後情況，事實確是如此。

或謂：「然則先降之三千餘人，包括其嗣子澤潤、親子澤洪、養子可法在內，又將如何？」我的答覆是：祖大壽知道太宗不會因他的歸明而殺此三千餘人，果眞屠殺，亦符大壽之願，其部下終不爲清所用。

「清史列傳」本傳又載：

十一月庚午朔，諭諸貝勒曰：「朕思與其留大壽於我國，不如縱入錦州，令其獻城，為我效力。即彼叛而不來，亦非我意料不及而誤遣也。彼一身耳，叛亦聽之。若不縱之使往，倘明國（朝）別令人據守錦州，則事難圖矣。自今縱還大壽一人，而攜其子侄及諸將士以歸，厚加恩養，再圖進取，庶幾有益。」

此眞是看得透、做得出。太宗與崇禎在位同爲十七年，何以此勝彼敗？最大的原因，即在太宗眞能知己知彼；而崇禎則既不知彼，亦昧於自知。「本傳」續記：

乃遣人傳諭，詢大壽曰：「今令爾至錦州，以何計入城；既入城，又以何策成事？」大壽對曰：「我但云昨夜潰出，逃避入山，今徒步而來。錦州軍民，俱我所屬，未有不信者。如聞砲則知我已入城，再聞砲、則事已成，上可以兵來矣。」遂以其從子澤遠及廝養卒二十餘自隨；既渡小凌河捨騎徒行，遇錦州探卒偕入城。越三日遣人至大凌河語其所屬諸將曰：「錦州兵甚眾，將從密圖之。爾諸將家屬，已潛使人瞻養，後會有期。倘有衷言，即遣人來，無妨也。」於是上將旋師，賜敕大壽，令毋忘前約。大壽復遣人齎奏至，言「期約之事，常識於心，因眾意懷疑，難以驟舉。望皇上矜恤歸順士卒，善加撫養。眾心既服，大事易成。至我子侄，尤望垂盼。」上命毀大凌河城，攜大壽從子澤洪等及諸將以還，優賚田宅服物器用；降兵萬餘，咸分隸安業。

祖大壽初回錦州時，只言突圍而出；但副將參將等高級將官投清，這件事是瞞不過的。遼東巡撫邱禾嘉密疏上聞。崇禎當然要殺祖大壽，卻不敢明正典刑，一面命邱禾嘉加以羈縻；一面如清太宗之於阿敏，行一條借刀殺人之計。「清史列傳」本傳：

惟以蒙古將桑噶爾寨等赴援不力，戰敗先遁，密令大壽殲之。事洩，桑噶爾寨率蒙古，環甲三晝夜，欲執大壽來歸本（清）朝。大壽慰之曰：「我視爾如兄弟，爾安得若此？」桑噶爾寨曰：「聞欲盡殺我等，圖自救耳。」大壽曰：「殺我自必及爾；殺爾自必及我。」共之盟誓而定。

按：在遼東明軍，雖有甚多蒙古部隊，此即王象乾所優爲的「行款」；而在兵部誇張爲「以虜制夷」的戰略。觀上引之文，情形是很明顯的；祖大壽只帶「從子澤遠及廝卒二十餘」回錦州；何能殲滅桑噶爾寨所率的「眾蒙古」？又「事洩」者，當然是邱禾嘉依照指示，故意「放風」。祖大壽謂桑，「殺爾自必及我」；則是已知為借刀殺人之計，為桑揭穿底蘊，自然相安無事。此一段記敘中有隱筆。

一計不成，又生二計；本傳又記：

敕使自京師召之者三；大壽語錦州將士曰：「我雖竭力為國；其如不信我何？」終弗往。

有袁崇煥平台被縛前車之鑒，祖大壽何能上當？但從此數語中，可以推知祖大壽當時的心跡：第一、力竭投降，並非本心；仍舊希望能為明守邊，甚至犧牲在滿洲的親屬，亦所不惜。第二、由「其如不信我何」這句牢騷，可知其寒心；素志固猶未改，但可必其已無殉國之心。此後三年，清太宗致書不報；多鐸征錦州，則力拒。於是到了崇德元年，明清之間，又另是一個局面了。

我以前談過，所謂「天命」、「天聰」，只是一個不倫不類的漢文稱號；究其實際，在天聰八年以前，國號為「後金」，自稱「金國汗」。至崇禎八年，始定國號為「清」；並建正式年號「崇德」。也可以說，在此以前，希望以山海關為界，畫疆而守；在此以後，始決心進窺中原。而促成太宗此一決心的最大原因是：在察哈爾獲得了一方「傳國璽」。

走筆至此，先作一篇「傳國璽考略」。按：「皇帝」一詞，起於秦始皇；以故作爲「恭膺天命」之憑證的璽，亦起於秦始皇，「太平御覽」云：

傳國璽是秦始皇所刻，其玉出藍田山，是丞相李斯所書，其文曰：「受命於天，既壽永昌。」

秦始皇打算者，天下萬世一系，傳之無窮，因名之爲「傳國璽」，但僅及二世；劉邦先入咸陽，子嬰降於道左，此璽遂爲漢得。明人劉定之作「璽辯」，述其源流甚詳：

漢諸帝常佩之，故霍光廢昌邑王賀，持其手解脫其璽組。王莽篡位，元后初不肯與，後乃出投諸地，螭角微玷（按璽為螭鈕）。董卓之亂帝出走，失璽。

孫堅得於城南甄官井中。袁術拘堅妻，得以稱帝。術死，璽仍歸漢傳魏，隸刻肩際曰：「大魏受漢傳國之璽」。

魏傳晉，晉懷帝失位，璽歸劉聰；聰死傳曜。石勒殺曜取璽；冉閔篡石氏，置璽於鄴；閔死國亂，其子求救於晉。謝尚遣兵入鄴助守，因紿得璽歸晉。方其未還也，劉、石二氏以璽不在晉，謂晉帝為「白板天子」；晉益恥之。（按：時為東晉穆帝永和八年。）

謝尙倒底是否騙回這方秦璽，大成疑問；但自南北朝開始，「其間得喪存毀眞贋之故，難盡究詰」，直謂之秦璽已亡，亦非過言。

自唐朝開始，「傳國璽」改稱「傳國寶」，爲太宗所製，文曰：「皇天景命，有德者昌。」貞觀四年，隋煬帝蕭后，自突厥奉璽歸，亦非秦璽；而是很可能爲永和年間所製的晉璽。至後唐莊宗遇害，明宗嗣立，再傳廢帝，因石氏簒立自焚，則連晉璽亦亡

「兒皇帝」石敬瑭入洛，又製一璽，後世稱爲「石氏璽」；契丹滅晉，明知此「傳國寶」的來歷，但對外不道破眞相，遼興宗耶律宗眞試進士，且以「有傳國寶者爲正統」命題。「石氏璽」後爲天祚帝耶律延禧失落於桑乾河。

至此所謂「傳國璽（寶）」者，共得三璽：

一、秦璽，文曰「受命於天，既壽永昌。」亡於南北朝。

二、晉璽，文曰：「受命於天，皇帝壽昌。」毀於後唐廢帝。

三、石氏璽，文曰：「受天明命，惟德允昌。」遼末失落於桑乾河。

在此以前，宋哲宗時忽有咸陽平民段義，獻一青玉璽，謂即「傳國璽」。曾鞏曾上表稱賀，

且改元爲「元符」。事實上是「元祐正人」被排斥後，繼承眞宗朝奸臣丁謂的另一班奸臣，蠱惑庸主的花樣。朱子曾有「書璽」一短文：

> 臣熹，恭維我太祖皇帝，受天明命，以有九有之師時，蓋未得此璽也。紹聖、元符之後，事變有不可勝言者矣！臣熹敬書。

「紹聖」即哲宗於宣仁太后既薨，排斥正人後所改的年號；紹聖四年改明年爲元符，又三年而崩。徽宗即位而北宋亡。朱子所謂「紹聖、元符之後，事變有不可勝言者」，眞是史筆。

金兵入汴梁，得璽凡十四，其中即有此段義所獻之璽。至金哀宗完顏守緒死於察州，則連宋璽的下落亦不明了。

元至元三十一年，御史中丞崔彧由故官拾得之妻處，購得一青綠玉，四寸方，三寸厚；經監察御史楊桓鑒識篆文爲「受命於天，既壽永昌」，以爲即秦璽而進獻。其實此即宋哲宗朝，奸臣假造的「傳國璽」。此僞秦璽至元亡，順帝挾之走沙漠，猶自誇「我有傳國寶」。其後不知所終。

至於清太宗所獲自察哈爾一璽，非元順帝挾以北走的僞秦璽；而是另一唐朝以後所製，爲元順帝走沙漠時所失落的玉璽。「清史列傳」多爾袞傳：

有元玉璽，交龍紐、鐫漢篆曰：「制誥之寶。」順帝失之沙漠。越二百餘年，有牧山麓者，見羊不食草，以蹄撅地，發之乃璽，歸於元裔博碩克圖汗，後為林井汗所得。至是多爾袞令額哲獻於上。

據此可知，由察哈爾發現的玉璽，非宋璽，非石氏璽，非晉璽，更非秦璽，清史鐵記太宗得「傳國璽」者皆妄。但此璽爲唐以後所造，而來自元宮，則確鑿無疑。

至於太宗征服察哈爾，則爲得以亡明的一大關鍵，當時滿洲三面受敵，西面的明軍；東面的朝鮮；西北的察哈爾，明朝稱之爲「插漢」，爲內蒙七大部之一。其中尤強者三部：一爲科爾沁，居內蒙東部，當遼東之北，黑龍江之南，與滿洲密邇；二爲鄂爾多斯，居內蒙西部，河套之中；三即察哈爾，居內蒙中部，包括今熱河，察哈爾，綏遠等地。在此三部中，更爲強中之強。

科爾沁酋長姓博爾濟吉特氏，亦爲元裔。曾參加「九國聯軍」之役；其後化敵爲友，和親降附；太宗孝端后，孝端之侄，世祖生母孝莊后，以及多爾袞，多鐸的福晉，皆出此族，與清朝世爲國戚，其後裔中最有名的就是——科爾沁博多勒噶台親王僧格林沁。

察哈爾爲元順帝嫡系子孫，所以酋長稱「汗」；其時的林丹汗雄桀爲內蒙七部酋長之冠，一向輕視滿洲，且兵馬強盛，侵凌同族，與科爾沁更是積不相能。而明朝「行款」籠絡「西虜」以制「東夷」的「西虜」，即指林丹汗而言，自是滿洲的大敵。

天聰四年大凌河之役以後，太宗靜待祖大壽舉錦州來降，暫無舉動；因而用其兵攻察哈爾，林丹汗率師西遁，降其部衆數萬，收兵而返，並未徹底解決。至天聰七年六月，向臣下徵詢：「征明及朝鮮，察哈爾，何者當先？」都以爲應先征明，但太宗一則不願與祖大壽交鋒；再則打算著相機攻林丹汗，所以沿長城西行，由龍門關入口，縱掠宣府一帶，兵圍大同，死傷甚重而無功。

閏八月將班師時，有一意外喜事；「清鑒綱目」卷首「平定內蒙古」載：

（林丹汗）徙其人畜十餘萬衆，由歸化城渡河西奔，沿途離散，僅存十之二、三。及至青海大草灘，林丹汗忽病痘死；其子額哲，擁衆萬餘，居河套外。

額哲未降，但林丹汗同族的有力分子，以及林丹汗的妻子竇土門福金卻投降了。林丹汗死後，妻子數人爲太宗父子兄弟所分占：「天聰實錄」載：

八年閏八月辛亥，察哈爾國林丹汗……竇土門福金攜其國人來降。……眾和碩貝勒等公議奏云：「天特賜皇上察哈爾汗竇土門福金，可即納之。」上固辭曰：「此福金朕不宜納，貝勒中有妻不和睦者，當以與之。」代善等復力遣上納……曰：「此福金乃天所特賜，上若不納，得毋拂於天耶？上非好色多納妃嬪者比；若上如古之庸主，悖於義而荒於色，臣等豈特不勸之納；有不於上前力諫者乎？今此福金，皇上納則臣心欣悦，不納則激切滋甚矣。」……上因思行師時駐營納里特河，曾有雌雉入御幄之祥，揆此不納，恐違天意，於是納福金之意始定。……護送福金多尼庫魯克喜曰：「我等此行乃送福金，非私來也。皇上納之，則新附諸國與我等皆不勝踴躍欲慶之至矣。」

代善等力勸太宗納竇土門福金，即以一開其例，諸貝勒便可「人財兩得」；護送者亦認太宗能納，則以此為和解的表示，降附事完，方能心安。而太宗恐額哲以此為仇，故不能不躊躇。下一年，太宗命多爾袞意招撫額哲所部；「清史列傳」多爾袞傳：

九年二月，上命多爾袞同貝勒岳託、薩哈璘、豪格統兵一萬招之。四月至錫喇珠爾格，降其召吉索諾木及所屬千五百戶，進逼托里圖，恐其眾驚潰，按兵不動。額哲母業赫貝勒錦台計女孫也；其弟南楚暨族叔祖阿什達爾漢，皆為我大臣，遣宣諭慰撫，額哲遂奉其母，率宰桑台吉等迎降。

按：錦台計即金台吉。前面談過，他是太祖的內兄，亦爲代善的岳父。金台吉有一子名德爾赫爾，其女歸林丹汗，生額哲。阿什達爾漢爲金台吉同族兄弟，早已降清，著有戰功；太宗時「典外藩蒙古事」，等於後來的「理藩院尚書」。南楚又名南褚，其姐即額哲生母。

除了竇土門福金及額哲之母以外，林丹汗還有三個妻子；一個叫囊囊，一個叫伯奇，一個叫俄爾哲圖，此時從額哲的身分而言，稱爲「太后」。囊囊太后先到，太祖勸代善納此婦；代善不願，「天聰實錄」九年七月載：

上納察哈爾汗大福金囊囊太后。先是……囊囊太后至，上遣人謂大貝勒代善曰：「此人乃察哈爾汗有名大福金，宜娶之。」言數次；代善對曰：「人雖名為大福金，但無財帛牲畜，吾何能養之？聞察哈爾汗尚有大福金蘇泰太后，待其至，我將娶之。」

此「蘇泰太后」即額哲之母；「蒙古源流」稱之爲「蘇台太后」。而囊囊太后「多羅大福金」；滿語「多羅」譯成漢文爲「理」，此「理」字有多種解釋，在此作「正式」之意。滿蒙部落酋長多妻，輒稱之爲「福金」，即漢語「夫人」；而稱「多羅大福金」，表示林丹汗生前經過儀式，正式迎娶的妻子，縱非元配，亦爲繼配，所以太宗謂之「有名」。但既爲元配或繼配，年齡與林丹汗相差不遠，老醜而又無貲，故代善不欲。而蘇泰太后則太宗以濟爾哈朗愛妻已亡，早以蘇泰太后相娶，他說：

「先既許弟（按：濟爾哈朗為太宗堂弟），後復與兄，是無信也。朕言既出，豈有更易之理？此福金可娶之。」往諭數次，代善不從。時阿巴泰貝勒（等）聞之奏上言：「此福金因無財畜，故大貝勒不娶。臣等若早聞許大貝勒之說，亦必勸上；此人乃察哈爾汗多羅大福金，皇上宜自納之，不可與他人也。」

按：所奏之言，文義稍有未協。意謂代善不欲娶囊囊太后，不妨聽之；如早聞太宗有此意，亦必勸阻。此下有一段沒有說出來，而太宗自能意會；囊囊太后雖老醜而無財畜，但她的名號在察哈爾有相當的號召力，如有異心，可利用爲工具。因勸「皇上宜自納之，不可與他人」，即爲防微杜漸，預遏亂源之計。

於此，我又別有看法，代善之不欲囊囊太后，既非嫌其無財富；亦非嫌其老醜，只是避嫌疑，表心跡，小心謹愼而已；只看他推辭的理由，是因「無財帛牲畜，吾何能養之」，便知是託詞。以後，代善娶了林丹汗的妹妹泰松公主；而察哈爾的三太后：伯奇、俄爾哲圖、蘇泰，由豪格、阿巴泰、濟爾哈朗分娶。元璽即由蘇泰太后帶來；爲額哲換得一個親王的封號。

察哈爾既平；朝鮮則於天聰元年，曾爲二貝勒阿敏所敗，訂盟約爲兄弟，力所能制，亦無後顧之憂，而又適得元璽，遂有中原之志。天聰十年（崇禎九年）四月朔，祭告天地，受寬溫仁聖皇帝尊號，建國號大清；改元崇德，即以天聰十年爲崇德元年。

既即帝位，當然要獲得鄰國的承認；遣使徵聘於朝鮮；朝鮮國王李倧，不肯推戴。按：朝鮮之於明朝，始終不貳，至清初猶然；此中有個特殊的原因：明成祖生母碽氏，籍隸三韓；所以他是朝鮮的外甥。李朝各王，向來事明猶父；而明朝之於朝鮮，保護亦不遺餘力。由於有此深厚淵源，所以不願事清；因而引起戰爭，「清鑑綱目」崇德元年十一月：

（太宗）親率大軍，再伐朝鮮，渡漢江，克其都城。（朝鮮王李）倧奔南漢山城，告急於明。明舟師出海，守風不敢渡；而太宗圍南漢山城急，破朝鮮諸道援兵，獲倧妻子於江華島。倧懼，始遣使乞降，棄兵械、服朝服、獻明室所給封冊，而躬自來朝。太宗見之於漢江東岸之三田渡，自是朝鮮世為臣僕者二百四十餘年。朝鮮既服，皮島勢孤，太宗遣兵與朝鮮夾攻取之。

其時明朝方苦於流寇，自顧不暇，實在無力庇護藩屬；而朝鮮總以爲天朝大國，不管滿洲，還是流寇，無非跳梁小醜，只要出兵，無不克取，寄隆甚深，因而態度強硬。及至登萊總兵陳洪範出師阻風，清朝又大破其諸道援兵，李倧方知明不可恃，投降得頗爲徹底。太宗先虜了李王及其大臣的家屬多人；和約既成，仍留朝鮮兩王子爲質子。至於征朝鮮得濟，則由於孔有德之降清；爲袁崇煥操切從事殺毛文龍的後遺症之一。

孔有德、耿仲明、尚可喜、吳三桂爲清朝所封的四異姓王。順治九年，孔有德歿於桂林，有一子爲桂王部將李定國所殺，嗣絕、爵除；是故康熙年間，止稱「三藩」。

孔、耿皆爲毛文龍部下。袁崇煥殺毛文龍，以陳繼盛代領部眾；孔有德認爲不足與共事，偕耿仲明渡海至山東，爲登州巡撫孫元化用爲參將。大凌河之役，孔有德奉命率騎兵八百赴援；途中乏食，紀律無法維持；而孔有德猶以軍法從事，兵心更爲不穩。行至德州以北的吳橋，爲部下劫持，終於造反；於是回軍自西而東，一路大肆擄掠，王師變成土匪。到得登州，約耿仲明爲內應，破城得三千餘人，都是他的遼東同鄉。登州對岸的旅順，以及旅順口外的廣陸島，駐有副將兩員，亦舉兵反明；山東半島與遼東半島的兩支叛軍合流，聲勢甚壯，孔有德自稱「都元帥」，登壇拜將，耿仲明等四人皆爲「總兵」，四出攻掠。明朝調動保定、天津、昌平三鎭兵會剿，歷時一年，勞而無功。

因此，兵部定以遼制遼之策，將祖大壽在寧遠的部隊調進關，以祖大壽的一弟一姐夫：祖大弼、吳襄兩總兵率領，包圍登州。孔有德看看守不住了，決定投清，一面派人聯絡；一面調集戰艦突圍，過旅順口爲總兵黃龍所襲，至鴨綠江又爲朝鮮兵所攻。與孔、耿同時起事者共六人，四「總兵」；一「副帥」、一「副將」爲父子，亦爲創議造反之人，經此三番接擊，不是陣亡，就是被擒；其中是否有借刀殺人的情事不可知，不過只有孔有德、耿仲明未死，達成了投清的目的，說是巧合，亦未免太巧了些。

「清史列傳」中，由乾隆定名的「貳臣傳」，以爲清效命，被難祠祭者居前；孔有德列於第三，當其天聰七年投清時，本傳記其所受「恩遇」如下：

四月，命諸貝勒總兵駐岸受降……有德偕仲明攜人眾輜重來歸，給田宅於遼陽。六月，召赴盛京，上召諸貝勒出德盛門十里，至渾河岸行抱見禮，親酌金卮勞之，賜敕印，授都元帥。尋隨貝勒岳託征明旅順，破其城，黃龍自刎死；有德收遼人數百自屬。及還，有德墜馬傷手留遼陽；詔慰之曰：「都元帥遠道從戎，良亦勞苦，行間一切事宜，實獲朕心，至於贊襄招撫，尤大有裨益。不謂勞頓之身，又遭銜蹶之失，適聞痊可，大慰朕懷。」

按：上引孔傳，有兩點需要解釋：第一，大凌河有警，何以須隔海的登州巡撫，自陸路迂道赴援？第二，孔有德自登州奪圍出海，向鴨綠江西岸的清軍投降，取四十五度角，直指東北即可；何以北駛經旅順口，致為黃龍所邀擊？

要研究這個問題，首須了解，遼東在明朝，西起山海關，東至鴨綠江與朝鮮交界，在疆域上都屬於山東。入清以後，習慣上遼東改稱關東，山東大漢自罘渡海北上入遼，稱為「下關東」；用一「下」字，即有關東仍隸山東之意。所以然者，顧祖禹在「讀史方輿紀要卷六十七」，「山東，遼東都指揮使，金州衛」下說得好：

衛（金州衛）控臨海島，限隔中外……舊置運道，由登州新河海口，至金州鐵山旅順口，通計五百五十里，至海州梁房口三岔河，亦五百五十里。海中島嶼相望，皆可灣船避風。運道由此而達，可直抵遼陽瀋嶺，以迄開元城西之老米灣。河東十四衛，俱可無不給之虞。

自正德以後，舊制寖廢；嘉靖中雖嘗舉行，而議者旋以奸民伏匿為言，復罷。

夫創法之初，以遼隸山東者，正以旅順海口，片帆可達登萊耳。乃修舉無術，坐視遼左之匱乏，而莫之恤歟？

這是痛惜海運之廢。當初的運道，自江蘇海州至登州；登州至旅順，總計一千一百里。山東半島與遼東半島南北對峙，中間以一連串的大小島嶼，如鍊之聯：並以區分爲黃海與渤海。所謂「限隔中外」者，意指此「煉」之西的渤海爲內海，而之東的黃海爲外海。是故外艦一入渤海，即成內犯；清末李鴻章經營旅順港，在國防的觀點上，絕對正確，無奈亦是「修舉無術」。

如上所述，解答了第一個問題，大凌河失守，則金州衛不保，旅順落入敵手，直接威脅「片帆可達」的登州，所以孫元化不但在行政區分上有赴援的義務；在守土責任上，亦有預防的必要。

至於第二個問題，亦可從「島嶼相望，皆可灣船避風」一語中去體會；大海茫茫，不循運道，自取航向，不說當時船舶設備之簡陋，就是現代的戰艦，亦不能貿然從事。

自旅順口至海州梁房口三岔河，亦五百五十里。

此海州爲遼東都指揮使司屬下，二十五衛之一的海州衛；即今遼寧海城。「讀史方輿紀要」

記海州衛所屬「梁房口關」云：「衛西南七十里；又東南九十里，即蓋州也。海運之舟由旅順口達者，於此入於遼河。」然則爲今之營口無疑。又記遼河云：「在衛西南五十五里，自遼陽界流入，又南注於海，謂之三岔河。」是則三岔河即自遼陽入海的最後一段遼河。凡大川，上下游異名者，無足爲奇；遼水自塞外迤邐南來，經鐵嶺、瀋陽而至遼陽西南，牛家莊驛（今牛莊）附近，納太子河、渾河，南注入海，形似三叉戟，爲三岔河得名的由來。

> 運道由此而達，可直抵遼陽瀋嶺，以迄開元城西之老米灣，河東十四衛，可無不給之虞。

瀋嶺指撫順關口的薄刀山而言。開元即開源。河東者遼河以東之謂；遼東二十五衛，十一衛在遼河以西，即廣寧及中左右共四衛、又前後中左右五屯衛，加義州、寧遠兩衛；十四衛在河東，即定遼前後中左右五衛，加東寧、海州、蓋州、復州、金州、瀋陽、鐵嶺、安東、三萬等九衛。定遼五衛及東寧衛，均在遼陽附近；大致南滿鐵路自開源（安東衛）以下兩側之地皆是：當時精華所在，則爲金、復、海、蓋四衛，「並稱沃饒，爲之根本」。至於「三萬衛」，顧祖禹贊之謂「居全遼之上游，爲東陲之險塞」；又記其四至謂「南至鐵嶺衛百二十里」；又謂安東衛在「三萬衛治西南」；安東衛治開源；是則三萬衛應在開源東北，而南距鐵嶺百二十里，夷考其家，應是今之金家屯；更北鄭家屯，今爲遼北省會遼源，應爲三萬衛治北界；亦爲遼東都指揮使司轄地北境之限，因爲東北即科爾沁左翼中旗，在當時是蒙古地方了。

按：遼河以西十一衛軍食，除屯墾自給以外，不足之數可由關內補給，或由海道運糧至覺華島屯儲。遼河以東十四衛，則以遼河兩岸泥淖三百餘里，稱爲「遼澤」，水勢漲落不定，大規模的船運，極其困難，隋煬帝、唐太宗伐高麗，皆搭浮橋或以車爲橋樑。因此河東乏食，難望河西接濟。明朝嘉靖三十七年，遼東大水；遼督王忬（王世貞之父）請開海禁，以蘇遼困；四十年，山東巡撫朱衡以海禁一開，登州防守不免吃重，因以「奸民伏匿，不便」，奏請復禁。此所以顧祖禹有「修舉無術，坐視遼左之匱乏而莫之恤」之嘆。如河東十四衛得因足食而不撤，則建州三衛，豈得昌狂？此亦清興明衰之一大關鍵。

現在回頭再談孔有德。他與耿仲明降清爲天聰七年四月，六月召赴盛京見太宗，已見前引孔傳。就在這個月，太宗遍諮大臣，征明、朝鮮、察哈爾，何者當先？何以早不問，遲不問，問在此時？即因從孔有德處獲得兩大助力，太宗始有決定戰略的可能；在此以前，根本談不到征朝鮮。

這兩大助力，第一是八旗皆以騎射稱雄，並無水師。天聰元年阿敏與岳託、濟爾哈朗征朝鮮，其王李倧請和，阿敏不可，而岳託與濟爾哈朗密議，以和爲宜，阿敏終被說服，原因即在清軍無戰艦，亦不習水師。如皮島明軍與朝鮮水陸夾擊，斷其歸路，清軍豈能倖免？現在有孔有德帶來的戰艦，情況就不同了。因此，孔有德一軍，旗幟雖以白鑲皂，爲鑲白旗漢軍，而號爲「天祐軍」；明白表示天助其成之感。

另一助力是由孔有德而獲知旅順的虛實。在此以前，清軍最多只攻到牛莊，不敢再深入。因此，孔有德降清奉召赴盛京後，未幾即隨岳託征旅順，大獲全勝，因而導致尚可喜來降；「清史列傳」本傳：

> 尚可喜，遼東人，父學禮，明東江游擊，戰歿於樓子山。崇禎初，可喜為廣鹿島副將，值皮島兵亂，總兵黃龍不能制，可喜率兵入皮島斬亂者，龍鎮島如故。及龍以旅順之戰死，沈世魁代；部校王庭瑞、袁安邦等構可喜，誣以罪。世魁檄可喜赴皮島。舟發廣鹿，風大作，不克進；世魁檄愈急，可喜心疑；偵得其情嘆曰：「吾家世捐軀報國，娼嫉者反欲擠之死地耶？」遂還據廣鹿；遣部校盧可用、金玉魁赴我朝納款，時天聰七年十二月也。上遣使齎貂皮賚之。
>
> 八年正月，可喜舉兵略定長山、石城二邑，擒明副將二，合眾數千戶，攜軍器輜重，航海來歸；命安輯於海城，贍給糗糧牲畜，並以我兵征旅順時，所獲可喜親黨二十七人與之。四月詔至盛京，賜敕印，授總兵；軍營纛旗以皂鑲白，號「天助兵」。

尚可喜及孔有德、耿仲明皆從征朝鮮，朝鮮既降，轉攻皮島，「清史列傳」英親王阿濟格傳：

（崇德元年）十二月上征朝鮮，令駐守牛莊。二年三月以貝子碩託等，攻皮島久未下，命引兵（一）千往助，四月至軍，令都統薩穆什哈率護軍前進；都統阿山等率銳卒，乘小舟，疾攻西北隅；兵部承政車爾格督八旗及漢軍、朝鮮等兵，乘巨艦偪其城：都統石廷柱、戶部承政馬福塔從北隅督戰，敵不能支，遂克皮島，斬總兵沈世魁、敗諸路來援之兵、俘戶三千有奇、船七十、貲畜無算。

此所謂「漢軍」，即指天祐、天助兩軍。尚可喜因與沈世魁積怨，尤爲賣力。其時孔、耿、尚均已封王：孔爲恭順王、耿爲懷順王、尚爲智順王。

皮島既克，清朝在關外已無敵人；可以全力攻明。太宗善用降將，而最重者爲祖大壽，打算著到與明朝全力周旋時才用他；此時便是時候了。「貳臣傳」本傳：

崇德元年，上授大凌河降將世成、澤潤（以侄而嗣為大壽長子）三等子；澤洪（大壽第三子）、可法（大壽養子）一等男，皆任參政。二年以蒙古輸誠、朝鮮底定、廓清皮島諸捷音敕示大壽，使密陳征明之策。大壽又不報。

祖大壽不但不理，而且在崇德三年（崇禎十一年），清兵大舉伐明時，在關外力禦清兵。崇德三年之出師，爲六次侵明中的第五次；但實際上爲正式征明的第一次，「清鑒綱目」：

崇德三年八月，清師再舉，太宗自率大兵向山海關，而令睿親王多爾袞，由密雲縣北，毀情子嶺而入，會於涿州，分兵八道，由盧溝橋進趨良鄉，下四十八縣。

又：「貳臣傳」祖大壽傳：

（崇德）三年移駐中後所，邀阻征山海關大兵，互有殺傷。上親臨以敕諭之曰：「數載相別，朕謂將軍猶在錦州，欲一晤而旋；不意將軍乃駐此地！出城一見，是所願也，至去留之意，惟將軍是聽，朕終不相強。若曩則來而釋之；今乃誘而留之，何以取信於天下乎？將軍雖屢與我軍相角，為將之道，固所宜然；朕絕不以此介意，毋因而見疑。」尋命移師攻其兵之列營城外者；至祖大壽已收兵入城矣。

由於祖大壽擋住山海關一路，太宗又不欲力戰；因而這一次侵明，復又變爲「饑來趨附，飽則遠颺」式的大擄掠。細考紀傳，太宗的戰略是，以多爾袞爲奉命大將軍領重兵破邊牆爲先鋒；而太宗則由祖大壽爲助，公然入關，與多爾袞分道完成對北京的包圍後，會師涿州，大舉進攻。及至山海關被阻；此役即成了多爾袞的重頭戲；而他唱得有聲有色，「清史列傳」本傳：

（崇德三年）八月，授奉命大將軍，統左翼兵征明，自董家口東，登山毀邊牆入，掩其無備，取青山營，遣人約右翼兵會通州河西，越北京至涿州，分兵八道，右傍山麓，左沿運河，長驅並進。自北京西，千里內，明將卒皆潰，略地至山西界而還。復東趨臨清，渡運河，攻濟南，破之，還略天津，遷安，由太平寨出青山關，凡二十餘戰皆捷，克城四十餘，降者六，俘戶口二十五萬有奇。四年四月凱旋。

按：「河西」者。通州張家灣以南的「河西務」；所謂「右翼兵」，當是太宗長子豪格所率領。「清史列傳」本傳：

三年九月征明，自董家口毀邊牆入，敗明兵於豐潤，遂下山東，降高唐州，略地至曹州，明兵毀橋拒我師，列陣誘敵，潛渡繞其後，敗之。還，下東光縣，又遣騎二千敗郭太監兵於滹沱河，破獻縣。四年四月凱旋。

多爾袞、豪格兩傳並看，戰況如見。多傳所謂「左沿運河」即指豪格所領的一路，沿運河即沿今津浦路至德州，直下高唐，聊城，陽穀，經壽張至曹州，由原路北歸時，破東光遣別軍西攻滹沱河（即子牙河）口的獻縣。然後與左翼會合而還。歷時凡七個月。

多爾袞以天聰三年八月破董家口入關，較豪格早一個月；而戰功遠較豪格爲多。董家口疑爲潘家口之誤。潘家口關在遷安西北一百八十里，喜峰口西；喜峰口之東爲青山口關，其南即青山營。如由潘家口破邊牆入關，往東奇襲青山營，始可謂之「掩其無備」。既破其山營，其進取路線，當是由遵化而西，破薊州、三河；南折至河西務會右翼兵，至涿州後，復分左右兩翼；而豪格爲左翼向東經固安，沿運河南下；多爾袞爲右翼，所謂「右傍西山麓」即循太行山麓南行，大致今之平漢路線，自涿州至邢台，路東路西各大城，蹂躪殆遍。孫承宗籍隸高陽，即於是役中，闔門殉難。

至邢台折而往東，經平鄉、威縣，即至臨清，渡運河破濟南後，沿海邊北上，略天津、遷安後，由青山關口出關，這一個大圈子兜下來，只花了八個月的工夫；當時清兵之強悍，可想而知。所俘「戶口二十五萬有奇」，自然編入「包衣」。這一役的戰果豐碩，對於清軍實力之增強，有極大之關係。

其時明朝正苦流寇，大學士楊嗣昌主與清議和，以期外患稍抒解，全力辦賊；而廷議爭持不決。主戰最力者，爲前宣大總督盧象昇，此人江蘇宜興人，天啓二年進士，慷慨有智略，作戰奮不顧身，外號「盧捨命」。自大凌河之役以後，山海關一路有祖大壽；宣化、大同一帶有盧象昇，足禦清軍。崇禎三年五月，盧象昇奔喪回里，八月間，遂有多爾袞破邊牆入關，薊遼總督吳阿衡戰死，朝廷急召三邊總督洪承疇入援，起盧象昇於墨縗之中，加兵部尚書賜尚方劍，總督天下援兵，「石匱書」盧傳：

（崇禎十一年）九月，北騎由牆嶺入，薊督吳阿衡、椒香戚寵，侈兼何孟，廚設銀鐺百灶，客至，百餚咄嗟立辦。以豪勇聞，倉猝出師，殲焉！國人洶洶，仍命象昇督諸援師，晉大司馬；陛見，陳三可憂：「山陵，國脈也；通德二倉，國儲也；腹地空虛，國腑臟也。臣枕戈待戰，惟中樞勿掣臣肘耳。」

按：昌平州有陵寢；通州、德州爲水路大碼頭，南漕北運，皆貯此二倉，而此諸處，皆爲北騎所經，且腹地空虛，一遭侵入，如入無人之境，故覺可憂。

所謂「中樞勿掣臣之肘」，即指楊嗣昌而言，因此，嫌隙益深。而山海關監軍太監高起潛，爲楊嗣昌一黨；「掣肘」不必在「中樞」，就地可辦。「石匱書」盧傳又記：

監臣高起潛扼象昇，宣雲一旅不盈萬，兵力遂單；北騎挾二馬或至三馬，日行百里、不稅。由易州走平山為一道，由新城入河間為一道；其自涿鹿走定興者號最眾。……象昇戰慶都，斬馘百餘；顧默念敵深入鋒銳，我兵自戰其地，如內顧易潰；須厚集其陣，伺敵饑飽，疾力戰可以得志。奉旨切責；象昇遂分兵援平山、率眾至保定決戰。

此言高起潛勒兵不發，盧象昇所部只得宣化、雲中（大同）兵不滿萬。相反也，清兵不但數量上佔優勢，而且每人有兩匹或三匹馬；疲則換乘，「稅」者「稅駕」，解鞍休息之謂；「不稅」即換馬不換人，故能日行百里，銳利非凡。至「慶都」當係望都之誤；因爲古今地名，並無慶都

其名。

按：盧象昇的戰略是正確的。敵軍勢銳，而備多力分，徒然犧牲，不如撤退集中，保全實力；等到敵軍深入，擇適當時機打一場殲滅戰。以弱敵強，不得不然。但有處處掣肘的楊嗣昌，必以怯敵畏戰爲責；於是盧象昇乃由監都北上，在保定決戰。

可是，行軍所至，遭遇的情況如何？且看張岱所記：

> 定撫（保定巡撫）閉關，不設芻糧，從女牆縋餉千金。時商賈道斷、村民獸駭，持金無可糴買，進軍蒿城，象昇語監軍詞臣楊廷麟曰：「三日不食，何以遇戎？君往恆，商戰守計。」

按：兵至保定，張其平拒而不納，只從城頭上縋下一千兩銀子助餉。回師至石家莊之西的藁城，一以覓食；一以邀擊趨齊之敵。「恆」者恆郡，漢置，以避漢文帝劉恆之諱，改名「常山郡」，當今石家莊以南元氏縣、贊皇一帶之地；有駐軍者，故囑楊廷麟往商戰守之計。

盧象昇自藁城南行，在賈莊遇敵，手斬百餘人，獲小勝；第二天「北騎數萬圜至」，力戰而死，年三十九。壯烈殉國，而有「要人欲誣象昇不死；獲屍群譁」；「石匱書」盧傳：

（楊昌遣帳下督三人往驗，信；駁杖、裂膚斷筋、其二人模稜。有俞姓者，原業販貂，人呼之「俞貂鼠」，仰首言曰：「盧公實死行間，氣英英不腐，必為神。我沒其節，則受鬼誅；寧人誅。」卒杖斃。按臣仍駁驗；順德守于穎曰：「日者守臣在定州城門外洗泥土，抱其屍，左頤後胸，刀痕深寸許，身中四箭，血猶漬麻衣上。設祭哭，軍民雨泣。容誰欺乎？」事乃雪……贈太子太保，賜謚忠烈。

按：此「要人」自爲楊嗣昌。既誣以不死，而忽然發現屍首，自然大譁。楊嗣昌命巡按御史遣人往驗，確爲盧屍；而巡按以爲所驗不實，用刑逼供；三人中兩人改口，獨「俞貂鼠」不肯沒盧之大節。既已杖斃俞貂鼠，猶欲覆驗，得順德縣令于穎上言而止。

據于穎所言，盧象昇死於定州城外；定州在明清爲直隸州，即今河北曲陽、深澤兩縣，在正定之北；當是轉戰敗退，至定州力竭陣亡。

此時薊遼總督已調洪承疇接充。此人在「貳臣」中，故事特多；清兵入關後，親貴分道典兵，所向有功，實得力於洪承疇的策劃。洪承疇久在西北、西南剿流寇，槃槃大才，竟爲清所用；但亦以爲清所用，乃得剿滅流寇，成其平生未竟之業。此中功罪是非，實在難說得很。

「貳臣傳」洪承疇傳：

十二年授薊遼總督。是年冬，我朝兵征明錦州及寧遠，總兵金國鳳拒戰於寧遠城北山崗，偕其二子，俱歿於陣。承疇疏言：「國鳳前守松山，兵不滿三千，卒保孤城，以事權專、號令一，而人心肅也。迨擢任大將，兵近萬人，反致殞命，非其才力短，由營伍紛紜，人心不一也。自今設連營節制之法，凡遇警守城及出戰，惟總兵官號令是聽。庶軍心齊肅矣。」

這是先穩住陣腳，大舉決戰，則尚有待。自天命三年（萬曆四十六年）太祖以「七大恨告天」侵明以來，真正的會戰，只有崇德六年（崇禎十四年）的松山之役。「貳臣傳」洪承疇傳：

（崇禎）十三年，總兵祖大壽以錦州圍困告急，承疇出山海關駐寧遠，疏請調宣府、大同諸鎮兵，俟俱集、合關內外兵十五萬，又必芻糧足支一歲，乃可戰可守。十四年三月，宣府總兵楊國柱、大同總兵王樸、密雲總兵唐通各率兵至；與玉田總兵曹變蛟、薊州總兵白廣恩、前屯衛總兵王廷臣、山海關總兵馬科、寧遠總兵吳三桂，凡八十將，合兵十三萬，馬四萬。朝議以兵多餉難，令職方郎中張若麒促戰，乃進次松山。

按：前屯衛，今名前衛；北寧路出山海關第一個大站即是；下一大站爲綏中，即中後廳；又一大站興城，即寧達。由山海關至錦州、寧遠適當途程之半。寧遠、錦州間有兩城，一名杏山；杏山之北爲松山，由此渡小淩河即爲錦州。此外要隘有連山、塔山、高橋；都在北寧線上。連山即今錦西；高橋東北即塔山。洪承疇的八大將、十三萬兵，即分布在這一帶，而以小淩河南的松山爲指揮所。「清史紀事本末」卷三：

（崇禎）十四年三月，清兵圍錦州、城中蒙古兵內應，破其外城。夏五月，薊遼總督洪承疇等，帥八總兵、師十三萬赴援，屯寧遠、錦州間；城守祖大壽遣卒自城中逸出傳語，以車營逼敵、毋輕戰。承疇持重不發；而朝旨趨戰，遂進兵，陣於松山之北。

按：洪承疇疏請調兵十五萬，積糧一足歲，乃可戰可守，此爲與祖大壽商定的戰略；自孫承宗、袁崇煥以來，都是這一戰略，即以大淩河爲界限，鞏固錦州至山海關的陣地，穩紮穩打；因爲清兵，人眾馬多，糧草補給，頗成問題，利於速戰；故須以靜制動；以拙限速；以重壓輕。至清兵師老馬疲，銳氣漸消，開始撤退時，即爲大舉反攻的時機。與清軍相爭而定勝負者，在穩、在久、在耐得住。至於戰術方面，清兵人各二馬或三馬；明軍十三萬、馬只四萬匹，利於守而不利於攻；防守之道，針對騎兵而用車營，即營地以大車為防禦工事，限制馬足；車後伏弓箭手，敵騎迫近時，發矢射人射馬。車營可以移動，逐漸推進，步步為營；既守亦攻，故曰：「以車營逼敵」。

松山之戰，在清朝實際上是被迫應戰。其時清軍圍錦州，係更番輪代；崇德六年八月，由多爾袞代濟爾哈朗，而明軍八總兵所屬部隊都已到齊；太宗患「鼻衂」，本不宜行軍，但強敵當前，既有堅忍不拔的祖大壽；又有在西北剿匪，威名素著的洪承疇，此戰關乎興廢，乃抱病起程渡遼河。據「實錄」載：「鼻衄不止，承以碗，行三日方止。」將至錦州時，先令多爾袞在高橋安營，以便進駐；多爾袞恐有失，請太宗駐蹕松山、杏山間，實已繞出敵後。觀乎「實錄」中記載太宗之言：一則曰：「不來，切勿輕動」，再則曰：「近則迎擊之，倘敵兵尚遠，先往迎戰，貽累於眾，即與敗無異。」可知完全是採取守勢。如果不是朝臣奉旨促戰；相持之下，吃虧的應該是清軍。

洪承疇佈陣的情況，據「太宗實錄」載：

> 是時敵人於松山城北乳峰山崗結塞，其步兵於乳峰山松山之間，掘壕立七營。其騎兵列於松山東西北三面，合步騎共號十三萬。其領兵總督洪承疇、巡撫邱民仰、大同總兵王樸、宣府總兵

李輔明、密雲總兵唐通、薊州總兵白廣恩、玉田總兵曹變蛟、山海總兵馬科、前屯衛總兵王廷臣、寧遠總兵吳三桂、及副將以下共二百餘員。癸亥，明總兵八員，率兵犯我前鋒汛地，我前鋒軍擊敗之，又合鑲藍旗護軍追擊至塔山，獲筆架山積粟十二堆。

據「全遼志」，乳峰山在錦州西南七十里，中峰如蓋，東西十二麓，拱城（按：指松山城）北向，憑山拒守；復以騎兵列陣於松山東、西、北三面；則當面之敵，不過南面高橋的清軍；眾寡之勢判然，但運動不便，亦以固守爲宜；不意出戰失利，失去積聚。所謂筆架山，實在是兩個島；筆架山有大小兩座，對峙海中，潮退有石如橋，一廣八丈，長四里許；一廣三丈，長三里許。這跟覺華島是一樣的情形，由海道運糧至此，卸載兩島。其地在高橋與錦西之間的塔山之南；以地形、位置而言，當即是今之葫蘆島。

第二天又復接戰，「實錄」載：

甲子，敵犯鑲紅旗汛地，我軍擊卻之，旋復來戰。太宗文皇帝張黃蓋，指揮將士佈陣，敵望見悉退。太宗文皇帝諭諸將曰：「今夜敵兵必遁，我左翼四旗護軍，可至右翼汛地排立，右翼四旗護軍，及騎兵蒙古兵前鋒兵，俱比翼排列；直抵海邊各固守汛地，敵兵有遁者，如百人則以百人追之；千人則以千人追之。如敵兵眾多，則汝等協力追擊，直抵塔山。是夜初更，明兵沿海潛遁，我諸將各遵上命，由汎地邀截；奮擊窮追，殺死及赴海死者不可勝計。

按：洪承疇所率八總兵，最得力者玉田總兵曹變蛟，屯乳峰山七營，就是曹變蛟的隊伍；其次爲前屯衛總兵王廷臣；可寄以厚望者，寧遠總兵吳三桂，宣府總兵楊國柱。松山之敗，始自楊國柱之中伏；楊爲義州衛人，其侄楊振爲本衛指揮，崇禎十二年，清太宗利用孔有德攜來的大炮首攻松山時，巡撫方一藻議遣將救松山時，只有副總兵楊振自告奮勇，行至錦縣以南十里呂洪山中伏、全軍皆墨；楊振被擒，令往松山說守將副總兵金國鳳來降。到得離松山一里許，楊振南向而坐；告訴他的隨從李祿說：「你到城裡告訴金副總兵，務必堅守，援軍馬上就到了。」李祿到了城下，如言轉達，金國鳳防守益堅；清兵無功而還。楊振、李祿則皆被殺。

楊國柱陣亡之處，即楊振殉職之地；「明史」四卷二百七十二楊國柱傳：

國柱，崇禎九年為宣府總兵官，十一年冬，入衛畿輔，從總督盧象昇戰賈莊：象昇敗歿，國柱當坐罪。大學士劉宇亮、侍郎孫傳庭皆言其身入重圍，非臨敵退卻者比；乃充為事官，戴罪圖功。十四年初大壽被困錦州，總督洪承疇率八大將往救；國柱先至松山，陷伏中。大清兵四面呼降，國柱太息語其下曰：「此吾兄子（按：指楊振）昔年殉難處也。吾獨為降將軍乎？」突圍中矢墜馬卒。

據此可知，清太宗實錄所謂「明總兵八員，率兵犯我前鋒汛地，我前鋒軍擊敗之」云云，不免誇張。事實上是救錦州時，楊國柱的兵先到，與其侄一樣，在呂洪山中伏。獨怪楊國柱既爲錦州以北的義州衛人，對這一帶的地形，應該熟悉；且復有其侄的前車之鑒，而竟漫不經心，蹈其覆轍，此中眞有天意在。

楊國柱之敗，不獨出師不利，大損士氣；而筆架山積聚之失，軍食堪虞，尤足以動搖軍心。清太宗至此，乃改變戰略；原來是見機行事，可戰則戰，不可戰則退，由於旗開得勝，因而決心改採攻勢。如前所引，將左翼（東面）四旗，調至右翼，並自北而南，比翼排列，直抵海邊，目的是在斷明軍的歸路。

「明史」卷二百七十二曹變蛟傳：

> （崇禎）十四年三月，（洪承疇）偕變蛟，（馬）科，（白）廣恩先後出關，合三桂，廷臣，凡……駐寧遠。承疇主持重，而朝議以兵多餉艱，職方郎張若麒趣戰。承疇念祖大壽被圍

久，乃議急救錦州……國柱戰歿，以山西總兵李輔明代之。承疇命變蛟營松山之北，乳峰山之西，兩山間列七營，環以長壕。俄聞我太宗文皇帝（按：明史為清人所修，故曰「我太宗文皇帝」，以明非明成祖）親臨督陣，諸將大懼。及出戰連敗，餉道又絕，（王）樸先夜遁，通、科、廣恩、輔明相繼走，自杏山迤南，沿海，東至塔山，為大清兵邀擊，溺海死者無算。變蛟、廷臣聞敗，馳至松山，與承疇固守。三桂、樸、奔據杏山，越數日欲走還寧遠，至高橋遇伏大敗，僅以身免。先後喪士卒凡五萬三千七百餘人。

我所引用的明史，係據乾隆四年殿本影印；上引文中，有一字之誤，而關係甚大；即「東至塔山」之東，應爲「西」字。敘戰史最要緊的是，地理方位必須清楚。如王樸等夜遁，「東」至塔山，則爲自投羅網；山海關在西面，想遁回關內，自然應該投西；往東就不可解了。

我在前面曾敘過錦州，松山等地的關係位置；這裡需要再重敘一遍，以清眉目。按：自山海關至錦州，乃由西南往東北；由東北往西南，則錦州之南爲松山；松山之南爲杏山；杏山西南爲高橋；高橋之南爲塔山；塔山之南爲連山（錦西）；連山之南爲寧遠（興城），即爲吳三桂的防區。

當楊國柱敗歿於錦縣之南的呂洪山時，其他各軍亦已到達松山附近；在王樸夜遁，吳三桂等相繼逃走時，是由松山、杏山附近，向西過高橋，至塔山附近，爲清軍所攔截，此即清太宗絕其歸路之計；王樸、吳三桂遇阻而退，還據杏山。及至第二次再逃，目的地是寧遠，自然仍舊往西；而清軍則已自塔山進至高橋設伏。

檢討此一役的因果關係，以楊國柱、呂洪山中伏大敗爲戰局變化的關鍵；而所以出現此一關鍵，則由於張若麒的促戰。張若麒亦「貳臣傳」中人：籍隸山東膠州，兩榜出身，以爲楊嗣昌收買劾黃道周，得由刑部主事調兵部職方司。明朝兵部權重，四司中武選掌除授；職方掌軍政，其職尤要。「貳臣傳」本傳：

（崇禎）十四年，我太宗文皇帝圍錦州，總督洪承疇集諸鎮兵來援，未敢決戰；兵部尚書陳新甲遣若麒往商於承疇，欲分四路夾攻。承疇慮兵分力弱，議主持重；若麒以圍可立解入告，新甲益趣承疇進兵。若麒屢報捷，洊加光祿寺卿。既而諸軍自松山出戰，我師擊敗之，殲殪各半；若麒自海道遁還，新甲庇之，復令出關監軍。

又：「明史」卷二百五十七陳新甲傳：

時錦州被圍久，聲援斷絕，有卒逸出，傳祖大壽語，請以車營逼，毋輕戰。總督洪承疇集兵數萬援之，亦未敢決戰。帝召新甲問策，新甲請與閣臣及侍郎吳甡議之，因陳「十可憂，十可議」，而遣職方郎張若麒面商於承疇。若麒未返，新甲請分四道夾攻；承疇以兵分力弱，意主持重以待。帝以為然。而新甲堅執前議；若麒素狂躁，見諸軍稍有斬獲，謂圍可立解，密奏上聞。新甲復貽書趣承疇；承疇激新甲言，又奉密敕，遂不敢主前議。若麒益趣諸將進兵。

其時張若麒在前方的身分爲監軍，故得促諸將出戰，後來御史劾張若麒有「督臣洪承疇派軍遠出，若麒任意指揮，視封疆如兒戲，虛報大捷，躐光祿卿，冒功罔上」之語；此爲明朝軍事指揮制度上，積漸而成的一種不合理現象。但洪承疇既膺專閫之寄，則「將在外君命有所不受」；雖不必明言，實際上可以一方面敷衍張若麒，一方面獨行其是。兩百年後曾國藩、胡林翼平洪楊，即本此原則以行；視官文如張若麒，刻意交歡，推功歸之，「我打仗，你升官」，但求勿掣肘，勿亂出主意，卒成大功。我曾說過，同光之能中興，實由君臣皆熟讀明史，能懲其失。恭王當政，一本肅順重用漢人的原則，授權曾國藩節制五省，「不爲遙制」；而曾國藩遂能以明末將帥爲鑒，懲其失，師其長，如剿捻之佈長圍，設老營，無非楊嗣昌「四鎭六隅，十面三網」的變化。今以洪承疇與張若麒；曾胡與官文之情況相比較，可爲我的看法之另一佐證。

松山被圍至十五年二月，以副將夏成德獻城投降，清軍得生擒洪承疇，巡撫邱民仰，總兵曹變蛟、王廷臣；除洪承疇外，邱民仰、曹變蛟、王廷臣皆被殺。留洪承疇是為招降吳三桂等邊帥；而殺邱、曹、王則是警告祖大壽。

據「貳臣傳」記載，夏成德獻城，先有期約，並以子為質；臨事極其秘密，以故統帥以下的軍民長官，皆一鼓成擒。往日讀史至此，輒感困惑；且不說洪承疇謹慎持重，深諳韜略，即如邱民仰起家乙科，素有能名；曹變蛟與其叔文詔，為明季有數良將，流寇聞「大小曹將軍」之號，望風而逃，然則對夏成德從容通敵，豈竟漫無察覺？此為事理之不可解者。

近讀陳寅恪「高鴻中明清和議條陳線本跋」，始恍然大悟。按：楊嗣昌、陳新甲主和，凡研明史者無不知；「明史」卷二百五十七陳新甲傳：

初，新甲以南北交困，遣使議和，私言於傅宗龍。宗龍出都日，以語大學士謝陞。陞後見疆事大壞，述宗龍之言於帝。帝召新甲詰責，新甲叩頭謝罪。陞進曰：「倘肯議和，和亦可恃。」帝默然。尋諭新甲密圖之，而外廷不知也。已言官謁陞；陞言上意主和，諸君幸勿多言，言官誠愕，交章劾陞，陞逐斥去。

按：起傳宗龍於獄，命爲三邊總督討李自成，事在崇禎十四年五月，正錦州被圍之時；則知陳新甲始倡和議，即在此時。謝陞罷相，在崇禎十五年四月，已爲松山已破以後。但崇禎之斥謝陞，並不表示放棄議和之意；須至這年八月陳新甲被逮下獄，始爲不談和的表示。就此過程來看，陳新甲遣使議和，在於何時，尚待探索。接前引新甲傳：

帝既以和議委新甲，手詔往返者數十，皆戒以勿洩。外廷漸知之，故屢疏爭，然不得左驗。一日所遣職方郎中馬紹愉以密語報，新甲視之，置几上。其家僮誤以為塘報也，付之鈔傳。於是言路嘩然，中方士亮首論；帝慍甚，留疏不下。已降嚴旨切責，令新甲自陳；新甲不引罪，反自詡其功，帝益怒。至七月給事中馬嘉植復劾之，遂下獄；新甲從中上疏乞宥，不許。

據此可知，陳新甲所遣議和專使爲職方郎中馬紹愉；馬於何時與清接觸？據清史稿太宗本紀：「崇德七年三月乙酉阿濟格等奏：明遣職方郎中馬紹愉來乞和」此已在松山城破以後；事實上大概在正月下旬，至遲二月上旬，馬紹愉即已到達盛京，提出議和的條件；證據即在高鴻中「條陳殘本」有兩行附識：一曰：「二月十一日到」；一曰：「三月十三日奏了。」這年明朝遣使議和時，清太宗命諸臣各陳意見；高鴻中既於二月十一日即有條陳，則馬紹愉之到達盛京，必在此以前。另一附識「三月十三日奏了」，乃指阿濟格於「三月乙酉」，將整過條陳意見作一彙報；而在二月十一至三月十三之間，有一大事，即夏成德於二月二十左右獻松山、生擒洪承疇。

明既遣使，清以禮待，但馬紹愉於二月初到盛京，阿濟格等直至四十天後始出奏，何疏慢如此？而且既已「乞和」，則當一緩松山之圍，即令欲造成既成事實，以爲爭取優厚條件的張本，亦不應於破城之後殺一巡撫、兩總兵。觀清之所爲，不友好到了極處，根本無和可議；而清官書記載，卻非如此。接前引「清史稿」太宗本紀云：

> 上曰：「明之筆札多不實，且詞意誇大，非有欲和之誠。然彼真偽不可知，而和好固朕宿願。爾等其以朕意示之。五月乙巳朔，濟爾哈朗等奏，明遣馬紹愉來議和；遣使迓之。壬午，明使馬紹愉等始至。六月辛丑，都察院參政祖可法、張存仁言：「明盜寇日起，兵力竭而倉廩虛，征調不前，勢如瓦解。守遼將帥喪失八九，今不得已乞和，計必南遷，宜要其納貢稱臣，以黃河為界。」上不納，以書報明帝曰：「自茲以往，盡釋宿怨，尊卑之分，又奚較焉？使者往來，期以面見；吉凶大事，交相慶弔。歲各以地所產，互為饋遺，兩國逃亡，亦互歸之。以寧遠雙樹堡為貴國界；塔山為我國界，而互予於連山適中之地。其自海中往來者，則以黃城島之東西為界，越者各罪其下。貴國如用此言，兩君或親誓天地，或遣大臣涖盟，唯命之從。否則後勿復使

矣。」遂厚賚明使及從者遣之。

按：照此條件，以當時明清對壘的形勢來看，可謂相當寬大合理；無怪乎陳新甲「不引罪、反自詡其功」。而馬紹愉的「密語」；爲陳家僮僕誤爲尋常戰報的「塘報」者，正就是報告此事。如清太宗果有如此和好的誠意，則與二、三月間所表現的不友好態度，爲一極大的矛盾。其又何解？

唯一的解釋是：談和根本是個騙局。二月初明使至，三月十三始以「明帝敕兵部尚書陳新甲書」奏太宗「爲驗」；在此一個多月中，清朝利用明朝求和的行動，暗中勾結夏成德獻城，其言必是：「明至已求和，諸將苦守殉難，白死而已。何不獻城自效？明主先有求和之心，則獻城之舉，未爲不忠，而富貴可以立致。」觀夫夏成德敢以子爲質，不虞有任何變卦，致召不測之禍，即因馬紹愉秘密東來，能堅其信，和局早晚必成，以子爲質，決無危險。

從來和戰大計，決於廟堂，但以士氣民心爲依歸者，必無誤；而切忌者爲表裡不一！九一八以後，東北軍在西北剿匪，本乎「攘外必先安內」的最高戰略指導原則！東北軍亦願意先掃滌延安，再「打回老家」。不意爲山九仞，但虧一簣之功時，不知何人建策，一面在歐洲與蘇俄接觸；一面派張懷南公然經過西安至延安，與周恩來談和，這對東北軍不僅刺激，直是刺骨。此爲西安事變主要的起因。建此乖謬之策者，不讀書之過。

因此，我們的總統，一再重申決不與中共妥協；所謂「和談之門」，不但不會敞開，簡直鎖中都灌了鐵漿。是爲五十年斑斑血淚中孕育出來的賢明決策。所謂「和談之門」只要開一條縫，即足以瓦解多少年培養的反共意識及無形的反共陣線與部署。夏成德能與洪承疇、曹變蛟共事，擔任防守杏山南城，當正面之敵，當然是經過考驗的；但一夕之間，變更素志，是因爲朝廷乞和，在他以爲賣命不值。相仿的是，西安事變的東北軍由絕對敬愛領袖，居然一變而爲劫持領袖，試行「兵諫」，可見此中關係之重大。

再舉個反面的譬仿，中共叫囂了三十年的「反美」，反美就是反資本主義，但形勢所迫，周恩來、鄧小平一變而爲走親美的資本主義路線，造成他們內部思想的大混亂，今日中共內部重重疊疊的矛盾糾紛，大半由此而來。毛澤東是熟讀明史的，他教他的徒子徒孫學李自成而非張獻忠，「文革」時號召「紅衛兵」當「闖將」，即以高迎祥自稱「闖王」，李自成先爲「闖將」，後被推爲「闖王」，暗示當「闖將」才有出頭之日。

凡此都證明他熟於明史，自然對「走資派」不能同意。但他的用僞造「孫子」佚篇，以「三家分晉」的故事來鼓吹「大辦民兵」的思想，已經破產，只能隨周、鄧跟尼、季去勾搭，周恩來與鄧小平，又何嘗不知道由「反資」而變爲「走資」是自我否定？可是不能不飲鴆止渴。目前大陸上「天下大亂」的情勢可免，中共唯一的希望是，藉「三通」爲由，拉住我們跟它一起亂；藉「制俄」爲名，拉美國跟它一起亂。有一於此，即可苟延殘喘；所以只要跟它畫清界限，要它投降，決不妥協，它就毫無生路。在美國方面，亦希望能自我設限，勿爲鄧小平拖住他的大腿，我這一段題外之話，謹以陳諸戰略學會諸君子。

松山既破，敗報到京，說洪承疇、邱民仰並皆殉難；舉朝大震。崇禎驚悼不已，設壇賜祭：洪承疇十六壇，邱民仰六壇。照明朝的體制，一品官賜祭九壇；公侯掌武職、方賜祭十六壇，爲最高的榮典。那知祭到第九壇，傳來消息，洪承疇投降了；當時並曾有旨，在北京外城建祠，以邱民仰與洪承疇並祀，祠成將親臨致祭，得到這個消息，廢然而止，連帶邱民仰亦失去了血食千秋的機會。

洪承疇的投降與明朝之失天下無甚關係；但對清朝之得天下，關係甚重。「清史稿」本傳：

崇德七年二月壬戌，上命殺民仰、變蛟、廷臣，而送承疇盛京。上欲收承疇為用，命范文程諭降。承疇方科跣謾罵，文程徐與語，泛及今古事，梁間塵偶落，著承疇衣，承疇拂去之，文程遽歸告上曰：承疇必不死，惜其衣，況其身乎？」上自臨視，解所御貂裘衣之曰：「先生得無寒乎？」承疇瞠視久，嘆曰：「真命世之主也！」乃叩頭請降。上大悅，即日賞賚無算，置酒陳百戲，諸將或不悅曰：「上何待承疇之重也！」上進諸將曰：「吾曹櫛風沐雨數十年，將欲何為？」諸將曰：「欲得中原耳！」上笑曰：「譬諸行道，吾等皆瞽，今獲一導者，吾安得不樂？」居月餘，都察院參政張存仁上言：「承疇歡然偉生，宜令薙發備任使。」五月，上御崇政殿，召承疇及諸降將祖大壽等入見。

此事經孟心史先生考證，時地皆不確，爲好事者附會之詞。歷史上類此故事亦甚多，如曹彬下江南，容李後主宮內收拾行裝，「辭廟」、「別宮娥」；他的部下以李後主倘或自殺，回汴京無法交代。曹彬說李後主決不會死，因爲上船請降時，走一條跳板，都不免恐懼；膽小如此，決不會死。此即所謂觀人於微。大致清初遺民對洪承疇痛恨特甚，所以有許多譏刺的傳說。

至於清太宗必欲用洪承疇，眼光超卓，倍不可及。孟心史有一段議論說：

考承疇用事時代，實為當時不可少之人物，且捨承疇更無合用之人。承疇以萬曆四十四年登第，是年即清太祖天命元年，在故明文臣中，已稱老輩，可以為招徠遺老，樹立風聲，破壞義師，改其視聽。自崇禎初以知兵名於世，清初漢人為將領者多出麾下，聲勢最張之平西王吳三桂，即其督薊、遼時舊部八總兵之一。發縱指示，足孚眾望，而又讀書知政體，所到能察吏安民之任，與武夫狼藉擾累者不同。假以事權，執挺為降臣長，用人之妙。無過於此。東南西南天下大定於承疇手，而以文人督師，不似舊日鎮將，各擁死士，有其羽翼。用則加諸膝，退則墜諸淵，了無留戀抵抗之患。以故以督部之尊，為招撫，為經略，所向成大功。（洪承疇章奏文冊匯編跋）

當松山城破時，祖大壽的三個弟弟，都在洪承疇軍中，祖大樂，總兵；祖大名，大成，游擊。被俘後，太宗命釋祖大成，放他回錦州傳話。到此地步，祖大壽自然非降不可了。「清史稿」本傳：

> 大壽使詣軍言，得見大樂，當降。既令相見。大壽再使請盟。濟爾哈朗怒曰：「城旦夕可下，安用盟為？」趣攻之。大壽乃遣澤遠、及其中軍葛勳詣我師引罪。翌日，大壽率將吏出降。即日，諸固山額真率兵入城，實崇德七年三月初八日也。上聞捷。使濟爾哈朗、多爾袞慰諭大壽，並令招杏山塔山二城降，濟爾哈朗、多爾袞帥師駐焉。阿濟格、阿達禮等，以大壽等還；上御崇政殿，召見大壽，謝死罪。上曰：「爾背我，為爾主，為爾妻子宗族耳。朕嘗語內院諸臣，謂祖大壽必不能死，後且復降。然朕決不加誅，往事已畢，自後能竭力事朕，則善矣。」又諭澤

遠曰：「爾不復來歸，視大壽耳。曩朕蒞視杏山，爾明知為朕，而特舉礮，豈非背恩？爾舉礮能傷幾人耶？朕見人過，即為明言，不復省念。大壽且無責，爾復何誅。爾年方少壯，努力戰陣可也。」澤遠感激泣下。

清太宗駕馭降將的手段，確是高人一等；而實從「三國演義」中揣摩曹操的權術而得。接前引「祖大壽傳」：

六月，烏真超哈分設八旗，以澤潤為正黃旗固山額真；可法、澤洪、國珍、澤遠，為正黃、正紅、鑲藍、鑲白，諸旗梅勒額真。大凌河諸降將，初但領部院，至是始以典軍，大壽隸正黃旗，命似為總兵。上遇之厚，賜賚優渥；存仁上言，大壽悔盟負約，勢窮來歸，即欲生之，待以不殺足矣，勿宜復任使。降將顧用極，且謂其反覆，慮蹈大凌河故轍。上方欲寵大壽，風明諸邊將，使大壽書招明寧遠總兵吳三桂。三桂，大壽甥也，答書不從。大壽因疏請發兵取中後所。收三桂家族。

於此可知，在祖大壽未降以前，其部屬始終爲清所猜忌，不以典兵。事實上祖大壽令子侄投降，或許亦有部置內應的打算在內；果然典兵，極可能受祖大壽的指揮而反正。「烏眞超哈」、「固山額眞」、「梅勒額眞」皆滿洲語，即漢軍、都統、副都統。「額眞」後改「章京」；此一滿洲官稱與「戈什哈」（護衛），至清末未改；亦爲漢人得以任職的，僅有的兩個滿洲語官名。

至於「收吳三桂家族於中後所」，已在清太宗既崩以後；「清史稿」所記稍有未諦，「貳臣傳祖大壽傳」，於大壽奉命招降吳三桂不從下接敘：

是時貝勒阿巴泰等征明，以明兵固守山海關外五城，別由黃崖口入薊州，越京師，略山東郡邑。

八年正月，大壽奏言：「臣先執謬，自辱其身，深愧歸降之晚；伏睹皇上寬仁神武，一統之業，朝夕可定：以臣目擊機會，先取山海關五城，最為上策。明文武官之能否，城之虛實，兵之強弱，臣所洞悉；宜乘此時攻取中後所，收吳三桂家屬，彼必為之心動。其餘中右所、中前所、前屯衛一鼓可平也。破山海更易於破寧遠；山海軍士皆四方烏合之眾，不識陣戰，絕其咽喉，撤其藩籬，海運不通，長城不守，彼京師難保，三桂安能守寧遠也？」

崇德八年即崇禎十六年。此爲祖大壽降清後，唯一所建之策。以意逆推，祖大壽經數月觀察，已知明欲滅清，大非易事；而明則內困流寇，復有清兵不斷破邊牆而入，長驅南下，大肆擄掠，河北、中原的百姓，實在太苦了。而明朝終必在此雙重艱困之下，失去天下；如流寇亡明，則與清兵相持，兵連禍結，更苦百姓。因此，祖大壽特建此策，固為清謀；但亦為明朝及關內百姓籌一條生路；祖大壽堅毅深沉、受孫承宗、袁崇煥知遇，自崇禎四年降清，猶復孤軍堅守錦州達十一年之久，其心繫明室，意向甚明；但中國的武德標準定得太高，作戰非勝即死，遁走亦且為辱，遑論投降？但祖大壽採取比較實際的觀點：前面引述過在他初次被迫投降時，曾邀副將石建柱告以心腹語：「人生豈有不死之理？但為國，為家，為身三者並重：今既不能盡忠報國，惟惜身命耳。」話雖如此，能為國還是要為國，孤城困守，析骸為炊，此種非人生活過了十一年之久，為古今中外，絕無僅有之事。設非松山之敗，他還可以在錦州守下去。平心而論，祖大壽實在很對得起明朝。既在既降以後，為清建策，亦仍有衛護明朝及國內百姓之深意在內。

如其策見用，明朝及關內百姓可得如下的利益：

第一、清朝既已盡得山海關五城（合錦州、松山、杏山為「關外八城」），則明清正式形成雙壘之勢，清兵不必再由牆子嶺，黃崖口破邊牆而入，肆行海盜式的擄掠。尤其重要的是，有可能以山海關為界；而以關西至灤河為緩衝地帶，達成和議，救明於不亡。

第二、此時守關以寧遠總兵吳三桂為帥，集兵達五十萬之眾；移入關內，以剿流寇。吳三

桂、左良玉力足以辦賊。

第三、明季財政受困之大病爲餉重；而「遼餉」，自神宗末年增賦五百二十萬；崇禎三年增賦百六十五萬，皆爲「遼餉」。此外所謂「練餉」（團練）；「剿餉」，亦與備遼有關，前後總計增賦一千六百七十萬以上。吳三桂移兵入關，不必再有轉輸困難的遼餉，財政上的壓力，自可減輕。

但以其時河巴泰所領明兵征山東者，尚未班師，故其言不用：未幾太宗崩，至是年十月，始由濟爾哈朗，攻中後所，前屯衛、中前所，惟旋即退出；並未照祖大壽的計劃，迫使吳三桂撤回關內，是必有高人看破機關，樂見清兵能吸住吳三桂的五十萬大軍之故。

清太宗崩於崇德八年八月初九；至廿六始由太宗第九子福臨嗣位，是爲世祖，年號順治，時方六歲。在此十七天之中，多爾袞曾與太宗長子肅親王豪格，有過激烈的爭奪；但官書已滅其跡，只能從殘餘的記載中，窺知一二；試爲鈎稽如次。

孟心史「清代史」第一章第三節：

清入關創業，為多爾袞一手所為。世祖沖齡，政由攝政王出。當順治七年以前，事皆攝政專斷，其不為帝者，自守臣節耳。屢飭廷臣致敬於帝，且自云：「太宗深信諸子弟之成立，惟予能成立之。」以翼戴沖人自任，其功高而不干帝位，為自古史冊所僅見。

謂多爾袞「不為帝者，自守臣節」，實與當時眞相稍有不符。太宗既崩，從任何角度來看，都應由豪格繼位；但太祖既有共主的遺命，而太宗繼位時，亦係四大貝勒共坐議政，則以多爾袞之功之才，謂欲入關與明爭天下，完父兄未竟之業，非正大位，俾獲全權不可，亦是可以說得過去的一件事。因此，當時便有兩派，一派主立豪格；一派擁戴多爾袞。

「清史列傳」多爾袞傳：

（順治）二年十二月，集諸王貝勒、貝子、公、大臣等，遣人傳語以尊崇皇上、戒諂媚己；且曰：「太祖、太宗所貽之業，予必力圖保護，俟皇上春秋鼎盛，即行歸政。」又曰：「前所以不立肅親王者，非予一人意，因諸王大臣皆曰：『若立肅親王，我等皆無生理，是以不立。』」傳語畢惟豫親王不答；使者還報，復遣傳語曰：「昔太宗賓天時，予在朝門幄中坐，爾與英王跽請即尊位，謂兩旗大臣屬望我者；諸親戚皆來言。予時以死自誓乃已。此言豈烏有耶？」豫親王語塞。

據此可知，一、不立豪格，第一個反對的，就是多爾袞；二、多爾袞一兄阿濟格、一弟多鐸爲首先擁戴之人。但解釋不立豪格之故，而多鐸不答；可知多鐸知其言爲違心之論。多爾袞對於尊位，非不欲也；乃不可也。

太宗崩後，皇位既經十七日之爭議，始能定奪；而在世祖即位之第二天，幾又翻覆；爲「多爾袞傳」所載：

> 八月，世祖章皇帝即位，禮親王集諸王貝勒大臣議，以鄭親王與王輔政，王自誓曰：「如不秉公輔理，妄自尊大，天地譴之。」越日郡王阿達禮潛語王曰：「王正大位，我當從王。」貝子碩托亦言：「內大臣及侍衛皆從我謀，王可自立。」遂與禮親王發其謀，阿達禮、碩托並伏誅。

心史先生謂多爾袞「功高而不干帝位」；「自守臣節」，即以有此「發其謀」一事。但如細考，即不能無疑。須知碩托乃禮親王代善第二子；阿達禮則爲代善第三子穎親王薩哈璘長子；薩哈璘頗有戰功，歿於崇德元年，得年三十三，阿達禮襲封爲多羅郡王。今按：阿達禮與碩托，即有勸多爾袞自立，形成謀反大逆的罪名，但畢竟只是一句話而無行動；依律爲「未遂」，罪名應減一等，再衡以「議親」、「議貴」的原則，萬無死理，而竟駢誅！何故？

其次，代善這年正好六十歲，以花甲老翁而忍令一子一孫伏法，竟不一救，已大出情理之外；而以代善之年輩，爲皇族之家長，其諸弟諸侄以及「三朝」老臣，竟不代爲乞情，以慰此尊親，更非常情所有。此又何故？

於此可知，必致碩托、阿達禮於死，實有不得已之苦衷；此即所謂「借人頭」。倘非如此，則豪格必反。

今據「清史列傳」諸王傳，推斷當時事實並舉證如下：

一、當太宗崩後，頗有人支持豪格；鄭親王濟爾哈朗即其一。濟爾哈朗與多爾袞，並得太宗重用，勢力相頡頏；並以兩黃旗大臣推太宗之恩，及於幼主，所以多爾袞雖欲自立而不可得。

「清史列傳」何洛會傳：

何洛會……初隸肅親王豪格旗下，頗見任使。世祖章皇帝順治元年，睿親王攝政，與肅親王不相能，何洛會因訐肅親王與兩黃旗大臣楊善、俄莫克圖、伊成格、羅碩詆誹睿親王，且將謀亂，下法司鞫實：削肅親王爵，楊善等四人並棄市。

此爲豪格及多爾袞而爲何洛會所出賣；在此以前，兩黃旗即有擁立豪格，而濟爾哈朗亦曾與

聞的事實；「清史列傳」本傳：

（順治四年）二月以造第踰制……罷輔政；五年三月貝子屯齊等訐王在盛京時，不舉發兩黃旗大臣謀立肅親王私議……降多羅郡王。

「不舉發」自爲支持豪格的明證。

二、爲奪皇位。多爾袞與豪格雙方，旗鼓相當，爭持不下，勢必演變爲自相火拼；大概除代善的正紅旗以外，其餘七旗均將捲入漩渦，則外有擁重兵的吳三桂；內有猶未傾服的祖大壽，乘機而起，危亡立見，故由代善以家長的資格，出面調停，既不立豪格，亦不立多爾袞，皇位仍歸於太宗之子。但多爾袞輔政，則豪格不能再輔政，否則又成兩虎相爭之局，故以較疏遠的濟爾哈朗與多爾袞並爲「輔政叔王」，代表豪格的利益。

這是勉強達成的協議，豪格應得皇位而未得，屬於失敗的一方，多爾袞雖未得皇位，但實際上掌握了政權，自是勝利的一方。因此，只要多爾袞稍有踰越，即足以造成豪格舉兵的口實。所以代善的責任極重，他必須表現出百分之百的大公無私，絕對維持協議，才能約束豪格。那知世祖即位第二天，便有碩托、阿達禮之事；其中眞相，心史先生並未發現。

眞相之披露，事在順治十二年；「多爾袞傳」：

（順治）十二年，詔內外大小官直言時政，吏科副理事官彭長庚，一等子許爾安如上疏頌睿親王元功，請復爵號，修其墓，下王大臣議。鄭親王濟爾哈朗等奏，長庚言……又言：「遇奸煽惑離間君臣，於郡王阿達禮、貝子碩托私謀擁戴，乃執大義，立置典刑。」查阿達禮、碩托之伏法，由謀於禮親王代善；禮親王遣諭多爾袞，言詞迫切，多爾袞懼罪及己，始行舉首。

觀此一段，則我前面所舉的兩個疑問，皆可解釋。事實很明顯的，碩托叔侄謀於父祖之先，已跟多爾袞談過；見多爾袞有默許之意，方再謀於父祖。但代善識得厲害，多爾袞知情不舉，其心即不可問；退一步言，就算本心無他，不過徇私庇隱，亦自背其前一日「秉公輔理」的誓詞。只看「言詞迫切」四字，可知情況嚴重；或者豪格的問罪之師都已經預備好了，是故代善不能不犧牲一子一孫，以避免同室操戈、兩敗俱傷的結果。

至於選立六歲的福臨繼承皇位，自然是由於孝莊太后之故。孝莊與多爾袞的關係，爲清初之大疑案之一。疑雲之起，由於張煌言（蒼水）的兩首七絕，題爲「建夷宮詞」，收入「奇雲艸」；「建夷」者建州之夷，爲遺民對新朝的稱呼。詩云：

「上壽觴為合巹尊，慈寧宮裡爛盈門；春宮昨進新儀注，大禮恭逢太后婚。
掖庭猶說冊閼氏，妙選孀閨作母儀；椒寢夢回雲雨散，錯將蝦子作龍兒。」

此詩繫年庚寅，爲順治七年。天下轟傳，太后下嫁攝政王；孟心史先生曾作考證，力闢其非實。相傳孝莊后下嫁，曾有「謄黃」的恩詔，但孟心史遍檢舊籍而無有；又欲得「不下嫁之堅證」，最後讀「朝鮮李朝實錄」，方有確證；其言如此：

私念清初果以太后下嫁之故，曾政王為「皇父」，必有頒詔告諭之文；在國內或為後世列帝所隱滅，朝鮮乃屬國，朝貢慶賀之使，歲必數來，頒詔之使，中朝亦無一次不與國內降敕時同遣。不得於中國官書者，必得於彼之實錄中。著意繙檢，設使無此詔。當可信為無此事。既偏檢順治上李朝實錄，固無清太后下嫁之詔，而更有確證其無此事者。急錄之以為定斷。世間浮言可息矣。

朝鮮仁祖李倧實錄：

二十七年己丑，即世祖順治六年，二月壬寅，上曰：「清國咨文中，有『皇父』攝政王之語此何舉措？」金自點曰：「臣問於來使，則答曰：今則去叔字。朝賀之事，與皇帝一體云。」鄭太和曰：「敕中雖無此語，似是已為太上矣。」上曰：「然則二帝矣。」

以此知朝鮮並無太后下嫁之說。使臣向朝鮮說明「皇父」字義，亦無太后下嫁之言。是當時無是事也。

但以我的看法，雖無太后下嫁攝政王的事實；但極可能有孝莊與多爾袞相戀的事實。

按：清朝創業兩帝，皆得力於政治婚姻；太宗孝端、孝莊兩后母家博爾濟吉特氏，爲國戚第一家，累世結姻、關係尤重。不可不作一介紹。

博爾濟吉特氏爲元朝皇室之後，屬於內蒙古哲里木盟，共四部十旗，計科爾沁六旗、札賚特一旗、杜爾伯特一旗、郭爾羅斯二旗、當今遼寧北部，黑龍江南部，以洮南爲中心，東至伯都納；西至熱河、察哈爾交界；北至索倫；南至鐵嶺，皆其牧地。博爾濟吉特氏，即爲科爾沁部、向來以右翼中旗爲盟長；稱號爲札薩克汗。

孝端皇后之父名莽古斯，爲科爾沁六旗中一旗之長。此族早已附清，太祖一妃，即康熙接位冊封爲「皇曾祖壽康太妃」者，爲科爾沁貝勒孔果爾之女；孔果爾後封札薩克多羅冰圖郡王，成爲科爾沁六旗的盟長。

清朝與博爾濟吉特氏始通婚姻，在萬曆四十二年甲寅，即莽古斯以女歸太宗。天聰七年，莽古斯已歿，其妻稱爲科爾沁大妃，攜子塞桑；塞桑長子吳克善；以及吳克善的妹夫滿珠禮等來會親，進一步大結婚姻。但行輩錯亂，如太祖之於葉赫一族，親戚關係變得極其複雜：「清列朝后妃傳稿」，太宗孝端文皇后傳載：

天聰間后母科爾沁大妃……數來朝，帝迎勞錫賚之甚厚；貝勒多鐸聘大妃女，為皇弟多爾袞娶其妹；吳克善子亦尚公主。

大妃之女即孝端之妹，多鐸爲太宗之弟，昆季而爲聯襟，自無足異；爲多爾袞娶「其妹」者，大妃之妹，亦即孝端的姨母，多爾袞成爲其嫂之姨丈，平空長了一輩。吳克善爲孝端的內侄，其子爲內侄孫，尙主則成爲女婿，此亦是平空長了一輩。

與此同時，塞桑之女，吳克善之妹，亦即孝端的侄女，爲太宗納爲妃，即孝莊后。崇德元年，建五宮、孝端稱「清寧中宮后」；孝莊爲「永福宮莊妃」；而孝莊另有一姊，則早於天命十年，即歸於太宗，封爲「關雎宮宸妃」。宸妃有孕，崇德二年七月生皇八子；以其爲正式建元後所生第一子，因而以誕生太子之例，舉行大赦。但旋即夭殤；半年後，亦即崇德三年正月，孝莊生皇九子，即爲世祖福臨。宸妃之子不殤，自應爲皇位之繼承人；但我以爲不盡然，即因多爾袞與孝莊有特殊感情之故。

孝莊后崩於康熙二十六年，年七十五，則是生於萬曆四十一年癸丑。「清史稿」說她「於天命十年二月來歸」，計年不過十三；度當時情事，不過依姑而居，「待年」擇配，本不必於此時即定爲太宗妾媵。至多爾袞歿於順治七年，年三十九，則應生於萬曆四十年壬子，長孝莊一歲。當太祖崩於靉雞堡，四大貝勒逼迫大妃身殉，兩幼子多爾袞、多鐸，由太宗撫養；其時多爾袞十五歲、孝莊十四歲，年歲相當，滋生情愫，是極可能的事。我甚至懷疑，多爾袞與孝莊的這段戀情，至死未已。孟心史「太后下嫁考實」云：

（按：「蔣氏東華錄」的簡稱；下稱王錄亦即「王氏東華錄」的簡略）於議攝政王罪狀之文，有王錄所無之語云：「自稱皇父攝政王」，又親到皇宮內院。又云：凡批示本章，概用「皇父攝政王」之旨，不用皇上之旨；又悖理入生母於太廟。其末又云：罷追封、撤廟享，停其恩赦。此為後實錄削除隆禮，不見字樣之一貫方法。但「親到皇宮內院」一句最可疑；然雖可疑只可疑其曾瀆亂宮庭，決非如世傳之太后大婚，且有大婚典禮之文，布告天下也。夫瀆亂之事，何必即為太后之事？

心史先生的考證，推理謹嚴，但上引最後一句，不免強詞奪理；如反問一句：「安知必非太后之事？」恐心史先生亦將語塞。事實上如我前文所指出的年歲相當，以及同養於宮中，朝夕相共的情況來說，多爾袞「親到皇宮內院」，爲了孝莊的可能性，大於其他任何人。此外如心史先生所指出的自稱「皇父攝政王」；以及孝莊后崩後願別葬，似皆非無故。關於「皇父」之說；胡適之先生於讀「考實」後有一函致心史先生云：

「讀後不免一個感想：即是終未能完全解釋「皇父」之稱之理由。朝鮮實錄所記，但云「臣問於來使」，來使當然不能不作模稜之語，所云「今則去叔字」，似亦是所答非所問。單憑此一條問答，似仍未能證明無下嫁之事，只能證明在詔敕官書與使節詞令中，無太后下嫁之文而已。鄙意決非輕信傳說，終嫌「皇父」之稱，但不能視為與「尚父、仲父」一例。」

心史先生覆函，詞鋒犀利，以爲：

夫以國無明文之曖昧，吾輩今日固無從曲為辯證。但中冓之言，本所不道，辨者為多事，傳者亦太不闕疑。此為別一事，不入鄙作考實之內。惟因攝政王既未婚於太后，設有曖昧，必不稱皇父以自暴其惡。故知公然稱皇父，既未下嫁，即亦並無曖昧也。

如心史先生所言，我談此段即是「多事」；但「不作無益之事，何以遣有涯之生」，世事眞相，常由多事而來。心史先生對多爾袞頗有好感，故確信其有完美的人格；而我的看法不然，如考證多爾袞與豪格爭權的眞相，結論是多爾袞對皇位非不欲也，乃不能也。非如心史先生所說，多爾袞能「自守臣節」。至謂多爾袞與孝莊若有曖昧，「必不稱皇父以自暴其惡」，此是以「君子」之心度「小人」之腹；多爾袞沒有讀多少漢文，於名教禮義，並無多大了解；何嘗以爲與太后有曖昧即爲惡行？倘非如此，何致於殺胞侄而又霸占侄媳？彭長庚比多爾袞爲周公；濟爾哈朗駁之云：「多爾袞圖肅親王元妃，又以一妃與英親王；周公曾有此行乎？」如此悍然無忌的亂倫，難道不是「自暴其惡」？

復次，關於孝莊別葬昭西陵一事，尤出情理之外。「太后下嫁考實」云：

孝莊崩後，不合葬昭陵，別營陵於關內，不得葬奉天，是為昭西陵（按：太宗葬盛京西北十里隆業山，名昭陵；孝莊葬關內，在盛京之西，故名昭西陵）。世以此指為因下嫁之故，不自安於太宗陵地，乃別葬也。孝莊后傳，后自於大漸之日，命聖祖以太宗奉安久，不可為我輕動。況心戀汝父子（按：指順治、康熙），當於孝陵（按：順治孝陵，在遵化昌瑞山，後總稱東陵）近地安厝。世說姑作為官文書藻飾之辭，不足恃以折服横議。但太宗昭陵，已有孝端合葬；第二后之不合葬者，累代有之……不能定為下嫁之證。

這話不錯，但心史先生不言孝莊葬於何時，似不免有意閃避。我之所謂「尤出情理之外」者，康熙年間，始終未葬孝莊。

自此而始，到康熙上賓，孝莊梓宮，始終浮厝於世祖孝陵之南。直至雍正三年二月十二日，世宗服父喪二十七個月，「祫祭太廟，釋服即吉」時，才動工不但修昭西陵；「雍正實錄」載祭告文曰：

欽惟孝莊文皇后，躬備聖德，貽慶垂庥，隆兩朝之孝養，開萬世之鴻基，及大漸之際，面諭皇考，以昭陵奉安年久，不宜輕動；建造北城，必近孝陵。丁寧再三，我皇考恭奉慈旨。二十七年四月己酉，上啟鑾奉大行太皇太后梓宮詣山陵，辛酉奉安大行太皇太后梓宮於亭殿。甲子，上詣暫安奉殿內恭視大行太皇太后梓宮；封掩畢，奠酒慟哭，良久始出。

爲什麼三十八年不葬？且先看「康熙實錄」在孝莊崩後不久的一道上諭：

伏思慈寧宮之東，新建宮五間、太皇太后在日，屢曾向朕稱善；乃未及久居，遽爾升遐。今於孝陵近地，擇吉修建暫安奉殿，即將此宮拆運於所擇吉處；毋致缺損。著揀選部院賢能官員往敬謹料理。天氣甚寒，務期基址堅固，工程完備。爾等即傳諭行。

按：慈寧宮在養心殿之西，乾隆十六年曾經重修，所以原來「新建宮五間」的遺址，已無跡可尋。又「康熙實錄」：

擇地於孝陵之南，為暫安奉殿，歷三十餘年。我皇考歷數綿長，子孫蕃衍；且海宇昇平，兆入康阜，胤禛祇紹不承，夙夜思維，古合葬之禮，原無定制，神靈所通，不問達近；因時制宜，惟義所在。即暫安奉殿，建為昭西陵，以定萬年之宅兆。

據此可知，昭西陵之名，是到了雍正三年才有的。在康熙年間，並未爲孝莊修陵。中國傳統的喪禮，「入土爲安」；康熙三十多年不葬祖母，這一層道理，始終說不過去的。然則其有迫不得已的隱衷，灼然可見。

康熙之孝順祖母，不獨自有帝皇以來所未有；即平常百姓家亦罕見，但細參實錄，輒有微覺不近人情之感，如孝莊崩後，必欲於宮中獨行三年之喪；以及康熙二十八年歲暮，去孝莊之崩，將近兩年，三年之喪以二十七個月計算，亦將屆滿，而趙執信、洪昇，竟因「非時演劇」被斥逐（詳見拙作「柏台故事」關於黃六鴻部分），處分過苛，與康熙的個性不符等等，予人的感覺是，純孝之外，似乎康熙對祖母懷有一份非常濃重的咎歉，渴思有所彌補。

這份咎歉，實即康熙不可告人的隱痛。然則他的隱痛是什麼？是孝莊決不可與太宗合葬；而所以造成不可合葬的原因，在於安太宗之遺孤，存太宗之血食。孝莊不獨無負於太宗，且當爲太宗諒解及感激於泉下；但格於世俗禮法，竟不得與太宗同穴，自爲莫大之委屈，且當委屈又不得有片言隻字的聲訴，則在孝莊實負不白之奇冤。康熙知其故而不能言；貴爲天子，富有四海、權力可以決定任何人的生死貴賤，獨獨對祖母的奇冤，無法昭雪，則康熙隱痛之什百倍於常人，亦可想而知。

說來說去，到底是怎麼回事呢？走筆至此，有欲罷不能之勢；只好來個「外一章」，但亦不算離題太遠，多爾袞固曾祔廟上謚，稱「成宗義皇帝」；生前雖無稱帝之名，而有爲帝之實，應亦可算作「清朝的皇帝」之一。

蔣氏「東華錄」順治七年八月載：

上孝烈武皇后尊謚曰：「孝烈恭敏獻哲仁和贊天儷聖武皇后」，祔享太廟頒詔大赦。內閣舊檔：「奉天承運皇帝詔曰：徽音端範，飭內治於當年；坤則貽庥，協鳴名於萬禩，典章具在，孝享宜崇。欽惟皇祖妣皇后，先贊太祖，成開闢之豐功，默佑先皇，擴繼承之大業。篤生皇父攝政王，性成聖哲，扶翊眇躬。臨御萬方、溯重闈之厚德；敉寧兆姓，遵京室之遺謨。慶澤洪被於後昆；禮制必隆於廟祀。仰成先志，俯順輿情於順治七年七月二十六日，祇告天地……。」

此孝烈皇后即太祖的大妃，多爾袞的生母，以逼殉之故，謚之曰「烈」。

按：「孝烈皇后」祔享太廟，頒詔大赦，既稱「皇祖妣皇后」；又稱「篤生皇父攝政王」，則是世祖竟視多爾袞爲父，爲太上皇。此爲傳說「太后下嫁」的由來。我不信有此說的原因是：第一、以情理而論，孝莊決不會主動表示要嫁多爾袞；若有此事，必是多爾袞逼嫁。然則多爾袞

逼嫁孝莊的目的何在；倘因情之故，自當體諒孝莊的處境，決不可出此令天下後世騰笑的怪事。若以爲太后下嫁，多爾袞便成皇帝的繼父，而獲「皇父」之稱，則何不索性自立。既立而納孝莊，豈不比逼嫁，更爲省事。

其次，倘謂太后下嫁而有恩詔，則「謄黃」必遍及於窮鄉僻壤；遺民的詩文中，一定會有記載；必不致於只有張蒼水那兩首詩的一個「孤證」。

然則「皇父」之稱又何自來？多爾袞爲甚麼要用這種奇特的方式？我的推論是，世祖可能爲多爾袞的私生子；而當太宗既崩，大權在握，尤其是「一片石」大敗李自成、首先入關，占領北京，清朝天下可說是多爾袞打成功的，如心史先生所說，「清入關創業，爲多爾袞一手所爲」，可以能爲帝而不爲，「以翼戴冲人自任」者，我有一個解釋，是由此而確立父死子繼的皇位繼承制度。

此話怎講？我們不妨先回溯太祖崩後的情況，太祖遺命，國事「共主」；太宗初期亦確是如此。後以代善父子擁立，而定於一尊；基本上是違反太祖遺命的。如果多爾袞廢世祖而自立，那就形成了兄終弟及的局面；將來誰能取得皇位，視其功勞地位而定。同時他亦無子可傳。但如「翼戴冲人」，則父死子繼的制度，可以確立不移；他本人雖未稱帝，不過由於世祖實際上是他所生，那末，子子孫孫皆爲清朝的皇帝了。這就跟明朝的帝系，由孝宗轉入興獻帝的情況一樣照中國傳統的傳說，子孫上祭，冥冥中只有生父可享；所以多爾袞不做皇帝，反能血食千秋。

這一論說；我現在自己推翻了。經過多年的反覆研究，我才發現孝莊的苦心；主要的是，多爾袞與太宗有多重的關係，一方面有殺母之仇，一方面有養育之恩。恩怨糾結，以致行事多不可解。

細察多爾袞死前的心境，近乎昏瞀狂亂；「清史列傳」本傳：

（順治六年）十二月王妃博爾濟吉特氏薨，以玉冊寶，追封為敬孝忠恭正宮元妃。七年正月，納肅親王妃博爾濟吉特氏；並遣官選女子於朝鮮；二月令部不須題奏者，付親王滿達海，及端重親王、敬謹親王料理；五月率諸王貝勒獵山海關，令親王多尼、順承郡王勒克德渾、貝子務達海、錫翰、鎮國公漢岱並議政。

是月朝鮮送女至，王親迎之於連山即日成婚。

七月，王欲於邊外築城清署，令戶部計額徵地畝人丁數，加派直隸、山西、浙江、山東、江南、河南、湖廣、江西、陝西九省銀二百四十萬兩有奇，輸工用。

王尋以悼妃故，有疾，錫翰與內大臣席納布庫等詣第；王怨曰：「頃予罹此莫上之憂，體復不快，上雖人主念此大故，亦宜循家人禮，一為臨幸。若謂上方幼沖，爾等皆親近大臣也。」又曰：「爾等毋以予言請駕臨。」錫翰等出，王遣人追止之不及，於是上幸王第。王責錫翰等罪降罰有差。

十一月，王以疾率諸王貝勒獵邊外，十二月薨於喀喇河屯。

按：豪格年歲與多爾袞相當，其福晉當亦在三十以外，非少艾之比；殺豪格或爲奪權，而必欲納其妻，則不能不謂之有報復意義在。至如得病後，既怨世祖不臨視；既臨視又責傳言之人。又，爲興土木，加派九省地丁至二百四十九萬兩，亦與其入關之初，務蠲前朝弊政的作風不同。凡此近乎悖亂的感情狀態，以我的看法，是內心有一極大的衝突不能解決，相激相蕩而產生的反動行爲。此一衝突即鄭親王既遭貶斥；豪格亦已被誅，手握重兵，黨羽密布，已無任何阻力可使他不能稱帝；而唯一所顧慮者，即是孝莊太后。

按：如前所引，議政王滿達海爲代善第七子；端重親王博洛爲太祖第七子阿巴泰第六子；敬謹親王尼堪則褚英第三子。滿達海之襲爵，固由多爾袞的支持；博洛及尼堪在太宗朝皆爲貝勒並不見重，由多爾袞的提攜，始得封王，此時並皆議政，自然唯命是從。

至於八旗兵力的分配，其情況如下：

一、兩黃旗，名義上歸世祖，實際上由多爾袞以攝政王的身分指揮。

二、正白旗，爲多爾袞的嫡系武力。

三、鑲白旗，本由多爾袞胞弟豫親王多鐸爲旗主，此時亦歸多爾袞。

四、正藍旗，旗主本爲四大貝勒之一的莽古爾泰所有；莽古爾泰獲罪，收歸太宗自將；順治初又歸多爾袞，而名義上的旗主爲豫王之子多尼。

五、鑲藍旗，完全屬於鄭親王濟爾哈朗。

六、正紅旗，此旗爲代善所有，旗主爲滿達海；順承郡王勒克德渾亦持有一部分。

七、鑲紅旗，旗主爲克勤郡王岳託；英親王阿濟格亦持有一部分。

如上所述，多爾袞握有兩黃、兩白、正藍；對兩紅旗亦有影響力；唯一的敵對勢力爲鄭王的鑲藍旗。在這樣的壓倒優勢之下，何事不可爲？

然則多爾袞由未入關以前想奪皇位而不能；到此時能奪皇位而不奪，原因眞是爲了如他自己所說的「太宗深信諸子弟之成立，惟予能成立之」，故以「翼戴沖人自任」嗎？不是的！因爲多爾袞如推太宗養育之恩，「成立」諸子弟，則不當殺太宗長子豪格，復奪其婦。這是非常明白的一件事。多爾袞自己所說的那段話，不過後世詞臣，藻飾之辭，不足爲信。

可信的是：孝莊太后以幼時愛侶，出以萬縷柔情，約束多爾袞的「最後行動」；其間綢繆委曲調護化解，不知費了孝莊多少苦心，最危險的時刻，是多爾袞尊大妃爲孝烈皇后祔廟之時，母以子貴的「太后」已經出現，事實上已等於詔告天下，他——多爾袞就是皇帝。天下臣民有忠於太宗欲起而申討者，此時必當有所行動；若無行動，即是承認多爾袞得自立爲帝。此時所欠缺者，不過一道即位詔書而已；而此一道詔書終於未發，即是孝莊對得起太宗的地方。

分析至此，我可下一斷語，孝莊下嫁多爾袞，決無其事；失身則必不免。孝莊不欲與太后合葬，即以白璧有玷之身，愧與太宗同穴。她的辱身以存太宗天下的苦心，康熙完全了解，所以孝養無微不至。及至孝莊既崩，不可與太宗合葬，則不獨康熙瞭然，臣下亦瞭然；徐乾學特撰「古不合葬考」，即非承帝之旨，亦必有迎合之意。但在康熙雖不能葬孝莊於昭陵，而亦終不忍別葬，以致浮厝數十年；乃臣下無言此事者，即以深知此事如佛所云：「不可說，不可說！」能說者，爲後世我輩。

多爾袞既薨，勢力猶在，歸靈至京時，世祖親率親貴大臣，縞服迎奠東直門外；其時已尊之爲「懋德修道廣業定功安民立政誠敬義皇帝」；廟號「成宗」，故以太子奉迎梓宮之禮接靈。至順治八年正月，猶追尊攝政王妃爲成宗義皇后。「成」者論其功績；「義」者美者謙讓。凡此皆足以證明朝政猶操之多爾袞親信之手，乃未幾即遭清算，則以英親王阿濟格思奪多爾袞的兩白旗繼之爲攝政王；爲多爾袞的親信舉發，變成兄弟自相殘殺，鄭親王濟爾哈朗，得以盡反朝局；其事始末，大致如「東華錄」所載：

順治八年正月甲寅，議和碩英親王阿濟格罪。先是，攝政王薨之夕，英王阿濟格赴喪次，旋即歸帳。是夕，諸王五次哭臨，王獨不至。

按：英王獨不至者，隱然表示其身分在諸王之上；而與攝政王平；亦即表示多爾袞既死，應由其攝政。

翌日，諸臣勸請方至；英王途遇攝政王馬群廝卒、鞭令引避，而使已之馬群廝卒前行。第三日遣星納、都沙問吳拜、蘇拜、博爾惠、羅什曰：「勞親王係我阿哥，當以何時來？」

按：「勞親王」者，郡王勞親；勞親王爲阿濟格第五子，此時奉父命，領兵自京師趕來。

眾對曰：「意者與諸王偕來，或即來即返；或隔一宿之程來迎，自彼至此，路途甚遠，年幼之人，何事先來？」蓋因其來問之辭不當，故漫應以遣之。吳拜……等私相謂曰：「彼謂勞親王為吾等阿格（哥），是以勞親王屬於我等，欲令附彼。彼既我輩，必思奪政。」於是覺其狀，增

兵固守。

按：吳拜即武拜，與蘇拜皆多爾袞麾下大將，武功卓著。勞親王已先爲多爾袞取入正白旗，表面似爲喜此胞侄；實際上有以勞親王爲質子之意。多爾袞對同母兄阿濟格之防範甚嚴；見下引。

又英王遣穆哈阿爾津、僧格。阿爾津自本王薨後，三年不詣英王所矣。今不可往遽，應與攝政王下諸大臣商之。於是令穆哈達回，遂往告額克親及吳拜、蘇拜……額克親謂阿爾津曰：「爾勿怒，且往，我等試覰其意如何？」

按：阿爾津、僧格皆隸鑲白旗，所謂「本王」即指豫親王多鐸。多鐸薨後，鑲白旗歸多爾袞；恐阿濟格染指，故不准阿爾津等在英王門下行走。

英復趣召，阿爾津、僧格乃往。英王問曰：「不令多尼阿哥詣我家，攝政王曾有定議否？」阿爾津等對曰：「有之。將阿哥所屬人員，置之一所，恐反生嫌故分隸兩旗，正欲令相和協也。

攝政王在時既不令之來，今我輩可私來乎？此來亦曾告之諸大臣者。」英王問曰：「諸大臣為誰？」阿爾津、僧格對曰：「我等之上有兩固山額真、兩護政大臣、兩護軍統領。一切事務，或啟攝政王裁決，或即與伊等議行。」

按：多鐸多子，第二子多尼名義上爲鑲白旗旗主；但一部分已改隸正白旗，而正白旗亦必有一部分改隸鑲白旗，此即所謂「正欲令相協」：實際上爲多爾袞兼併的一種手法。多尼亦爲阿濟格胞侄，但多爾袞禁止多尼至阿濟格處，防範之嚴可知。

又所謂「固山額眞」即都統，爲一旗最高的行政長官，但其時亦須聽命於旗主；「議政大臣」由崇德元年設「十六理事大臣」而來，每旗兩人；便於天子干預各旗事務，以及各旗配合中央要求，有所協力；「護軍統領」則爲實際帶兵作戰的大將，一旗分爲左右兩翼，所以有兩護軍統領。阿爾津等曾任議政大臣，亦曾爲護軍統領，此時正好解任：阿濟格以爲阿爾津等正在失意，有機可乘；打算說服他們，將多尼拉了過來。不意此兩人有備而來，公然拒絕；阿濟格魯莽從事，異謀盡露。於是：

額克青、吳拜、蘇拜、博爾惠、羅什、阿爾津議曰：「彼得多尼王，即欲得我兩旗。既得我兩旗，必強勒諸王從彼。諸王既從，必思奪政；諸王得毋誤謂我等，以英王為攝政王親兄，因而向彼耶？夫攝政王擁立之君，今固在也。我等當抱王幼子，依皇上以為生。」遂急以此意告諸王。

按：多爾袞無子，以多鐸之子多爾博爲嗣；所謂「抱王幼子」即指多爾博。

鄭親王及親王滿達海曰：「爾兩旗向不屬英王；英王豈非誤國之人？爾等系定國輔主之大臣，豈可向彼？今我等既覺其如此情形，即當固結謹密而行。彼既居心如此，且又當生事變矣。」

按：所謂「諸王」中，實力派只濟爾哈朗及滿達海；後者爲代善第七子，襲封和碩親王，此時尚無稱號，至順治八年二月，始加號爲「巽親王」。

迨薄暮設奠時，吳拜、蘇拜、博爾惠、羅什欲共議攝政王祭奠事，英王以多尼王不至，隨於攝政王帳前繫馬處，乘馬策鞭而去。端重王獨留，即以此事白之端重王，端重王曰：「爾等防之，回家後再議。」又攝政王喪之次日，英王……又言：攝政王曾向伊言：「撫養多爾博，予甚悔之。且取勞親入正白旗，王知之乎？」鄭親王答曰：「不知。」又言：「兩旗大臣甚稱勞親之賢。」此言乃鄭親王告之額克親、吳拜、蘇拜、博爾惠、羅什者。又謂端重王曰：「原令爾等三人理事，今何不議一攝政之人？」又遣穆哈達至端重王處言：「曾遣人至親王滿達海所，王已從我言，今爾應為國政，可速議之。」此言乃端重王告之吳拜、蘇拜、博爾惠、羅什者。

按：此段敘英王阿濟格思奪權的計劃，情事如見；原擬俟多尼至後，挾多尼以號令兩白旗。多尼不至，遂即離去；根本無意祭奠多爾袞事。至於對濟爾哈朗的話，意謂多爾袞生前，悔以多爾博爲子；而取勞親入正白旗。此眞是俗語所說的自說自話了。

「端重王者」端重親王博洛，爲太祖第七子阿巴泰第三子，以附多爾袞得封王：與敬謹親王尼堪及代善之子滿達海，並爲多爾袞所親信，於順治七年二月由多爾袞授權，處理日常政務。阿濟格思利用博洛的手段，實在幼稚之至。

至石門之日，鄭親王見英王佩有小刀，謂吳拜、蘇拜、博爾惠、羅什等曰：「英王有佩刀，上來迎喪，似此舉動叵測，不可不防。」是日，勞親王率人役約四百名，將至；英王在後見之，重張旗纛，分為兩隊，前並喪車而行。及攝政王喪車既停，勞親王居右坐，英王居左坐，其舉動甚悖亂。於是額克親、吳拜、蘇拜、博爾惠、羅什、阿爾津，集四旗大臣盡發其事。諸王遂撥派兵役，監英王至京。

據孟心史注：此「四旗」當是兩白兩藍，其說後詳。阿濟格被逮至京，原可不死，「自作孽」則「不可活」；「清史列傳」：

至京，鞫實，議削爵幽禁，降為貝子。閏二月以初議罪尚輕，下諸王大臣再議，移繫別室，藉其家，子勞親等皆黜宗室。三月，阿濟格於獄中私藏兵器，事覺，諸王大臣復議，阿濟格前犯重罪，皇上從寬免死，復加恩養，給三百婦女役使，及僮僕、牲畜、金銀、什物，乃仍起亂心，藏刀四口，欲暗掘地道，與其子及心腹人，約期出獄，罪何可貸?應裁減一切，止給婦女十口，及隨身服用，餘均追出，取入官。十月，監者復告阿濟格謀於獄中舉火。於是論死賜自盡，爵除。

按：勞親，「清史稿」王子寫作樓親，亦賜自盡。未幾，多爾袞近侍蘇克薩哈、詹岱，賣主求榮，出首告多爾袞「逆謀」，皆鄭親王濟爾哈朗所主持。阿濟格原可有所作爲，而魯莽割裂，自速其敗，心史先生在「八旗制度考實」中，有一段論評，極其警闢，錄如下：

阿濟格與多爾袞相較，明昧相距太遠。清初以多爾袞入關，即是天祐。至天下稍定，八固山之不能集權中央，又不無因攝政之故。沖主與強藩，形成離立；若英王亦有睿王意識，當睿王之喪，奔赴急難，扶植兩白旗，為兩旗之人所倚賴，則襲攝政之威、挾三旗（兩白正藍）之力；中立之兩紅旗不致立異（按：正紅滿達海；鑲紅羅洛渾為岳託之子）；懷忿之鑲藍旗不敢尋仇（按：指濟爾哈朗為多爾袞排擠成仇），世祖雖欲收權，尚恐大費周折。乃又英王自效驅除，鄭王乘機報復，先散四旗之互助，再挾天子以臨之，英王既除，睿豫兩王僅有藐孤，登時得禍。一舉而定四旗，大權悉歸皇室，此所謂天相之矣！

多爾袞自追尊爲「成宗義皇帝」至「追詔其罪」，不過一個月的辰光。他所得的罪過是「削爵」、「黜宗室籍」、「財產入官」、「其嗣子多爾博給倍親王多尼」；所謂「黜宗室籍」，即由「黃帶子」變爲「紅帶子」，若非後來復封，則官文書上的記載，應爲「覺罷多爾袞」；嗣子多爾博本爲多鐸幼子，「給倍親王多尼」亦即歸宗，由其胞兄撫養，後來恩封多羅貝勒，則爲推其生父之恩，與多爾袞無關。

細考史籍，順康之間對多爾袞的處置，比見諸上諭者要嚴厲得多：即以上述四款處分而言，最重的是令多爾博歸宗，乃絕多爾袞之後；據乾隆三十八年二月上諭：「今其後嗣廢絕，而塋域之在東直門外者，歲久益就榛蕪，亦堪憫惻；著交內務府派員往視繕葺，仍爲量植松楸，並准其近支王公等，以時祭掃」；可知自順治八年至乾隆三十七年，這一百二十年間，多爾袞的近支親屬去掃他的墓都是不准的。康熙仁厚，每不念舊惡而喜與人爲善；獨於多爾袞深惡痛絕，略無矜恤之意，可知其隱痛所在。

走筆至此，回頭再說「太后下嫁」。據「清列朝后妃傳稿」，在世祖即位後，對孝端的記載是：

> 順治六年四月后崩……帝率諸王文武俱成禮，典儀遵定制，與文皇帝同。此表示多爾袞視孝端為太宗的皇后；

但對孝莊的記載是：

世祖踐阼，尊為皇太后。

可知在多爾袞未死以前，孝莊並無稱號。及至多爾袞獲罪，世祖親政，方上尊號爲「昭聖慈壽皇太后」，並有正式尊封的冊文。於此我們不妨作一假定：孝莊雖無下嫁多爾袞之實；而多爾袞似有稱帝以後，以孝莊爲后的打算。他之如何稱帝，是件很值得研究的事；照我的看法，他不致於廢世祖而代之，最可能的途徑是由「皇父」變爲「太上皇帝」，而以孝莊爲「太上皇后」。果然如此，則爲歷史上空前，亦可能是絕後的創例。

推論至此，張蒼水的那兩首「建夷宮詞」，未可視之爲醜詆敵國的讕言；其中自有若干事實存在。如結句：「椒寢夢回雲雨散，錯將蝦子作龍兒」，前一句則「身到皇宮內院」，多爾袞穢亂宮闈，原爲當時朝廷所自承；後一句乃指以多鐸之子多爾博爲嗣，滿洲話稱侍衛爲「蝦」；廣義而言，御前行走的「領侍衛內大臣」亦爲「蝦」，此指多鐸而言。意謂多爾袞若娶孝莊，則順治子隨母嫁，自爲「龍兒」；不必以多爾博爲子。

四、世祖——順治皇帝

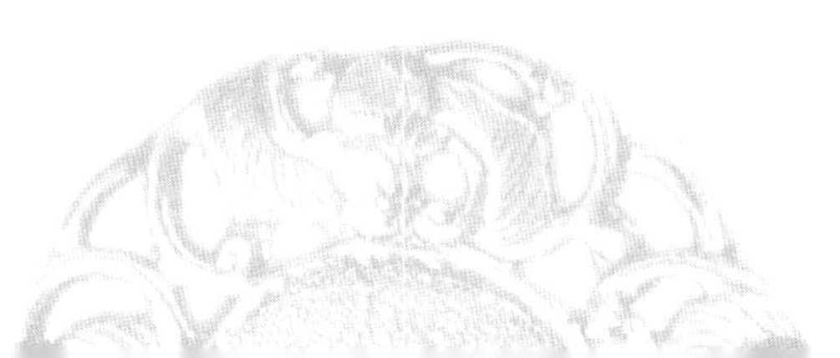

世祖名福臨，崇德三年正月三十生於盛京；生母即孝莊太后（當時的稱號爲永福宮莊妃），太宗第九子。

太宗以博爾濟吉特氏爲皇后，即後來的孝端太后，崇德元年冊立，稱清寧中宮；同時以崇德元年出生以後的兒子，爲眞正的皇子。孝端兩侄即孝莊與其姊，皆封妃；孝莊之姊封號爲關雎宮宸妃，有殊寵。前一年七月，宸妃生子，行八；太宗爲之行大赦。但就在世祖誕生前不久；皇八子夭折。否則，皇位將很難由世祖繼承。

世祖即位時方六歲，順治八年親政，方十四歲；當時的滿人，生理、心理皆早熟，這年八月行大婚禮。皇后是他嫡親的表姊，爲吳克善之女，長得很美，亦很聰明，但未幾即被廢；原因有二：奢侈，善妒。

這是世祖的欲加之罪。天子富有四海，一爲皇后，極人間所無的富貴；是故皇后節儉爲至德，以其本來就應該是奢侈的。此又何足爲罪。

其次，善妒爲婦女的天性，皇后自亦不會例外；但皇后善妒，疏遠即可，決不成爲廢立的理由。民間的「七出」之條，第六雖爲「妒忌」，但亦從未聞因妒忌而被休大歸者。

然則因何被廢；基本的原因是世祖對多爾袞的強烈不滿；「清史紀事本末」卷七：

（順治）十年，秋八月廢后博爾濟錦氏，降為靜妃，改居側宮；以后乃多爾袞於帝沖捏時，因親定婚，未經選擇故也。

所謂「未經選擇」是後世的飾詞；事實上立吳克善之女爲后，當然只是孝莊太后所同意的。父母之命，不得謂之未經選擇。

吳梅村詩集中，有「古意」六首，孟心史以爲即「爲世祖廢后而作」；錄其詩並釋孟說如下：

爭傳娶女嫁天孫，才過銀河拭淚痕；但得大家千萬歲，此生那得恨長門？

孟注：「第一首言爲立后不久即廢，而世祖亦不永年。措詞忠厚，是詩人之筆。」按：宋朝「親近侍從官稱天子爲大家。」末句用漢武陳皇后「長門賦」典故。謂爲世祖廢后而作，信然。

荳蔻梢頭二月紅，十三初入萬年宮；可憐目望西陵哭，不在分香賣履中。

孟注：「第二首言最早作配帝主，玉帝崩時，尚幽居別宮，退稱妃號，而不預送終之事。」按：廢后於順治十年八月，「降爲靜妃，改居側宮。」此即俗語之所謂「打入冷宮」，歿於何年，檔案無考。

從獵陳倉怯馬蹄，玉鞍扶上卻東西；一經輦道生秋草，說著長楊路總迷。

孟注：「第三首言初亦承恩，不堪回首；后本慧麗，以嗜奢而妒失寵，則其始當非一見生憎也。」按：陳倉山在寶雞之南；秦文公游獵於陳倉，遇雞鳴神；歸而以爲寶，建祠以祀，故曰陳寶。見「水經、渭水注」，「長楊」本秦舊宮，多禽獸，爲漢武遊獵之地；此必指南苑而言；南苑明朝名之爲「飛放泊」，亦多禽獸。玩味詩意，似廢后不願從幸南苑，強之亦不可，所以說「玉鞍扶上卻東西」；而不願從幸之故，或以有某一廢后所妒的妃嬪在行幄，而因賭氣不從，此言被廢的導火線。

玉顏憔悴幾經秋，薄命無言只淚流；手把定情金合子，九原相見尚低頭。

孟注：「第四首言被廢多年，世祖至死不同意。」按：提及廢后身後，可知此六絕實爲廢后輓詞。

銀海居然妒女津，南山仍錮慎夫人。君王自有他生約，此去惟應禮玉真。

孟注：「第五句言生不同室：第二句死不同穴。愼夫人以況端敬；端敬死後，永承恩念。廢后一無他室。」按：心史此注，似有未諦。「銀海」指陵寢，典出「漢青楚元王傳」；用於此處，自是指順治孝陵。「妒女津」之典極費解；「酉陽雜俎」記劉伯玉妻段明光，性妒，以伯玉常於妓前誦洛神賦，謂「娶婦得如此，吾無憾矣」。明光因自沉於江，冀爲水神而爲伯玉「無憾」之妻。

「南山」只指陵寢；典出「漢書張釋之傳」，記釋之：

從行至霸陵、上居外臨廁；時慎夫人從，上持視慎夫人新豐道曰：「此走邯鄲道也」。使慎夫人鼓瑟，上自倚瑟而歌，意淒愴悲懷：顧謂群臣曰：「嗟乎以北山石為槨……室可動哉？」左右皆曰：「善」。釋之前曰：「使其中有可欲，雖錮南山猶有隙；使其中無可欲，雖無石槨，又何感焉？」

此爲漢文帝偶動無常之感，思及身後，願葬於北山，可久安窀穸，不虞盜墓。而張釋之的見解，據顏師古注：「有可欲，謂多藏金玉而厚葬之；人皆欲發取之，是有間隙也。錮謂鑄塞也。云錮南山者，取其深大，假爲喻也。」原文的意思是，勸文帝薄葬，以免誨盜。但就是梅村此詩而言，南山也罷，愼夫人也罷，均與張釋之的原意不相干；心史謂此句言廢后與世祖「死不同穴」，誠然；愼夫人指端敬，亦是。然則「端敬」何人？

「端敬」即是誤傳爲董小宛的「孝獻皇后」棟鄂氏；端敬爲其謚號中最後二字。這段疑案，留待後文再談；此處可以確定的是，廢后的「情敵」即是端敬。「康熙實錄」：

三年六月壬寅，葬世祖章皇帝於孝陵，以孝康皇后、端敬皇后祔。

孝康爲聖祖生母佟佳氏，聖祖踐祚，尊爲慈和皇太后；康熙二年二月崩，自然祔葬孝陵。而端敬與世祖合葬，即所謂「南山仍錮愼夫人」；下一「仍」字，可知有爭之者，爭而不得，勝利終歸端敬，故曰「仍」。而此爭之者，自然是廢后；得此了解，末句「玉眞」之典，方有著落。

「唐書后妃傳」：

玉真公主字持盈，天寶三載，請去公主號、罷邑司，帝許之。

明此出處，通首可解。廢后雖不在分香賣履之中，但世祖既崩，旋即身殉；其用心與劉伯玉妻段明光無異，以為既然殉帝，位號可復，以元后身分，自然合葬；故云「銀海居然妒女津」，銀海指孝陵。

豈意祔葬者仍為端敬；「君王自有他生約」，說明端敬得以祔葬的原因，此或出於世祖的遺命，必與端敬同穴。末句設為規勸之詞，言廢后應學玉眞公主，謙退不妒，勿爭位號，或者反可邀得世祖見許於泉下。

以上所解，自信可發三百年之覆。由是可知，廢后退居側宮，死於何年，葬於何處，「檔案無考」之故何在？

珍珠十斛買琵琶、金谷堂深護絳紗；掌上珊瑚憐不得，卻教移作上陽花。

孟注：「第六首則可疑，若非董小宛與世祖年不相當，幾令人謂冒氏愛寵，爲或有之事矣。余意此可有二說：一、或廢后非卓禮克圖親王之親女，當攝政王爲世祖聘定之時，由侍女作親女入選，以故世祖惡攝政王而並及此事，決意廢之。二、或端敬實出廢后家，由侍媵入宮。」（下略）

心史此兩說，第一說決不可能，因皇室與博爾濟吉特氏，已三世爲婿；中表至親，豈能以侍女假冒？而況，作配天子爲嫡后，吳克善又何肯以侍女作親女？第二說則端敬如爲廢后侍媵，則早當見幸，不應遲至「十八歲入侍」。

按：古意六首，末章與前五首不相連貫，此爲最可疑之點。玩味詩意，決非詠廢后，鄧石如「清詩紀事初編」敘吳梅村，說「古意六首」云：「一廢后；二三四五宮人失寵者；六季開生諫買揚州女子。」季開中爲季滄葦之兄（其事蹟詳見拙著「柏臺故事」），以諫買揚州女子幾遭大辟，減死流尚陽堡，死於戍所。見事固亦爲順治年間，壓制漢人的一大公案，但以體例而論，不應闌入此處；且語意不及於極諫。鄧說難信。

我以爲第六首當是言端敬的出身。此詩主要用石崇的典故，即第三句「掌上珊瑚」，亦借用石崇與王愷鬥富的故事。絳紗有兩解，一出「後漢書馬融傳」，指女樂；一出「晉書胡貴嬪傳」：晉武帝多簡良家子女充內職，自擇其美者，以絳紗繫臂。乃指爲天子所選中的女子。但細釋詩語，仍以指女樂爲是。

就詩論詩，照字面看，並不難解；有豪家量珠聘得名妓，頗自珍秘，輕易不爲賓客所見；結果竟成宮眷。但其中隱藏的內幕如何？卻費猜疑。

如說世祖對此名妓，一見傾心，以權勢壓迫豪家獻美。則疑問有二：

第一、豪家是誰？是否端敬之父鄂碩，抑其伯父即多爾袞的親信羅碩（或作羅什）？

第二、端敬出身既爲名妓，何以又一變而爲鄂碩之女？

據傳教士的記載，端敬原爲世祖胞弟襄親王博穆博果爾妃。黎東方博士信此說，以爲博穆博果爾無功無德而得封親王，即爲慰其奪妻之恨。按：太宗十一子，除第九子世祖及早殤者外，得封王者四子，一爲長子豪格，封肅親王；一爲五子碩塞，封承澤親王，後改號爲莊親王；一爲八子，不知名而封爲榮親王，即太宗所寵的宸妃所出；一即博穆博果爾，其生母亦出於博爾濟吉特氏。碩塞封王以戰功及多爾袞的提拔；榮親王則是子以母貴；惟獨博穆博果爾，遽封親王，確有疑問。

今以「古意」第六首而言，如世祖曾奪弟所愛，亦爲侍姬、而非嫡室。但博穆博果爾於順治十二年封王；十三年即薨，得年十六歲；而端敬以十八歲入侍世祖，年長於博穆博果爾，似亦不倫。

走筆至此，不能不談吳梅村的「清涼山讚佛詩」；向來談董小宛入宮，及世祖出家，無不重視此詩；尤以一、兩首，本事大致可考。程穆衡注未見；若孟心史在「世祖出家考實」一文中，所言固不謬，但實可更詳，此當與「古意」六首及「讀史有感」八首合看，則情事彌出。

「清涼山讚佛詩」爲五古四首；其一起頭描寫五台山，共寫六句之多：

西北有高山，云是文殊台，台上明月池，千葉金蓮開，花花相映發，葉葉同根栽。

有山出台、由台出池、由池出蓮；而重點在「花花相映發，葉葉同根栽」。此謂清室與博爾濟吉特氏，世爲婚姻；而一帝娶姑侄姐妹，或兄弟即爲聯襟，婚姻既密切，亦複雜，則如世祖奪弟或其他親族所愛，亦爲可恕而不足爲奇之事。是誠詩人溫柔敦厚之筆。

王母攜雙成，綠蓋雲中來；漢主坐法宮，一見光徘徊。結以同心合，授以九子釵。

此言世祖邂逅端敬，一見傾心，收入後宮；且爲孝莊太后所同意。「王母」指孝莊；而「雙成」切「董」，確鑿無疑。「漢主」指世祖；梅村作此類詩，皆用漢朝故事，因爲當時最大的忌諱，在夷夏之辨；談宮闈猶在其次，梅村必用漢朝故事者，即恐成一興文字獄，猶有可辨的餘地。

起首六句，描寫道場，下接「王母攜雙成，綠蓋雲中來，漢主坐法宮，一見光徘徊」，乃孝莊攜端敬來拈香；世祖因而初識端敬，一見恰如漢元帝之初識昭君：「顧景徘徊，竦動左右，帝見大驚」（後漢書南匈奴傳）。

昭君已許婚匈奴，漢元帝欲留不可；此則不然：「結以同心合，授以九子釵」。「同心合」典出隋書后妃傳：煬帝烝父妾宣華夫人，先以小金合貯同心結示意。梅村用此典，可知端敬爲親藩侍姬，深得孝莊歡心，故行止相攜；又用「九子釵」一典，可知世祖納端敬，爲孝莊所同意，「飛燕外傳」：「后持昭儀手，抽紫玉九雛釵，爲昭儀簪髻」。此「后」在端敬，當然是太后，而非皇后。

「翠裝雕玉輦，丹髹沉香齋，護置琉璃屏，立在文石階，長恐乘風起，捨我歸蓬萊。」

前四句既寫端敬得寵，亦寫端敬纖弱；因而常憂其不永年。於是而有以下一段較「七月七日長生殿，夜半無人私語時」，更爲纏綿的描寫：

從獵往上林，小隊城南隈，雪鷹異凡雨，果馬殊群材。言過樂遊苑，進及長楊街，張宴奏絲桐，新月穿宮槐；攜手忽太息，樂極生微哀：「千秋終寂寞，此日難追陪」？「陛下壽萬年，妾命如塵埃；願共南山槨，長奉西宮杯。」

按：「上林」指南苑，「小隊」句指方位明甚。「果馬」一典最好，說明了許多事實；「果馬」者，可於果樹下乘騎的小馬，自然是為端敬所預備。可以想像得到，端敬嬌小纖弱，而且不會騎馬，故騎果馬，雖傾跌無大礙；從而又可以證明，端敬來自江南。倘眞為鄂碩親女，從龍入關，如何不能騎馬？若廢后則蒙古人，從小習於怒馬：但「從獵陳倉」偏以「怯馬蹄」為言，而「玉鞍扶上卻東西」，偏與御馬背道而馳，其為妒端敬而賭氣，情事顯然。

「樂遊原」與「上林」為兩地；自指西苑而言，下句「西宮杯」雖用王昌齡「長信秋詞」，「火照西宮指夜飲」典，與「新月」句相應，但只點出「西」字。西苑在明武宗時，曾開內操，又有「平台」（即「紫光閣」）為召見武臣之地，固可視作「長楊街」。

此言南苑獵罷駕至西苑，張樂夜宴，由「新月」、「白露」知其時為八月初。手頭無「順治實錄」，不能細考。

「太息」者世祖，生前之樂至矣盡矣，但愁身後寂寞。於是端敬由「難追陪」而自陳「願共南山槨、長奉西宮杯」。生生死死相共，較之「在天願爲比翼鳥、在地願爲連理枝」，更見情深。

於此可證「古意」第五首，「南山仍錮息夫人」，確指端敬祔葬。

按：其時世祖年不滿二十，已慮及身後，自爲不祥之語；故有最後一段：

披香淖博士，側聽私驚猜；今日樂方樂，斯語胡為哉？待詔東方生，執戟前詼諧，熏爐拂黻帳，白露穹蒼苔。君王愼玉體，對酒毋傷懷。

「披香」典出「飛燕外傳」：「宣帝時披香（殿）博士淖方成，白髮教授宮中，號淖夫人」。按：世祖親政後，徵博學翰林如方玄成等侍從，極其親密，稱方玄成別號樓岡而不名；此處「淖博士」、「東方生」皆有其人。

由「傷懷」領起第二章，寫端敬之死，及世祖逾情逾禮：

傷懷驚涼風，深宮鳴蟋蟀；嚴霜被復樹，芙蓉雕素質；可憐千里草，萎落無顏色。

端敬歿於八月十七日，首四句寫時寫景亦寫情。「千里草」切董字；與「雙成」遙相呼應。

孔雀蒲桃錦，親自紅女織；殊方初云獻，知破萬家室。瑟瑟大秦珠，珊瑚高八尺，割之施精藍，千佛莊嚴飾；持來付一炬，泉路誰能識？

「孔雀蒲桃」爲「錦」的花樣，是最名貴的紡織品；「紅」讀如工，紅女即女工，破萬家而織一錦，名貴可知。瑟瑟以下四句，言凡此珍飾，本當供佛，而「持來付一炬」，爲滿州喪俗，衣飾服御焚之以供冥中之用，稱爲「丟紙」，並有「大丟紙」，「小丟紙」諸名目。緊接「泉路誰能識」，深慨於暴殄天物。

紅顏尚焦土，百萬無客惜；小臣助長號，賜衣或一襲；只愁許史輩，急淚難時得。

此一段純爲刺筆。「助泣」而哭臨，例賜素衣一襲。「許史」典出「漢書益寬繞傳」注：「許伯，宣帝皇后之父；史高，宣帝外家也。」自是指鄂碩，羅什家人；我以爲此一句亦有言外之意，倘端敬果爲親生之女，何得無淚？急淚難得，不妨視作端敬與鄂碩無血統關係的暗示。

從官進哀誄，黃紙抄名入；流涕蘆郎才，咨嗟謝生筆。

按：世祖極好文墨，端敬之喪，既務極鋪張，則詞臣廣進哀誄，亦可想之事，故以下接連用北齊盧思道輓文宣帝，及南朝謝莊兩典；謝莊一典，尤為貼切，「南史后妃傳」：

宋孝武宣皇帝薨，謝莊作哀策文奏之；帝臥覽讀，起坐流涕曰：「不謂當世復有此才。」

當時與謝莊后先媲美者，內閣中書張宸，「上海縣志」有其傳：

張宸，字青琱，博學工詩文，由諸生入太學，選中書捨人。時詞捨擬撰端敬后祭文，三奏草未稱旨，最後以屬宸；有云：「渺落五夜之箴，永巷之聞何日？去我十臣之佐，邑姜之後誰人？」章皇帝讀之，泣然稱善。

又張宸「青琱集」自敘其事云：

端敬皇后喪，中堂命余輩撰擬祭文，山陰學士曰：「吾輩凡再呈稿矣！再不允，須盡才情，極哀悼之致」。予具稿，中堂極欲賞。末聯有……等語，上閱之，亦為墮淚。

據心史先生考證，「山陰學士」指胡兆龍。「再呈稿，再不允」，獨賞張宸一文；世祖在文學上的修養，實爲清朝諸帝第一。

尚方列珍膳，天廚供玉粒，官家未解菜，對案不能食。

此言世祖哀思過甚，眠食俱廢；「解菜」一典出「南史」；東昏侯悼女、廢食積旬，左右進珍饈，云「爲天子解菜」。徵典及諸東昏，亦是刺筆。

黑衣召誌公、白馬馱羅什、焚香內道場、廣坐楞伽譁、資彼象教恩、輕我人王力。微聞金雞詔，亦由玉妃出。

此亦記實。「黑衣」謂南朝僧慧琳，善談論；宋文帝令參機要，有「黑衣宰相」之稱。誌公、羅什皆高僧；以喻世祖所尊的玉林、木陳兩禪師；玉林且爲本師。

「焚香內道場」，謂在宮中大作佛事，玉林弟子行峰，隨師入京，作「侍香紀略」一書，言端敬之喪，玉林另一弟子茚溪「於宮中奉旨開堂」。以下「廣坐」之句，描寫內道場；下接「微聞金雞詔，亦由玉妃出」，亦復信而有徵。「金雞詔」大赦令，典出「唐書百官志」。順治十七年秋決停勾，從端敬之志。

「順治實錄」：十七年十一月壬子朔，諭刑部：「朕覽朝審招冊，待決之囚甚眾，雖各犯自罹法網，國憲難寬；但朕思人命至重，概行正法，於心不忍。明年歲次辛丑，值皇太后本命年，普天同慶；又念端敬皇后彌留時，諄諄以矜恤秋決為言，朕是以體上天好生之德，特沛解網之仁，見在監候各犯，概從減等……爾部即會同法司，將各犯比照減等例，定擬罪名……其中或有應秋決者，今年俱行停刑。

孝莊生於萬曆四十一年癸丑，逢丑年爲本命年；但從來行赦，未聞有以逢太后本命年作理由者，若是則每逢丑年必赦，作奸犯科得逞僥幸之心，豈有此理？於此可知，本命年之說爲門面話；實際上是從端敬遺志。

高原營寢廟，近野開陵邑，南望倉舒墳，掩面添淒惻。

以上爲第二首最後六句，心史先生所釋極是；大致謂營廟事所必有；「開陵」即世祖後葬之孝陵。「倉舒墳」者，以魏武帝子鄧哀王曹冲字倉舒，比端敬子榮親王；生於順治十四年十月，至十五年正月夭折，尚未命名，本不應有王封；而以端敬故，追封「和碩榮親王」，並有墓園。末聯「秣馬遨遊」，將往五台山禮佛。

第三首的起句是「八極何茫茫，曰往清涼山」，以下描寫有關清涼山的傳說。此山即山西代州的五台山，佛家目之爲文殊菩薩的道場；由於「能蓄萬古雪」，所以名之爲清涼山。

於此我要指出，第一首的清涼山與這一首的清涼山不同。我前面說過，「西北有高山，云是文殊台」，實際上寫的是北京西山；茲檢「嘉慶重修一統志」卷二「京師山川」中「西山」條：

在京西三十里，太行山支阜也。巍峨秀拔，為京師右臂。眾山連接，山各巷多，總名曰西山。「金圖經」：「西山亦名小清涼。」

此可確證，世祖與端敬邂逅於西山某佛寺。至於山西清涼山，世祖本定順治十八年巡幸，先派內廷供奉的高僧前往籌備，此即「名山初宣幸，銜命釋道安；預從最高頂，灑掃七佛壇」云云的由來。以下設爲預言，言「道安」遇「天山」，乃「寄語漢皇帝，何苦留人間？」其下「煙嵐倏滅沒、流水空潺湲」兩語，明其爲幻境：緊接「回首長安城，緇素慘不歡、房星竟未動，天降白玉棺」，則世祖已崩。「房星」爲天駟，主車駕；「竟未動」謂車駕未發；「白玉棺」用王喬的故事，與「天人」相應，謂世祖仙去。

第四首多用「穆天子」及漢武的典故，中段云：

> 漢皇好神仙、妻子思脫屣，東巡並西幸，離宮宿羅綺；寵奪長門陳、恩盛傾城李，穠華即修夜，痛入哀蟬誄，若無不死方，得令昭陽起。晚抱甘泉病，遽下輪台悔。

此則世祖好佛，好巡幸；廢后降封，端敬得寵；因悼端敬過哀而致疾，以及遺詔自責諸本事，皆包含在內。值得注意的是特用「李夫人」典；又「讀史有感」八首之三：

昭陽甲帳影嬋娟，慚愧深恩未敢前，催道漢皇天上好，從容恐殺李延年。

心史謂此詠貞妃殉葬事，而用李延年典，凡此皆可說明，端敬出身應如「古意」第六首所描寫，原來是一名妓。

第四首最後一段是議論，借佛法諷示爲帝王之道。綜括四首詩意，實爲對世祖的譏刺，既好佛而溺於塵緣，爲情所累；以漢武作比，好色、好巡遊，不恤物力；求長生反促其壽。

至於董小宛之謎，以前讀心史先生的著作，深以爲是：但近年的想法已有改變，這重公案的疑點，實在很多。心史謂董鄂氏決非董小宛，主要的論證是董小宛的年齡，其言如此：

當小宛艷幟高張之日，正世祖呱呱墜地之年，小宛死於順治辛卯，辟疆「同人集」中，海內名流以詩詞相弔者無數，時世祖尚只十四歲，小宛則二十八歲，所謂年長以倍者也。

按：董小宛於崇禎十五年壬午歸冒辟疆，前後凡九年；又張明弼作「冒姬董小宛傳」謂死時「年僅二十七歲」，則應死於順治七年庚寅，非八年辛卯。

年齡自是一個問題。但首須了解者，董小宛不一定於順治七年入宮；如我前面所談，明明顯示，有一名妓，先入豪家，於順治十三年爲世祖所奪。此一名妓如爲董小宛，則應爲三十三歲，就常情而言，已至所謂「色衰」之時；但天生尤物，不可以常情衡度。「過墟志」所記劉三秀，確有其事；入王府時，其女亦已適人生子，而猶復艷絕人寰。以彼例此，董小宛三十三歲得承恩眷，不是一件不可能的事。

至於「同人集」中「以詩詞相弔者無數」，並不能證明董小宛必已去世；因爲不能明言已入豪門。相反地吳梅村的詩；龔芝麓的詞，都暗示董小宛與冒辟疆是生離而非死別。先談龔詞，爲「影梅庵憶語」的一首「賀新郎」；後半闋有句：

> 碧海青天何限事，難倩附書黃犬；藉棋日酒年寬免。搔首涼宵風露下、羨煙霄破鏡猶堪典。雙鳳帶、再生翦。

李義山詩：「嫦娥應悔偷靈藥，碧海青天夜夜心」，此言董小宛不但未死，且高高在上，故「難附書黃犬」；黃犬即「黃耳」，用陸機入洛，遣快犬「黃耳」齎書歸吳的故事；若謂已死，不能遣犬入泉台。「羨燈霄破鏡猶堪典」，尤爲明白；「煙霄」即元宵，用徐德言與樂昌公主生離相約，元宵「賣半照」，破鏡重圓的故事，謂冒辟疆自嘆不如徐德言。凡此皆足以證明董小宛猶在人間，但決不能通音問，更遑論重圓鴛夢，則惟有寄望於來生復爲夫婦了。

最強烈的證據，還是在梅村詩集中，「題冒辟疆名姬董白小像」八絕的最後一句，「墓門深更阻侯門」，早有人指出可疑，如羅癭公「賓退隨筆」：

小宛真病歿，則侯門作何解耶？豈有人家姬人之墓，謂其深阻侯門者乎？

這是提出疑問，羅癭公如果注意到此八絕句前「四六小引」中的一聯，對這句詩更可得一正解。

這一聯是：「名留琬琰，跡寄丹青」。下句謂小宛畫像；上句何解？「琬琰」者「琬琰集」，宋杜大珪撰；又明朝徐紘有「明名臣琬琰錄」，輯錄宋明兩朝大臣碑傳。試問董小宛的出身及身分，何得「名留琬琰」；但是端敬卻有御製的行狀；詞臣的誄文，豈非「名留琬琰」？我這個看法曾質諸周棄子先生，亦以爲然。

於此可知，董小宛畫像是在端敬薨後所製，冒辟疆供奉於密室追悼所用。所謂「墓門深更阻侯門」，言冒辟疆「欲弔」墓門亦不可得；因爲陵寢重地，尋常百姓所不能到。這是「阻侯門」三字的正解。

此外還有許多證據，指出端敬就是董小宛；這些證據，可分消極與積極兩方面來考證。所謂消極的證據是，要證明董小宛未死；積極的證據是，董小宛不但未死，且已入宮承寵。茲再如舉一證：先言消極的證據，仍以釋「墓門」之謎爲主。

陳其年「婦人集」記董小宛，有冒辟疆晚輩作注；下引之文，括弧內即爲注釋：

秦淮董姬（字小宛），才色擅一時，後歸如皋冒推官（名襄）；明秀溫惠，與推官雅稱。居艷月樓，集古今閨帽軼事為一書，名曰「奩艷」。王吏部撰「朱鳥逸史」，往往津逮之。（姬後夭，葬影梅庵旁，張明弼揭陽為傳；吳綺兵曹為誄，詳載「影梅庵憶語」中。）

這段文與注釋，驟看了無異處，但既知端敬即董小宛，便知作者與注者，下筆之際，皆別有機杼。

先說原文：第一，不著董小宛及冒辟疆的名字；第二，特意用冒辟疆在清朝徵辟而未就的「推官」一官銜；第三，不言「水繪」，不言「影梅」，而用「艷月樓」，凡此皆有所諱。易言之，即不願讀者知此文的董與冒，即爲董小宛與冒辟疆。

其次，注者欲明本事，自非注出名字不可。但又恐被禍，因而加上一句「姬後夭、葬影梅庵旁」；二十七歲而歿，不得謂夭；端敬三十四歲而歿，更不得謂之夭，特用一「夭」字者，希望導致讀者一錯誤的印象，「董姬」不過一雛姬而已。

說「葬於影梅庵」更爲欲蓋彌彰；用意在抵消吳梅村的「墓門深更阻侯門」，而同時暗示董小宛根本非葬於影梅庵。一義雙訓，原是中國文字運用的最高技巧，對淺薄者深恐其輾轉傳聞，隨意附會，致肇鉅禍，故以簡單一句話，表明葬於孝陵的端敬非董小宛；對智者而言，既葬於影梅庵，別置廬墓亦可，何致有「墓門深更阻侯門」之嘆？但既知其隱衷，必知其輕重，輕則無事，重則有門戶之禍，自然心有邱壑，不致信口雌黃。

庚申除夕，讀冒辟疆「同人集」至破曉，既喜且惑。喜則從吳梅村、龔芝麓兩人致冒書札，獲得董小宛即端敬的確證；惑者心史先生作「董小宛考」，廣徵博引，「同人集」尤爲主要憑藉，何以對若干關鍵性的資料，竟爾忽略，以致有明顯的疑問存在，其中尤以「小宛之年」，誤二十七爲二十八，爲導致其錯誤結論的由來。在此有作進一步澄清的必要。心史於「董小宛考」，在分年考證其行誼之前，有一概括的說明：

小宛之年，各家言止二十七歲，既見於張明弼所作小傳；又余淡心「板橋雜記」云：「小宛事辟疆九年，年二十七，以勞瘁死，辟疆作影梅庵憶語二千四百言哭之。」張余皆記小宛之年，淡心尤記其死因，由於勞瘁，蓋亦從影梅庵憶語中之詞旨也。然據憶語，則當得年二十有八。

按：得年二十七，抑或二十八，應以董小宛在冒家多少年而定。董小宛於崇禎十五年壬午歸冒，時年十九；前後歷九年，至順治七年庚寅，爲二十七歲。余淡心所記甚是，即在冒門九年，始爲二十七歲；易言之，若爲二十八歲，則在冒門應爲十年。張明弼所作小傳，與余淡心所記相同：「前後凡九年，年僅二十七歲」。又張明弼亦記其死因，謂「以勞病瘁」。但又緊繫二語：「其致病之由，與久病之狀，並隱微難悉」。心史獨著「淡心尤記其死因，爲由於勞瘁」；莫非未讀張明弼所作小傳？抑或由於「其致病之由」云云兩語，強烈暗示小宛之死，大有問題，以故作英雄欺人之談，略而不考，則非所知。

如上所言，「九年」與「二十七」歲，有絕對的關係。憶語中不言小宛年紀，但九年的字樣凡兩見，一則曰：「越九年，與荊人無一言枘鑿」；再則曰：「余一生清福，九年占盡，九年折盡矣！」這是再確實不過的；董小宛「長逝」時，爲二十七歲。然則冒辟疆又何以言其「長逝」之日爲辛卯正月初二，一言以蔽之，有所諱而已。

董小宛是在順治七年庚寅被北兵所掠，其時冒辟疆方客揚州；家人親朋，不敢以此相告，直待三月底冒辟疆回如皋，方始發覺。

其經過亦見，憶語末段所敘：

三月之杪，余復移寓友沂友雲軒，久客臥雨，懷家正劇；晚霽、龔奉常偕於皇，園次過慰留飲，聽小奚管絃度曲。時余歸思更切，因限韻各作詩四首，不知何故，詩中咸有商音。三鼓別去，余甫著枕，便夢還家，舉室皆見，獨不見姬；急詢荊人，不答。復遍覓之，但見荊人背余下淚。余夢中大呼曰：「豈死耶？」一慟而醒。

此爲記實，而託言夢境。友沂名趙而忭，籍隸湖南湘潭而寄居揚州，其父即清初名御史趙開心。奉常爲龔芝麓，於皇即評注影梅庵憶語的杜茶村；園次爲吳綺、吳梅村的本家。「同人集」卷五「友雲軒倡和」，限韻亭、多、條、花，各賦七律上首，龔芝麓製題：

庚寅暮春，雨後過辟疆友雲軒寓園，聽奚童管絃度曲；時辟疆頓發歸思，兼以是園為友沂舊館，故並懷之。限韻即席同賦。

冒辟疆是主人，所以他的詩題不同：

爾後，同社過我寓齋，聽小奚管絃度曲，頓發歸思，兼懷友沂。即席限韻。

詩題與冒辟疆所記情事，完全相符；而龔芝麓詩題，明明道出「庚寅暮春」，是順治七年之事。若爲八年辛卯，則龔芝麓在北京做官，不得在揚州做詩。又趙友沂有「庚寅秋潯江舟中簡和辟疆」詩，亦爲亭、多、條、花四首七律。確證事在庚寅。

時在暮春，所詠自爲落花啼鳥，故「咸有商音」。但細玩龔、杜、吳三人的詩句，似乎已知道董小宛出了事，只不敢說破而已。爲龔芝麓句：「鳥啼芳樹非無淚，燕聚空樑亦有家」；「千秋顧曲推名士，銅雀輕風起絳紗」，末句似在暗示，銅雀台已鎖不住二喬了。

然則冒辟疆何以誤庚寅爲辛卯？一言以蔽之，有所諱而已。

關於吳梅村「題冒辟疆名姬董白小像」，我曾指出爲順治十七年端敬歿後所作；刻已考出題於康熙三年甲辰；「同人集」卷四，收吳梅村致冒辟疆書札七通。甲辰兩書，即言其事：

題董如嫂遺像短章，自謂不負尊委。

這「不負尊委」四字，所透露的消息太重要了！於此可知，冒辟疆對於失去董小宛，耿耿於懷，五十餘年而莫釋，但自己不便說，希暨藉重詩名滿天下的吳梅村，留眞相於天壤間。吳梅村亦眞不負所託，以「短章」（絕句）而製一駢四儷六句的引子。

據周棄子先生說：「這種頭重腳輕的例子，在昔人詩集中極少見。」其中「名留琬琰」及「墓門深更阻侯門」兩語，畫龍點睛，眞相盡出。我今發此心史先生所不能想像的三百年之覆，自謂亦當是冒辟疆，吳梅村的知己。

甲辰又有一函，作於新秋；其重要亦不亞於「不負尊委」四字：

> 深閨妙箋，摩娑屢日……又題二絕句，自謂「半折秋風還入袖，任他明月自團圓」，於情事頗合。

按：「深閨妙箋」即指董小宛所畫之扇。此用班婕妤「怨歌行」詩意，言冒辟疆之於董小宛，不同秋扇之捐，恩情雖然未絕；但亦只好隨他在宮中爲妃。活用班詩「團圓似明月」原句，實寄「碧海青天夜夜心」的悵惘；此即所謂「於情事頗合」。

談到龔芝麓的那首「賀新郎」，更足以證明董小宛入宮一事，爲當時所深諱。龔芝麓小於冒辟疆四歲，交情極深；「同人集」所收友朋書札，數量僅次於王漁洋，計十六通之多；辛卯一札云：

誄詞二千餘言，宛轉悽迷，王笛九迴，元猿三下矣！欲附數言於芳華之末，為沅澧招魂。弟婦尤寫恨沾巾。

所謂「誄詞」即指「影梅庵憶語」；「弟婦」則指顧眉生，與董小宛同出秦淮舊院，而爲龔芝麓明媒正娶，稱「顧太太」，所以龔對冒稱之爲「弟婦」。

龔芝麓雖自告奮勇，欲題憶語；但這筆文債，十年未還；順治十八年辛丑一書云：

向少雙成盟嫂悼亡詩，真是生平一債。

觀此函，可爲吳梅村詩中「雙成」確指董小宛，而非董鄂氏的旁證。龔芝麓文采過人，何致欠此一詩？說穿了不足爲奇，難以著筆之故。他不比吳梅村是在野之身；做官必有政敵，下筆不能不愼。直至康熙九年庚戌冬天，自顧來日無多，方始了此一筆文債。冒辟疆挽龔芝麓詩引中說：

> 庚戌冬……遠索亡姬影梅庵憶語，調「扁」字韻「賀新涼」重踐廿餘年之約。

觀此可知，「碧海青天何限事」；「難倩附書黃犬」、「羨煙宵破鏡猶堪典」諸語，若非有「干冒宸嚴」之禍，龔芝麓何必躊躇二十餘年，方始下筆？

現在要談「積極的證據」，最簡單、最切實的辦法是：請讀者自己判斷，端敬是否即爲董小宛？世祖有御製端敬行狀；冒辟疆「影梅庵憶語」，事實上就是董小宛的「行狀」，兩者參看，是一是二，答案應該是很明確的。影梅庵憶語中描寫董小宛的「德性舉止，均非常人」，而恪守侍妾的本分，「服勞承旨，較婢婦有加無已。烹茗剝果必手進；開眉解意，爬背喻癢，當大寒暑，折膠鑠金時，必拱立座隅，強之坐飲食，旋坐旋飲食，旋起執役，拱立如初」。不但與大婦在九年之中「無一言枘鑿」，而且「視眾御下，慈讓不遑，咸感其惠」。至於生活上的趣味，品香烹茶，製膏漬果，靡不精絕，冒辟疆自謂「一年清福，九年占盡，九年折盡」。

再看世祖御製端敬皇后行狀，說她「事皇太后奉養甚至，伺顏色如子女，左右趨走，無異女侍，皇太后非后在側不樂」，又能「寬仁下逮，曾乏纖芥忌嫉意，善則奏稱之；有過則隱之不以聞。於朕所悅，后亦撫恤如子，雖飲食之微，有甘毳者，必使均嘗之，意乃適。宮闈眷屬，小大無異，長者媼呼之；少者姐視之，不以非禮加入，亦不少有誶詬，故凡見者，靡不歡悅。」至於照料世祖的起居，晨夕候興居，視飲食服御，曲體罔不恚」，此即所謂「開眉解意，爬背喻癢」。

除此以外，董小宛「不私銖兩，不愛積蓄，不製一寶粟釵鈿」；端敬「性至節儉，衣飾絕去華采；惟以骨角者充飾」。董小宛「閱詩無所不解，而又出慧解以解之」，且「酷愛臨摹，書法先學鍾繇，後突曹全碑。端敬則誦四書及易，已卒業；習書未久，天資敏慧，遂精書法。」殊不知其書法原有根基。

影梅庵憶語中，冒辟疆寫董小宛侍疾，艱苦之狀，眞足以泣鬼神；而世祖言端敬侍皇后疾：「今后宮中侍御，尙得乘間少休，後后（按：「今后」指第二后博爾濟吉特氏；此一「后」指端敬）則五晝夜目不交睫，且時爲誦書史，或常讀以解之。」又：「今年春，永壽宮妃有疾，后亦躬視扶持，三晝夜忘寢興。」按：順治實錄：「五年，詔許滿漢通婚，漢官之女欲婚滿洲者，會報部」。因此，戶部侍郎石申之女，竟得入選進宮，賜居永壽宮。而端敬爲皇貴妃，位在石妃之上，能躬親照料其疾，尤見德性過人，所以世祖特加以表揚。

如上引證，董小宛也罷，端敬也罷，舊時代的德言容工如此，有一已覺罕見，何得有二？若謂不但有二，且生當並時，那就太不可思議了。

總之，心史先生的考證，疏忽殊甚；他所恃董小宛不可能入宮的主要論據，無非年齡不稱。但此並非絕對的理由；他在「董小宛考」中說：

順治八年辛卯，正月二日，小宛死。是年小宛為二十八歲，巢民為四十一歲，而清太祖則猶十四歲之童年，董小宛之年長以倍，謂有入宮邀寵之理乎？

這一詰問，似乎言之有理；但要知道，並非董小宛一離冒家，即入宮中，中間曾先入「金谷堂」，至順治十三年始立爲妃，其時世祖爲十九歲，他生於正月，亦不妨視作二十歲；清初開國諸君，無論生理心理皆早熟，世祖親政五年，已有三子，熱戀三十三歲成熟的婦人，就藹理斯的學說來看，是極正常的事。如此年長十餘歲爲嫌，而有此念頭長亙於胸中，反倒顯得世祖幼稚了。而況世間畸戀之事，所在多有；如以爲董小宛之「邀寵」於世祖爲決不可能，則明朝萬貴妃之於憲宗，復又何說？

心史先生的第二個論據是：

當是時江南軍事久平，亦無由再有亂離掠奪之事。小宛葬影梅庵旁，墳墓俱在。越數年陳其年偕巢民往弔有詩。

此外，又引數家詩賦，「明證其有墓存焉者也」。殊不知影梅庵畔小宛墓，不過遮人耳目的衣冠塚；且辟疆有心喪自埋之意在內（容後詳）。陳其年作此詩決非「越數年」，而為初到水繪園時；尚未獲悉其中隱微，故有弔墓之語。大約端敬薨後，始盡知其事，於是有「讀史有感」第二首；及水繪園雜詩第一首，道破真相。後者尤為詳確的證據；其重要性更過於梅村十絕；芝麓一詞。

以上為駁心史先生「董小宛考」；以下解答我自己提出來的問題：

第一、豪家為誰？是否端敬之父鄂碩，抑其伯父，即多爾袞的親信羅碩？

第二、端敬出身既為名妓，何以又一變而為鄂碩之女？

對於這兩個問題，我可以明確解答：豪家即多爾袞。以董小宛為鄂碩之女，乃諱其出身；鄂碩既為御前行走的內大臣，而又姓董鄂氏，因被選來頂名為小宛之父。且不說滿洲從龍之臣，入關之初，本身尚多不諳漢語，何能教養出一完全漢化的女兒如端敬也者，即就姓氏而言，順治十三年十二月初六，冊封皇貴妃之文，稱之為「內大臣鄂碩之女董氏」；以及御製端敬行狀，開頭即言：「后董氏，滿洲人也」。均不稱「董鄂氏」，此又何說？

我在細讀「同人集」後，對於董小宛被奪的經過；以及冒辟疆的心情、顧忌，與料理董小宛「後事」的經過及用心，大致都有瞭解。董小宛的下落，冒辟疆可爲知者道；故如龔芝麓、吳梅村、杜茶村、張公亮等人，無不深悉；陳其年爲陳定生之子。定生既歿，家中落，次子爲侯方域之婿，往依岳家；長子其年往依冒辟疆，以順治十五年至如皋，居水繪園數載，冒辟疆視如猶子。關係如此，則數載之間，決無不知其事之理；而以其年之才，如湖如海，又何得不以此事爲題材，而寄諸吟詠？

由於必信陳其年必有詩詠其事，因細心蒐檢；在「同人集」中得一詩，即水繪園雜詩第一首，爲五言古風，共二十句，我將它分爲五解，乃端敬薨後所作；玆分段錄詩，並加箋釋如下：

南國有佳人，容華若飛燕；綺態何嫕娟，令顏工婉孌。

嫕讀如「便」之平聲；嫕娟，迴曲貌，即所謂耐細看。「後漢書，朱祐傳贊」注：「婉孌，猶親愛也」。故「工婉孌」者，言善於令人親愛。此爲小宛最大的魅力。

紅羅為床帷，白玉為釵鈿，出駕六萌車，入障九華扇；傾城疇不知，秉禮人所羨。

用「九華扇」一典，更見得「飛燕」非漫擬。趙飛燕初爲婕妤，漢成帝廢許后，立飛燕，賜以九華扇。紅羅、白玉在漢朝皆非平民所能用；前四句指出董小宛入宮，明確之至。

「秉禮」亦爲寫實。當世祖嫡親表妹博爾濟吉特氏，因妒、奢兩失德被廢時，不能不顧慮「政治婚姻」所帶來的危機；其時南方未大定；順治六年，永曆帝所任命的湖南巡撫何騰蛟，集結左良玉、李自成舊部，進十三鎮——十三名總兵，聲勢浩大，雖後爲濟爾哈朗所平定，但亦有捲土重來的可能。因此，清朝須取得蒙古土默特部的全力支持，方可免後顧之憂。爲了表示仍舊尊重博爾濟吉特一族，因立廢后的侄女爲后；即世祖御製端敬行狀中的「今后」。

「今后」雖立，並未得寵，順治十五年因事太后不謹。「停其箋奏」。中宮與皇帝敵體，有所主張，可用書面表達，謂之「箋奏」；停其箋奏，即日凍結中宮的職權。以後雖以太后之命恢復，但「今后」始終不得朝太后；則勢必以皇貴妃統攝六宮，代盡子婦之職，所謂「秉禮」者指此。

如何盛年時，君子隔江甸；金爐不復薰，紅妝一朝變。

「君子」指冒辟疆，其時避禍揚州，未回如皋過年，以致順治七年正月初二，紅妝生變。「盛年」指出年分；這年冒辟疆四十歲；三月十五日那天，友好爲他稱觴，各贈詩文，期以遠大，實在是對他的一種慰藉。他在揚州的朋友，大概都知道正月初二之變，但都瞞著他不肯說破。

> 客從遠方來，長城罷征戰。君子有遠期，賤妾無嬌面。

此言董小宛爲誰所劫。遠方之客來劫小宛，彰彰明甚；但此客又爲誰所遣？這就要看長城的戰事了。

順治六年秋，睿親王多爾袞統師親征大同，十月罷兵班師；十二月王妃薨；七年正月納肅親王豪格福晉爲王妃，復遣官赴朝鮮選女子。可想而知的，必然亦會遣人至江南訪求佳麗；此即「珍珠十斛買琵琶」。當然，訪美的專使可以虛報以重金購得名姬；但冒家決不會出賣董小宛。由吳梅村八絕句小引中，「苟君家免乎、勿復相顧；寧吾身死耳遑恤其勞」兩語去參詳，董小宛可能以她的自由，換取了冒辟疆的自由。

冒辟疆於順治七年新春，是否在如皋，由於他在詩文中回憶往事，對庚寅、辛卯兩年間事，往往故意略去，因而找不到正面的證據；但反面的證據很多。影梅庵憶語中說：「丁亥讒口鑠金，太行千盤、橫起人面，」極言有中傷的謠言，以及他人的歧視冷遇。而所謂「讒口鑠金」，究作何語不可知。韓菼作「冒辟疆傳」有語：「生平好施與、與不倦，而求者無厭，隱多不滿，常構禍；坐更頻更患難。」由此推測，乃由所求不遂，而生怨懟。又康熙五年丙午，冒辟疆有五言古風四章寄龔芝麓，第一首云：「讒言畏高張、烈士傷情抱，皎見誰見明，瀾唇泰山倒，我生嬰眾逆，訹之吻爲噪；趙竟仇杵嬰，羊乃以酖告：不聞郭元振，助喪逢客暴。撥置勿復言，聊一爲公道。」第二首云：「昌黎與眉山，磨蠍坐身命，我生胡最酷，七尺獨兼併。傾人一片心，報之以陷穽；破家割千金，見少恆深病；更苦多泛愛，推解出於性。彼方起殺機，我正崇愛激，日處儔人中，所遇皆梟獍。極念如我公，讀此安忍竟？」此中皆有本事，以趙氏孤兒竟仇公孫杵臼、程嬰，則是恩將仇報；細考其事，乃其至戚成仇。

冒辟疆族孫冒廣生編「冒巢民先生年譜」康熙七年條：「適李氏姐六十歲，爲詩祝。」巢民詩集壽姐六十詩注：「姐長余二歲，長齋繡佛已十年矣」。嵩少公墓誌：「女一、適封吏部主事李公伯龍孫，文學之才子吾鼎；邑痒生。」祭蘇孺人文：「……崩圻後，姐之夫家，覆巢幾無完卵。余抵死相救，破家數千金，又割宅同居，數年中形影相依，利害與共。」

此即寄龔詩的「破家割千金」。冒辟疆祭妻蘇孺人原文爲：「吾姐長二歲，齒相亞也。妻愛事如尊嫜，溢恆情矣。崩圻後姐之夫家，覆巢幾無完卵，余抵死相救，破家數千金。妻不惜罄已奩，兩媳奩，傾倒相助；妻媳死，含殮無具人共睹聞。又割宅同居，數年中形影相依，利害與共。幸生全，仇視嬰杵，極不可言，每午夜相對，淚下不可解。」

此中骨肉之慘，本人既不忍言；他人亦無可考。但當順治七年三月十五，冒辟疆的至好，為他在揚州做四十歲生日時，各方贈詩甚多，其中無錫黃傳祖的一首七言古風，對冒辟疆頻年行蹤，卻有概略的透露：「一朝散去風煙變，死生難考金蘭傳，頗聞冒子困他鄉，江北江南罕謀面。」一江之隔，知好罕得謀面，其為避人追蹤，可想而知。

於此我另有一個疑問，即順治七年秋天至八年二月，這幾個月的冒辟疆，行蹤不明。同人集中倡和詩，雖以地分，而實按時序，順治六年冬至七年春，為「三十二美蓉齋倡和」，這是在龔芝麓家作文酒之會；然後冒辟疆移寓趙而忭家，即有「友雲軒倡和」，最後一題為「友沂盟兄將返湘潭，寄詩留別，即次原韻奉答」，時在順治七年秋天。以下便是「深翠山房倡和」，第一首為黃岡杜凱的「辟疆盟兄評點李長吉集歌」，不著年月；第二首為李長科所作，題為「辟疆招集深翠山房，即席和尊公先生原韻」，為和冒起宗的一首七律，首二句云：「市隱翛然山水音，草堂秋色翠深深」，知為秋天；又一題為顧大善所作，題為「辛卯嘉平月夜宿深翠山房」，點出年分。

辛卯為順治八年。年譜載是年事云：「春，董小宛卒。樸巢文選亡妾董氏哀辭：「余與子形影交儷者九年，今辛卯獻歲二日長逝，謹卜閏二月之望日，妥香靈於南阡影梅庵」。按：既稱九

年，則當歿在庚寅，而言辛卯長逝，為有所諱，已見前考。不言卜葬，而言「妥香靈」，亦即設靈，已暗示為一衣冠塚。而卜於「閏二月之望日」尤有深意。

當董小宛被劫而諱言為死時，冒辟疆說過一句話：「小宛死，等於我死。」雙親在堂，此為失言；所以他此後再也沒有說過任何消極的話；「但小宛死，等於我死」這句話，卻有具體的自悼的事實。巧的是年適恰好閏二月；如非閏年，閏二月就是三月；「閏二月之望日」，便是三月十五，為冒辟疆的生日。選在這天為董小宛設靈於影梅庵，寓有心喪。自葬的深意在內。

自順治七年庚寅初冬至八年辛卯初春，約有四個月的時間，冒辟疆的行蹤成謎，在他自己追憶往事的詩文中，既絕口不談；同人投贈之作，亦無線索可尋。這一段時間，他是到那裡去了？

我有一個假設，在提出以前，必須先介紹方家父子。方家父子者，桐城方拱乾與他的長子方玄成。桐城之方有兩家，與冒辟疆齊名的方以智是一家；方拱乾父子又是一家。方拱乾晚境坎坷，但行事別有苦心；當福王在南京即位後，忽然來了一個「朱云太子」，使得福王的地位很尷尬。這個所謂「太子」，實在為假冒的；事實上擁立福王的劉正宗之流，已決定假的也好，眞的也好，一律當作假冒來辦。但是，要證明為假太子，卻不容易；只有一個人具此資格，就是方拱乾，因為他曾官詹事府少詹事為東宮官屬，見過崇禎的所有皇子。

於是請了方拱乾來認人，一看是假冒的；方拱乾卻不作聲，意思便是當眞的看。其時為此案已鬧得天翻地覆，雄據上游的左良玉揚言將舉兵清君側，因此方拱乾的態度非常重要，只要他能具體指證為假冒，事態立即可以澄清；但方拱乾吝於一言；這自然不是唯恐天下不亂，而是第一，福王不似人君；第二此「太子」雖假，尚有兩「太子」在北方下落不明，亦可能會到南京，神器有歸；第三，為百姓留著「吾君有子未死」的希望，應以號召仁人義士，反清復明。

這個想法是不是切合實際，可以不論，但當時只要他肯說一句「假的！」富貴可以立致；否則必為劉正宗等人恨之刺骨，而方拱乾寧取後者，其為人可想。

到後來果然，順治十四年丁酉科場案，方家被禍最慘，父母兄弟妻子併流徙寧古塔，至康熙即位，赦回，曾作「寧古塔志」；篇首概乎言之：「寧古何地？無往理亦無還理，老夫既往而復還，豈非天哉！」

方冒兩家，關係至深；方拱乾與冒起宗，鄉榜會榜，皆為同年，不特通家之好，兩家直如一家。方拱乾為子起名，原則是「文頭武尾」，即第一字為一點一畫開始；第二字末筆為一捺，如玄成、膏茂、亨咸、章鉞等皆是；冒起宗為子起名，亦復如此，雖為單名，亦是「文頭武尾」，故冒辟疆名襄；其弟無譽名褒。

兩家且共患難，冒辟疆以康熙五年丙午作方拱乾祭文，記其事云：

「乙酉先大夫督漕上江，襄辭捧台州之檄，奉母避難鹽官；時年伯與伯母，俱自北都被賊難，顛沛奔走，率諸兄亦來鹽官。未幾大兵南下，連天烽火，再見崩坼；兩家咫尺不相顧，荒村漠野，竄逐東西，備歷杜老彭衙之慘，卒各罹殺掠。幸府仰俱亡恙，蓬跣再入城，伯母親為襄剪髮。旅館偪側，襄與三兄寢簾隙；以一氈並以裹而坐，遂致寒疟，寢疾百日，死一夜復生。年伯、伯母與先大夫，老母及諸兄，皆執襄手，悲傷慘痛。作一日襄有『長夜不眠如度歲；此時若死竟無棺』之句，年伯與鹽官諸君含淚和之。」

鹽官即浙江海鹽，甲申、乙酉避難情事，影梅庵述之綦詳；易言之，董小宛與方家父子亦曾共患難。及至方拱乾遇赦而歸；與冒家過從甚密。祭文中又記：

「年伯母一魚一菜必手製相貽，而年伯又繼之以詩。至於揚扢風雅，商訂筆墨，倡和宣爐，無一聚不盡歡；無一字不溢贊；手扎頻寄，亦無不淋漓盡致。一日兩兒稱諸兄，一如襄之稱年伯；年伯愀然曰：『爾父齒長，當以諸叔稱；且系以吾家行次，方見兩家世誼。』其古道如此。」

按：這是說冒辟疆兩子稱方玄成等為「老伯」；而方拱乾以為應照行次稱幾叔，方如一家。

兩家是如此深的交情，而令人大惑不解的是，曾在「鹽官」一起共過患難，且亦必蒙方拱乾夫人憐愛的董小宛「病歿」；以及冒辟疆以影梅庵憶語分送友好，題贈不知凡幾時，方家兄弟始終無一詩一詞之弔。這在情理上是萬萬說不過去的事。

按：自甲申、乙酉以後，方拱乾母子復成新貴，方拱乾仍入詹事府；長子方玄成順治六年成進士，入翰林，後且爲世祖選入「南書房行走」，凡行幸必扈從，是最得寵的文學侍從之臣。當董小宛出事時，方玄成在翰林院當庶吉士；他的詩才極富，「鈍齋詩集」動輒數十的排律，果眞董小宛香消玉殞；而與冒辟疆九年共患難，享清福，又是如此纏綿悱惻，遇到這樣的好題目，豈能無詩？

合理的推測，詩是一定有的；而且也應該有安慰的書信，但卻不能發表。因爲他們的關係太深了；相共的秘密太多了。關係既深，則連遮人耳目的詩文亦不必有；秘密太多，則述及之事，唯有「付諸丙丁」，不留一字。

我相信董小宛入宮以後的情形，由於方玄成還在「南書房行走」，且亦尚未被禍；耳目所及，見聞較眞，由他透露出來的眞相，一定不少。至於董小宛剛剛被掠至北時，冒辟疆及他的家人，自然要打聽行蹤；而在北方唯一可託之人，就是方家父子。相信順治七年由初夏至秋深，方家父子一定有幾封信給冒辟疆報告調查的結果；而在順治七年、八年庚辛之際，冒辟疆有約一百天的行蹤不明，我的推斷，是秘密北行，跟方家父子當面商量，有無珠還合浦的可能？

這個假設如果不說，則冒辟疆是親身經歷了睿親王多爾袞身後滄桑的人；多爾袞死後抄家是在順治八年二月，當時朝臣承鄭親王濟爾哈朗之指，群起而攻；冒辟疆如果據實陳詞，自必列爲多爾袞的罪狀之一，而董小宛亦很可能「遺還」。但終於沒有。吳梅村題董小宛書扇兩絕，「半折秋風還入袖，任他明月自團圓」，上句自是形同秋扇，而實未捐；下句即指放棄破鏡重圓之想。至於放棄的原因，已無可究詰，或者以爲沒人掖庭，不易放出；或者以爲可能因此賈禍，多一事不如少一事。總而言之，董小宛被掠之事，到此才算塵埃落地；冒辟疆決定了處理的原則，視作「亡姬」；而言辛卯「獻歲二日長逝」，雖有諱去眞相的作用；實亦不得已而云然。因爲前一年始終未發董小宛「病歿」的訃聞；對至好亦只說她久病，所以龔芝麓在順治七年臘月給冒辟疆寫信時，還曾問到董小宛的病情。

我曾細檢「同人集」，發現冒辟疆爲董小宛設靈影梅庵，事先並無至好參加；而以影梅庵憶語代替訃聞，因此弔董小宛的詩，在江南者爲這年秋天；在北方聞訃較遲，那就到冬天了。如龔芝麓是由趙開心回京，帶去了憶語及冒辟疆的信，方知此事——當然，眞相是心照不宣的，表面上不得不有弔唁之函。

關於董小宛入宮，方孝標深知始末，且必曾助冒辟疆尋訪，今於「同人集」中，獲一消息，

「巢民詩集」卷五，有一題云：「方樓岡去閩，相別三年，深秋過邗，言懷二首」，詩爲七律；此詩應作於康熙七年戊申，其時冒辟疆自蘇州至揚州，同人集中有「虹橋讌集」詩；中秋與方孝標父子同泛舟虹橋，作一七律，題爲「廣陵中秋客隨園，攜具同方樓岡世五，令子長文、譽子；姜綺季、徐石霞、孫孟白及兒丹書，泛舟虹橋，夜歸，樓岡重開清讌賞月，即席刻燭限韻，各成二首」，第一首云：「露華濃上桂花枝，明月揚州此會奇，老去快逢良友集，興來仍共晚舟移。青天碧海心誰見，白鬆滄江夢自知。多少樓台人已散，偕歸密坐更啣巵」結句「偕歸密坐」，則知賞月之宴只方孝標兩子長文、譽子；及冒辟疆子丹書在座，其余姜、徐、孫三客不與。「密坐」者密談；而由「青天碧海心誰見」句，可知所談者必爲董小宛。

至於順治七年秋，冒辟疆曾經北上，「容齋千首詩」中，似亦有跡象可參。

「容齋千首詩」爲康熙朝武英殿大學士李天馥的詩集；鄧石如說他「安徽桐城籍」，而詩集標明「合肥李天馥」著。他是順治十五年的進士，端敬（董小宛）薨，世祖崩，正在當翰林；以後由檢討歷官至大學士，始終不曾外放，因而對京中時事，見聞眞切，非遠地耳食者可比。鄧石如在「清詩紀事初編」中，介紹他的詩說：「其詩體格清儁，自注時事，足爲參考之資」。詩集爲其門下士毛奇齡所選；「別有古宮詞百首，蓋爲董鄂妃作」，後來「因有避忌，遂未入集」；我所見的本子，果無此百首宮詞；不知鄧石如又從何得見？或者他所見的是初刻本；以後因有避忌，遂即刪去。其他因避忌而有刪除之跡，迄今可見。如「隨駕恭謁孝陵恭紀二律」：「漁陽東下曉春宜，正是巡陵擊」以下空白九字，即第二句少二字；第三句全刪，然後接第一聯對句：「到來桓表出華蕤」。此九字之諱，無疑地，由於「南山仍錮愼夫人」之故。

這百首「古宮詞」的內容，鄧石如曾略有介紹：爲端敬即董小宛的另一堅強證據，且是正面的，更覺可貴。

詩前有序，鄧之所引數語，眞字字來歷：「昭陽殿裏，八百無雙；長信宮中，三千第一。愁地茫茫，情天漠漠；淚珠事業，夢蝶生涯。在昔同傷，于今共悼。」我曾推斷，董小宛自睿邸沒入掖庭，先曾爲孝莊女侍，今由「長信宮中」一語證實。「愁地」、「情天」自是詠冒、董兩地相思：「淚珠事業」雖爲泛寫，但亦有李後主入宋，「日夕以淚洗面」之意在內；「夢蝶生涯」，加上下面「在昔同傷，於今共悼」，則連鄧石如都無法解釋；因爲他亦只知道「董鄂妃先入莊邸」，而不知董鄂妃即董小宛。「在昔同傷」者，影梅庵憶語中的「亡姬」；「於今共悼」者，世祖御製文中的端敬。玉溪詩：「莊生曉夢迷蝴蝶，望帝春心託杜鵑」，如移用爲描寫董小宛入宮後，冒辟疆的心境，亦未嘗不可。

鄧石如又說：「詞中『日高睡足猶慵起，薄命曾嫌富貴家』，明言董鄂妃先入莊邸」。其實此是明言董鄂妃非鄂碩之女；若爲鄂碩之女，則原出於富貴之家，何嫌之有？而八旗女子，生爲貴妃，歿爲皇后，又何得謂之薄命？又說：「云『桃花滿地春牢落，萬片香魂不可招』，明言悼亡。」其實，此是明言董小宛的出身，與「薄命」呼應；但「輕薄桃花」，殊非美詞。在冒辟疆則擬董小宛爲梅花；別當有說，此不贅。

現在再掉回筆來，談冒辟疆可能北行的蛛絲馬跡。容齋七言古宮詞中，有「行路難八首存三」；周棄子先生說：「凡以『行路難』爲題者，意思是所求難達；必有本事在內，故每多不可解」。誠然，如李詩「其五」有句：「夫何一旦成避棄？今日之眞昔日僞」。如不知董小宛曾「死」過一回，即不知此作何語？按：「避棄」：「不是恐君子二三其德而棄我，恐在外有疾病，或罹王法死亡，皆是。」見「詩、會箋」。這兩句詩譯成語體便是：「怎麼一下子會死了呢？如果此刻是眞的死掉了，那末以前說她『長逝』，自然是假的囉？」

因此，這「八首存三」的「行路難」，可信其爲冒辟疆所作：第一首云：

「月明開樽花滿堂，峨眉迭進容儀光，安歌飛飲歡未劇，攬衣獨起思彷彿。瀟湘渺渺秋水長，維山迢遞不可望；我所思兮渺天末，欲往從之限河梁。行路難、行路難，悲蛇盤、愁鳥道；丈夫會應摶扶搖，安能躑躅長林草？」

按：上引者爲第一首，起句在同人集中，亦有印證。庚寅年春天，先有集會龔芝麓寓所的「三十二芙蓉齋倡和」；繼有冒辟疆借寓「友雲軒倡和」；鄉思忽動，歸後乃知「金爐不復薰，紅妝一朝變」。此後有趙而忭將回湖南寄別；及冒辟疆和七律一首；接著便是「深翠山房倡和」。

此一部分一共六首詩，第一首爲杜凱所作「辟疆盟兄評點李長吉集歌」；結尾一段云：「君有如花女校書，琉璃硯匣隨身俱，海壖僻靜少人至，更種梅花香繞廬；曷當著述傳千秋，此卷珍重爲前茅，在野玉溪不足道，還與賀也喚起謫仙才。我今作歌寧妄讚，漁舟偶過桃源岸。」此是諄勸冒辟疆，忘卻一時相思之苦，致力名山事業，孟東野、李玉溪不足道；由李賀鬼才上追太白仙才，慰勉甚至，但觀最後兩語，全篇顯然未完；以下必因有礙語而刪去。第二首爲李長科所作，題爲：「辟疆招集深翠山房，即席和尊公先生原韻」；而冒起宗的原唱及其他和作，一概不見，獨存李長科一首者，是因爲唯此一首，並未洩密。

第三、四、五共七律三首爲一組，作者爲吳綺、范汝受、李長科；吳綺製題云：「月夜集辟疆社長深翠山房，喜范汝受至自崇川，即席限韻」；所限之韻爲十三元，范汝受和吳綺原韻、李長科就元韻另作；而和冒辟疆的和作。

第六首顧大善作，已在辛卯；只以題作「辛卯嘉平月夜宿深翠山房同伯紫賦」，因歸刊於此，與前一年秋天的倡和無關。

所謂「月明開樽花滿堂」，即指「月夜集辟疆社長深翠山房」。首四句寫滿座皆歡，惟有冒辟疆觸景生情，益病相思，情事如見。「灑湘渺渺」則所思者爲洛神；「緱氏」用王子晉仙去之典，皆指董小宛。按：此詩爲李天馥於端敬薨後所作，所擬董小宛爲洛神，爲王子晉；而在當時，行蹤固尚不盡明瞭，「我所思兮渺天末」，用一「渺」字可知。最後亦是勸勉之意，應出山做一番事業，不必隱居自傷。

「行路難」的第二首，標明「其五」；料想其二、三、四等四首，爲描寫北上及與方孝標聚晤的情形；以及董小宛被掠，多爾袞被抄家，董小宛入「長信宮」——太后所居的慈寧宮的經過。其五的原句是：「桃李花，東風飄泊徒咨嗟。憶昔新婚時，婀娜盛年華；爾時自分鮮更，不謂舉動皆言嘉。夫何一旦成遐棄？今日之眞昔日僞。辭接頗不殊；眉宇之間不相似。還我幼時明月珠，毋令後人增嫌忌。」

自「桃李花」起六句，當是根據影梅庵憶語，描寫董小宛在冒家的情況。起兩句指董小宛爲宿逋所苦，與自西湖遠遊黃山諸事。三、四兩句，點出在冒家時爲盛年；五六兩句，即冒辟疆所描寫董小宛的種種長處；而亦兼指御製端敬行狀，皮裡陽秋，有「情人眼裡出西施」之意。

「夫何一旦成遐棄？今日之眞昔日僞！」以下四句頗費推敲，「辭接頗不殊；眉宇之間不相似」，明明是寫會面的光景，覺得董小宛說話時的聲音語氣，與過去沒有什麼兩樣；但容貌神情，不大相像。這是怎麼回事？莫非冒辟疆北上後，竟得與董小宛相見；倘或如此，又以何因緣，得有此會？凡此都是極不可解；也可說極不可能之事。

再四玩味，總覺得這不是冒辟疆眼中的董小宛；昔日愛侶，魂牽夢縈，眞所謂「燒了灰都認得」，決不會有「眉宇之間不相似」的感覺。及至讀「容齋千首詩」中，另一首題目叫作「月」的古風，方始恍然大悟，方孝標跟董小宛見過面。這首詩的全文是：

「蕊珠仙子宵行部，七寶流輝閒玉斧；蟾蜍自蝕兔自杵，影散清虛大千普。無端人間橋自舉，直犯纖阿御頓阻。葉家小兒甚魯莽，為憐三郎行良苦；少示周旋啟玉宇，暈華深處召佚女。桂道香開來嫵嫵，太陰別自有律呂；不事箜篌與羯鼓，廣陵散闋霓裳舞。」

毛奇齡在「葉家小兒」兩句，及最後三句，密密加圈；「葉家小兒」句旁並有評：「使舊事如創獲，筆端另有爐錘」；又詩末總評：「奇材秘料，奔赴毫端；思入雲霄，如坐蕊珠深處。」

這首詩有個假設的故事，假設蕊珠仙子出巡，仙軑到處，光滿大千；「纖和」即指仙軑，劉伯溫送張道士詩：「電掣纖和軑」。「無端人間橋自舉」，與「葉家小兒」合看，是活用了有關唐玄宗的三個典故。開寶年間，方士最多；「葉家小兒」指葉法善，新舊唐書皆有傳；相傳元宵夜曾攜玄宗至西涼府看花燈；亦曾於中秋攜玄宗遊月宮，得聞「紫雲曲」，玄宗默記其音，歸傳曲譜，易名「霓裳羽衣曲」。至於上天的方法，只言「閉目距躍，已在霄漢」；擲杖化爲銀橋，是羅公遠的故事；而「上窮碧落下黃泉」，爲玄宗去訪楊貴妃魂魄的是「臨邛道士鴻都客」。李天馥將羅公遠、鴻都客的神通，移在葉法善一個人身上，而又渺視爲「小兒」，則刺其此舉，咸嫌輕率。「三郎」本指玄宗，在此則指冒辟疆；「葉家小兒」必爲方孝標。而由「佚女」句，可知「蕊珠仙子」指孝莊太后。

既得人名，可解本事；大致是董小宛爲孝莊女侍時，隨駕至離宮；而方孝標扈從世祖，亦在此處，乘間請見太后陳情，貿然爲冒辟疆請命，乞歸小宛。外臣見太后，在後世爲不可能；而在順治及康熙之初，不足爲異，因爲孝莊奉天主教，由湯若望爲其教父；而世祖又最崇敬湯若望，尊稱爲「瑪法」，即「師父」之意，過從甚密；據德國教士魏特所著「湯若望傳」說，一六五七年（順治十四年）三月十五，即陰曆正月三十，世祖要求在湯若望寓所過生日，筵開十三席。同時，湯若望由於孝莊母子的關係，得以在京城設立了十四處專供婦女望彌撒的「小教堂」，大多設在一般教堂的左右；因此，方孝標通過湯若望的關係，在教堂內謁見孝莊，亦是極可能的事。

以下「少示周旋啓玉宇，曇華深處召佚女，桂道香開來嫵嫵」之句作一段。孝莊已知其來意，而且決定拒絕他的請求；但不能不稍作敷衍，延見以後，一定表示：「你問她自己的意思」。於是曇華深處召佚女」，佚女即美女，見「離騷」注；自是指董小宛。

總之，不論南苑還是天主教堂，方孝標求見孝莊，因而得與董小宛見面，事在別無反證以前，已可信有其事；地點則教堂的可能性大於南苑。

方、董會面作何語？這就又要拿「月」要「行路難」之五合看了；首先是方孝標的感覺，此即「其五」中的「辭接頗不殊，眉宇之間不相似」。「辭接」者交談；「不殊」者包括口音、語氣、稱呼在內。「頗不殊」則是與以前幾乎沒有兩樣；但「眉宇之間不相似」，容貌似乎不一樣了。

這是不難理解的。申酉之際，冒方兩家一起逃難在海鹽，亂中無復內外之別，方孝標跟董小宛極熟；但即使是通家之好，又共患難，方孝標與董小宛有所交談時，亦不便作劉楨之平視，所以他對董小宛的容貌，遠不及聲音來得熟悉。而在此時見面，更當謹守禮節；即或不是隔簾相語，亦必俯首應答，只能找機會偷覷一兩眼，要想正確印證以前的印象，本有困難；加以董小宛此時必爲「內家裝」，男子式的旗袍與「兩截穿衣」已大異其趣；髮髻的變化更大。梅村十絕第五首：「青絲濯濯額黃懸，巧樣新妝恰自然；入手三盤幾梳掠，便攜明鏡出花前」。又道：「亂梳雲髻下高樓」；凡此蟬動鴉飛之美，與旗下女子梳頭，務求平整、貼伏，大不相同。因此，「眉宇之間不相似」，是無怪其然的。倘或容貌未變，辭接已殊；那在董小宛的本心，就有問題了。

所見如此，所聞又如何？或者問會面的結果如何？則在「月」中借「李三郎」在月宮得聞仙樂的典故作隱喻：「太陰別自有律呂，不事箜篌與羯鼓」，宮中有宮中的規矩；旗人有旗人的想法，破鏡雖在，重圓不可；強致或反召禍。結句「廣陵散闋霓裳舞」，「佚女」不復落人間了；一唱之嘆，耐人深思，參以梅村自謂「半折秋風還入袖，任他明月自團圓」句，頗合當時情事之說，似乎強致亦未嘗不可，但對冒辟疆、董小宛來說，都不是聰明的辦法，冒辟疆因而決定罷手；又因而乃有宣布董小宛「長逝」之舉。至於「行路難」之五結句：「還我幼時明月珠，毋令後人增嫌忌」，用羅敷的典故，當是方孝標向孝莊諫請之語。

此外，值得注意的是，毛奇齡對「月」的評語，「葉家小兒」兩句加圈有夾批：「使舊事如創獲，筆端另有爐錘。」所謂「另有爐錘」，即熔鑄葉法善、羅公遠、鴻都客三典而爲一。又回末總評：「奇材秘料，奔赴毫端；思入雲霄，如坐蕊珠深處。」此「奇材秘料」四字，可確證有此彷彿不可思議的方、董相晤一事。

「行路難八首存三」的第三首，即原來的最後一首：

「峨峨箕山高，孤蹤邈奕世；句曲既金籠，弄雲談何易？遠志徒來小草譏，東山漫為蒼生計。我聞蓬島多奇峰，金花瑤草紛茸茸，瓊樓朱戶鬱相望，陸離矯拂凌清風，仍留刀圭贈靈液，聖石姹沙惟所逢。又聞弱水三千里，蜃樓海市參差起；圓海方諸須飛行，安得雲車供驅使？辟穀老翁尚嗚珂，導引身輕徒爾爾；計窮決策卜林丘，豹嗥虎嘯難淹留。更有人兮披薜荔，空山窈窕來相求。不如且盡杯中酒，醉後頹然徧十洲。」

這是譏刺冒辟疆之作，筆端微傷忠厚。箕山爲許由隱居之處；起兩句言從古至今，眞正不慕榮華富貴者，只許由一人。次兩句言既受羈勒，則欲如天馬行空又豈可得。「遠志」雙關，有「小草」服之能益智強志，故名「遠志」，見「本草」。「東山」則兼譏冒起宗了。

「我聞蓬島」以下，謂冒辟疆想過神仙生活；當時水繪園中，勝流如雲，歌兒捧硯，紅袖添香；冒辟疆又是有名的美男子，望之眞如神仙中人，因而詩中有此仙境的描寫，而歸於「安得雲車供驅使」？爲言終不過幻想而已。

「辟穀老人尚嗚珂」，這是冒辟疆頗務聲氣，人品不無可議之處。「計窮決策卜林丘」謂神仙做不成，只好卜居長林，貪圖豐草了。此語已嫌刻薄；下句「豹嗥虎嘯難淹留」，言冒辟疆家居連番遭難，語氣微覺幸災樂禍，更欠忠厚。「更有人兮」兩句，謂薦舉博學鴻詞。冒辟疆沒有做過明朝的官，如應試入仕，本無所嫌；但他什麼朝代的官都可做，就是不能做清朝的官，因爲對清帝有奪愛之恨；做清朝的官即等於靦顏事敵，安得復廁於清流高士之列？末二語言其家居多難：入仕不能，則唯有寄苦悶於杯酒，歷仙境於夢中。

今按：末首既言及博學鴻詞，則爲康熙十八年後所作；而第五首應爲順治八年二月，董小宛初爲孝莊女侍時事，事後相隔幾三十年，則知「行路難」八首，非一時所作。

以上釋陳其年「水繪園雜詩」第一首十八句，暫告一段落；結尾尚有兩句，關係特重！恕我賣個關子，先加一段插曲。

接周棄子先生二月廿四日書：

「近讀報端連載大作，談董小宛入宮事，援據浩博，論斷成理，不勝賞佩。今（廿四）日引鄧之誠「清詩紀事」，鄧字文如，報載作石如，恐忙中筆誤也。此事自孟心史考析後，世人多認爲入宮不實，已成定論。孟老清史專家，宜爲世重，然其「叢刊」各篇，亦非毫無疵類者，如有關「皇父攝政王」之解釋，即十分勉強。小宛事，孟所持兩大基本理由，即：1、清世祖（順治）與小宛年齡懸殊；2、小宛葬影梅庵，且有墳墓。關於1，兄已提出「畸戀」一解，弟則以爲「徐娘風味勝雛年」，小宛秦淮名妓，迷陽城，惑下蔡，以其「渾身解數」，對付草野開基之「東夷」幼主，使之「愛你入骨」，斯亦情理之可通者也。至於2，兄已提出「墳墓」之可能爲「疑塚」。弟只指出吳梅村詩一句：「墓門深更阻侯門。」如小宛眞葬影梅庵中，友朋隨時可以憑

弔，有何「深」「阻」？「侯門」又作如何說法？梅村號稱「詩史」，非等閒「湊韻」之輩，孟老何以視而不見耶？茲更就兄今日所引鄧文如介紹李天馥詩集云：「別有古宮詞百首，蓋為董鄂妃作」；「後來因有避忌，遂未入集」。此數語尤堪注意。鄙意倘此宮「詞」主題果屬「眞董鄂」，則必不能作出百首之多。且既作矣，亦必不敢妄觸「眞董鄂」之忌諱，而「眞董鄂」亦必無如許之多之忌諱。於此只有一種解釋：「董鄂妃即董小宛。」其人其事，「一代紅妝照汗青」，盡堪描畫，百首亦不為多。而其中有「忌」須「避」，自亦必所不免，以此刪不入集歟。「鄧文如從何得見？」今固暫難質究。惟鄧博涉多聞，其他著作如「骨董瑣記」等，皆極詳密，當信其言之必有所本。竊意孟老博極群書，於兄所徵引，未必不曾覽及。況如「同人集」等，與兄援用，本是一物，而結論乃若背馳。蓋自來作者，論事引書，每多就對其主張有利者立言，心之所蔽，名賢亦難悉免。孟老叢刊主旨，意在為遜清洗冤雪謗，於自序固明言之。而「詩無達詁」，本亦「橫看成嶺側成峰」者。故凡兄之持以駁孟者，雖不遽謂字字鐵案，而條貫分明，確能成立。即此時起孟老於九原，正亦不易為駁後之駁。學如積薪，後來居上，孟老地下，其掀髯一笑乎。」

所論警闢而持平，極為心折。如謂容齋百首宮詞，果為「眞董鄂」而詠，則必不能作出百首之多；而「眞董鄂」亦必無如許之多之忌諱，尤為鞭辟入裡的看法。台北一天不知要發生多少件鬥毆凶殺案，但事主為王羽，便成滿版大新聞，道理是一樣的。

現在有鮮明的跡象顯示，李天馥爲對此一重公案，所知內幕最多的一個。他久在翰苑，且一生爲京官，於方孝標的關係爲小同鄉；爲翰林後輩，所聞秘辛必多。李與冒辟疆氣味不投，似無往還；但王漁洋與李同年至好，而與冒蹤跡極密，所以聞自水繪園的秘密，亦必不在少。此未入集的百首宮詞，將是細考此案，最珍貴的材料。

鄧文如（筆誤爲石如，承棄子先生指出；附筆致謝，並向讀者致歉）收「順康人集部」，先後所得過七百種，絕無僅有者五十六種；可遇而不可求者三百餘種。自謂采詩「但取其事，不限各家，率皆取自全集」，然則所收李天馥的「容齋千首詩」集，必爲未刪的初刻本。只不知爲「絕無僅有」者，抑或爲「可遇而不可求者」？讀者先生中，如藏有此集，賜假一觀，馨香禱祝；或知何處有此藏本，請以見示，亦所銘感。

插曲既過，歸入正文，陳其年水繪園雜詩第一首最後兩句是：

妾年三十餘，恩愛何由擅？

爲了一清眉目；茲將全首分段錄引如下：

南國有佳人，容華若飛燕，綺態何嬋娟，令顏工婉孌。

紅羅為牀帷，白玉為釵鈿；出駕六萌車，入障九華扇。傾城疇不知，秉禮人所羨。

如何盛年時，君子隔江甸？金爐不復薰，紅妝一朝變。

客從遠方來，長城罷征戰。

君子有還期，賤妾無嬌面。

妾年三十餘，恩愛何由擅？

以上共分六段，第一段寫董小宛的儀容，以趙飛燕相擬。第二段寫入宮封皇貴妃，攝行后職。第三段寫冒辟疆留連揚州，而家已生變。第四段說明劫掠者爲睿親王多爾袞所遣。第五段寫冒辟疆歸來，已不能復見小宛。第六段自然就是寫董小宛眞正之死了。

「妾年三十餘」爲對心史先生關董小宛非董鄂妃「兩大基本理由之一」，年齡問題的最有力的答覆。董小宛封妃時已三十三歲，色衰則愛弛，早就有此顧慮；就當時她的處境而言，生子而殤實爲一致命的打擊。結句「恩愛何由擅」，有太多的不盡之意。

我前面就吳梅村「古意」前五首分析，世祖嫡后之被廢，爲妒嫉董小宛之故；繼后亦幾於被廢，御製端敬皇后行狀，曾記其事；順治十四年冬，孝莊違和，繼后無一語詢及，亦未遣使問候；世祖以為孝道有虧，有廢立之意，董小宛長跪不起，表示「若遽廢皇后，妾必不敢生」。因而得以不廢。

由此可以想像得到，董小宛必已成為親貴國戚的眾矢之的；她所恃者孝莊母子之寵。順治十四年十月誕皇四子，生四月而殤；尚未命名，而竟封和碩榮親王，並建墓園，為自古以來絕無僅有之事。由此推斷，世祖必以此子為太子；東宮一立，不論賢愚，廢即不易。因為廢太子不比廢皇后，後者可謂之為家務，大臣爭而不得；無可如何；前者則動搖國本，為大臣所必爭，觀乎前之萬曆欲易儲而不能；後之康熙廢太子，引起彌天風波，可知其餘。是故董小宛雖憂太后不能長相庇護；世祖必因其色衰而愛弛，但生子為東宮，猶有可恃。退一步而言，她跟世祖的感情，有子即有聯繫；無子則愛弛曾不一顧，彼時博爾濟吉特氏，聯絡親貴，群起而攻，以其出身種族而言，欲加之罪，豈患無詞？下場之悲慘，恐有不可勝言者。

因此，生子一殤，旋即憔悴得疾。大學士金之俊奉勅撰傳：「后患病閱三歲，臞瘁已甚。」董小宛歿於順治十七年八月；其子殤於十五年正月，「閱三歲」乃前後通算，故知子殤未幾即病。

又世祖御製行狀：「當后生王時，免身甚艱，朕因念夫婦之誼，即同老友，何必接夕，乃稱好合？且朕夙耽清靜，每喜獨處小室，自茲遂異床席。」在世祖彼時，可信其出於體恤；但董小

宛的出身是以色事人，於此事自必敏感，以此為失寵之始。憔悴加上憂懼，豈得復有生理？

至於御製「行狀」中所謂「朕夙耽清靜，每喜獨處小室」，則是粧點門面的話。世祖自少嬉遊好色，示多爾袞以無多大志；為忠於太宗的大臣們所設計的，一種自晦的方式。湯若望傳中，數數提到世祖「易為色慾所燃燒」；第九章第六節記「一六五八年，皇帝遭遇一酷烈打擊，第三位皇后所生之子，原定為皇位繼承者的，於生產後不久，即行去世。……順治自這個時期起，愈久愈陷入太監之影響中……這些人使那些喇嘛僧徒，復行恢復他們舊日的權勢。還要惡劣的，是他們引誘性欲本來就很強烈的皇帝，過一種放縱淫逸生活。」

按：一六五八年即順治十五年，榮親王夭折於此年正月。於此可知，世祖不但不是獨宿，而且相反地更為放縱，這對董小宛來說，是她色衰的充分反映；獨擅專房之寵的局面，一去不返了。冒辟疆說她「善病」；加上這些刺激，以致痼疾纏綿，終於不治。如仍在冒家，則夫婿體貼，上下和睦；而最主要的是，在冒家得疾，必為全家關懷的中心，不讓她操勞憂煩，得以早占勿藥。而在宮中，體制所關，就不能有這種調養的機會。此為「薄命曾嫌富貴家」的另一解。

陳其年「讀史雜感」第二首，詠另一董鄂妃；即殉世祖的貞妃，名義上為董小宛的從妹。詩是七律；為之箋釋如下：

> 董承嬌女拜充華，別殿沈沈鬥鈿車；一自恩波霑戚里，遂令顏色擅官家。驪山戲馬人如玉；虎圈當熊臉似霞。玉柙珠襦連歲事，茂陵應長並頭花。

「充華」爲九嬪之一；董承爲漢獻帝之舅，受密詔誅曹操，事機不密，爲曹操所殺，夷三族。其女爲貴人，方有娠，竟亦不免。用此典故來詠宮闈，不談內容，就這一句便足以加上詛咒的罪名，殺身有餘，陳其年是大才，亦是捷才，但下筆不免有粗率之處；而用此不祥之典，其重點完全在一「董」字，是一望而知的。

第二句頗費解，累我半日之思，方知應自元微之詩中求得答案。元詩「聞幕中諸公徵樂會飲」：「鈿車迎妓樂、銀翰屈朋儕」。此言世祖在別殿張宴，召教坊伺候，鈿車爭相奔赴。別殿非南苑，即西苑；自九城應召，非車不可。

三、四句「一自恩波霑戚里，遂令顏色擅官家，」可注意者爲「一自」、「遂令」。宋人稱天子爲官家；擅爲並擅的略語，言姐妹並皆得寵；但並擅在鄂碩因小宛封皇貴妃以後，始得由一等子晉封三等伯。此類似無功受祿，心所不安，因更進從女，藉報雨露；用「一自」字樣所以明其由來。

第二聯皆言殉葬，「驪山戲馬」四字，類似八股文的截搭題，原爲渺不相關的兩典故，「驪山」秦始皇葬處；「戲馬」則隋朝宮人葬處。戲馬爲戲馬台的略稱；揚州府志：「戲馬台其下有路，號玉鈎斜，爲隋葬宮女處。下一句「虎圈當熊」爲漢元帝馮倢伃事。此典雙關，一謂妃嬪從獵；一謂馮倢伃後遭傅太后誣陷自殺，影射貞妃自裁殉葬。「人如玉」、「臉似霞」並言殉葬宮人，皆在妙年，然既「如玉」，不必再言「似霞」，可知殉葬者不止一人。世祖所尊玉林國師弟子行峰曾作「侍香紀略」一書，謂「端敬皇后崩」玉林另一弟子「於宮中奉旨開堂，且勸朝廷免殉葬多人之死」，可知彼時原有殉葬的制度。

結句「玉柙珠襦連歲事，茂陵應長並頭花」。玉柙即玉匣；西京雜記：「漢時送葬者，皆珠襦玉匣，形似鎧甲，連以金縷，匣上皆縷如蛟龍。」前幾年中共出土文物，曾在香港展出者，即有此物。不識「珠襦玉匣」，名之曰「金縷衣」；大陸專家之陋可哂。此因大陸眞有學問的人，多不開口，而文史方面「奉命做學問」自以爲專家者，類皆「二百五」之故。

「連歲事」明言先喪端敬；繼崩世祖。漢武茂陵，即指世祖孝陵；「並頭花」即姐妹花；端敬祔葬，她的名義上的從妹貞妃又殉葬，故云。

按：「貞妃」爲殉後追封；原來的位號不明；追封明詔頒於順治十八年二月壬辰，是年元旦爲辛亥，則壬辰爲二月十一或十二；但當隨梓宮移景山壽皇殿時，已知有貞妃從死之事；惟會典謂貞妃薨於正月初七，則必有所諱而更改日期。因爲世祖之崩，已在正月初七深夜；貞妃即令願殉，亦當先有遺囑，而後自裁，事在初八以後了。

從這些日期上的不盡符合事實，參以其他史料，我認爲貞妃殉葬一事中，隱藏著一場絕大風波。心史先生在「世祖出家事考實」一文中，談吳梅村「讀史有感」八首，爲詠貞妃，其說甚精；謂「第三首言，不殉且有門戶之憂」我的看法相同；但何以有門戶之憂，心史未言緣故；試爲進一解。

原詩爲：

昭陽甲帳影嬋娟，慚愧恩深未敢前；催道漢皇天上好，從容恐殺李延年。

此用漢武李夫人的典故；李夫人既死，李延年亦失寵被誅。第二句謂「貞妃」不願死；「慚愧恩深未敢前」，詩人忠厚之筆。三、四頗爲明白，不速殉將有大禍；換一句話說：以貞妃之殉，換取董鄂一家無事。然則何以如此嚴重呢？即因有廢后乙殉之故。

在箋釋「銀海居然妒婦津，南山仍錮慎夫人」一詩時，我因廢后下落不明；推斷爲殉帝以求恢復位號，得以合葬孝陵。廢后之殉，出於己意抑或出於家族的授意，固不可知；但既殉而「南山仍錮慎夫人」，則后家之不平，可想而知。此時太皇太后、太后皆爲博爾濟吉特氏，是故廢后父吳克善欲爲女爭名分；滿朝親貴，無奈其何。此事勢必仍須由孝莊解決。孝莊本人極喜董小宛，又因「君王自有他生約」，世祖必有使端敬祔葬的遺言，孝莊不忍令愛子抱撼於泉下；而復廢后位號，則必葬孝陵，又決非愛子所願。生前爭寵已鬧得天翻地覆；如「銀海」眞成「妒婦津」，死亦不得安寧，豈親人所能不顧？因此雖吳克善爲胞兄；孝莊仍不能不斷然拒絕。這樣，吳克善必遷怒於董鄂家，則唯有亦死一女，以平廢后家之憤。由「從容恐殺李延年」句，可以想見爭執之烈；若非速殉，吳克善擅自採取報復行動，亦非不可能之事。

論證至此，我不知讀者先生，對於董小宛即封妃晉后的董鄂氏這一個事實，尚有疑義否？倘有懷疑，歡迎指教；當作切實負責的公開答覆。

不過，董小宛由「長信宮中，三千第一」，變爲「昭陽殿裡，八百無雙」，即由孝莊太后的侍女而封爲皇貴妃，中間還有一層曲折。湯若望傳第九章第六節，在「第三位皇后」（按：指端敬）生子夭折以後，接敘世祖的一段戀情，實即指董小宛，惟本末倒置，時間上有絕大的錯誤，此爲原作者對於湯若望所遺留的材料，考證未確所致；但所敘事實，自爲湯若望在日記或函牘的記載，因此可靠性是相當高的。

茲摘引如下：

「順治皇帝對於一位滿籍軍人之夫人，起了一種火熱愛戀；當這一位軍人因此申斥他的夫人時，他竟被對於他這申斥有所聞知的「天子」，親手打了一個極怪異的耳摑。這位軍人於是乃因怨憤致死，或許竟是自殺而死。皇帝遂即將這位軍人的未亡人收入宮中，封為貴妃。這位貴妃於一六六零年產生一子，是皇帝要規定他為將來的皇太子的，但是數星期之後，這位皇子竟而去世，而其母於其後不久，亦然薨逝。皇帝陡為哀痛所攻，竟致尋死覓活，不顧一切。人們不得不晝夜看守著他，使他不得自殺。太監與宮中女官一共三十名，悉行賜死，免得皇妃在其他世界中缺乏服侍者。」

這位「皇妃」顯著就是作者在前面所說的「第三位皇后」；變一事爲二，則時間之錯誤，自所不免。問題是這位「滿籍軍人」是誰？

顯然的，這也是一大錯誤。彼時雖有命婦更番入侍后妃的制度，但皇帝駕臨時，必然迴避。即令有其事，「這一位軍人」又豈敢「因此申斥他的夫人」？何況，明清以來，也許明武宗親自動手打過臣下以外，從未聞皇帝會掌摑大臣。所以「滿籍軍人」四字，必爲中德爵位制度不同而誤解。

黎東方博士在「細說清朝」中，提及此事；他根據各種外文資料，指出被掌摑的是世祖的胞

弟博果爾；又說，為了撫慰博果爾，因此無功而封襄親王。此說是相當可信的。襄親王的封號，後來改為莊親王。「董鄂妃」出於莊邸，為深於清史者所公認。但是，依據各種跡象顯示，世祖奪弟之愛，確為事實；惟此「愛」字，另有解釋。

這話要從他的身分說起。太宗先稱天聰皇帝；以後正式建元崇德，在盛京立五宮，一后四妃，皆為博爾濟吉特氏；只是部落不同。后即孝端，稱為「清寧中宮」；四后中最得寵的是「關雎宮宸妃」，即孝端之侄，孝莊之姊。孝莊的封號，是「永福宮莊妃」。

另外兩個博爾濟吉特氏，她們的部落名阿霸垓；遊牧於杭愛山之北，亦屬科爾沁旗，但冠以「阿魯」二字，以別於孝端、孝莊姑侄母家這一族。

阿霸垓的兩個博爾濟古特氏，一個封為「麟趾宮貴妃」；在四妃中地位最高。另一位是「衍慶宮淑妃」。麟趾宮貴妃，即為襄親王博果爾的生母；他生於崇德六年十二月，為太宗最小的兒子。

清宮的制度，妃嬪母以子貴；皇子則子以母貴，中宮嫡子在昆季中的地位當然最高，其次就要看妃嬪的身分了。孝端有女無子；最得寵的宸妃生皇八子，為太宗正式建元以後所生的長子，因而曾行大赦，預備立為東宮，但亦早殤；因此，當太宗上賓時，皇子中應以麟趾宮貴妃所生，三歲的博果爾的身分最貴重。但結果是六歲的皇九子福臨得膺大寶；這完全是由於多爾袞與孝莊有特殊感情之故。

由此可見，博果爾是受了委屈的；況且又是太宗的幼子，他之必然獲得孝莊太后的恩遇，以及自幼驕縱，亦都可想而知。

既然如此，則當董小宛沒入掖庭，獲選入慈寧宮當差後，受命照料時方十一歲的博果爾，是件順理成章的事。至於博果爾智識漸開，會不會如明憲宗那樣，對由他祖母宣德孫太后遣來照料，年長十九歲的宮女發生畸戀，固未敢必，但可斷言的是，董小宛決不會如成化萬貴妃那樣，懷有不正常的心理。

不論如何，任何一個孩子如果能獲得像董小宛那樣一個褓姆，必然會產生強烈的依戀不捨之情。因此，當世祖決定納董小宛時，亦必然會招致博果爾的強烈反對，推測世祖兄弟發生衝突，當在順治十二年初，這年世祖十八歲，博果爾十五歲。前者生於正月，後者生於十二月，所以世祖不妨看作十九歲，而博果爾當看作十四歲。十四歲的弟弟，激怒了十九歲的哥哥，出手毆擊，豈足爲奇。

明瞭了上述情況，即可以想像得到，世祖這一巴掌打出了極大的家庭風波；在第三者看，博果爾有三重委屈，一是未得到帝位；二是「所愛」被奪；三是遭受屈辱。在博果爾對第一點感受，或許不深；而對二、三兩點，必然傷心萬分。因此以未成年的皇子，既非立下了大功，亦無覃恩慶典，無端對爲「和碩襄親王」，不能不說是一種撫慰的手段。

博果爾之對襄親王，在順治十二年二月下旬，因而推斷兄弟發生衝突在此年年初；其薨在順治十三年七月己酉；見「東華錄」。手邊無曆法書，不知此月朔日的干支，但亦並不難考；東華錄載「六月戊寅朔」；而七月第一條記：「戊申廣西巡撫」云云，可知六月小爲二十九天；因如月大三十天，則戊申爲七月初一、必書「戊申朔」；既未書朔，知戊申爲初二；己酉爲初三。其薨也與董小宛大有關係。

吳梅村「七夕即事」，爲五律四首；心史斷爲順治十三年，梅村在京時所作，極是。先錄原詩；次引孟說；再爲重箋。

羽扇西王母，雲駢薛夜來，鍼神天上落，槎客日邊回；鵲渚星橋迴，羊車水殿開，祗今漢武帝，新起集靈台。

今夜天孫錦，重將聘雒神，黃金裝鈿合，寶馬立文茵；刻石昆明水，停梭結綺春，治香亭畔語，不數戚夫人。

仙釀陳瓜果，天仙曝綺羅，高臺吹玉笛，復道入銀河；曼倩詼諧笑，延年宛轉歌，江南新樂府，齊唱夜如何。

花萼高樓迴，岐王共輦遊，淮南丹未熟，緱嶺樹先秋，詔罷驪山宴，恩深漢渚愁。傷心長枕被，無意候牽牛。

心史謂「所傷逝之帝子，一則用花萼樓事，再則比以岐王；三則撫長枕被而生憐，皆傷帝之兄弟。」又謂「董妃以十三年八月冊爲賢妃；十二月晉皇貴妃、蓋本擬七月七日行冊禮，以世祖弟襄親王博穆博果爾之喪，暫停，梅村正詠其事。」心史自道「此雖想當然語，但按其他時日，頗相合。」

按：此詠董小宛得寵，及世祖奪弟之愛的經過。心史謂本擬在七月七日冊立小宛爲妃，此假設由於第二首起句中一「聘」字，應可成立。重箋此四律，首須指出梅村以古人擬小宛，因事、因人、因地而異；即如此四律中，薛夜來、雒（洛）神皆指小宛。薛夜來爲魏文帝愛姬，本名靈芸；夜來乃魏文所改號爲「鍼神」。巧的是小宛亦有「鍼神」之目，見影梅庵憶語，但「羽扇西王母」，接以「雲騈薛夜來」，則猶「王母攜雙成，綠蓋雲中來」之意；一則明其爲慈寧宮女侍；再則明其來自睿邸，以魏文帝隱喻多爾袞。薛夜來本非仙女，何得有「雲騈」字樣；此不過藉西王母之女侍，自應爲仙女的推論，而逼出「鍼神天上來」五字；因爲小宛的出處，不便明言，則惟有用此曲筆。「槎客」疑指方孝標；以下兩句，又爲曲筆，「鵲渚星橋迴」，爲「羊車水殿開」

的陪筆。此詩作於襄親王初薨之時，因而務盡其隱曲之能事；詠織女牛郎既是僞裝；甚至用典亦煞費苦心，欲諱淺學，不諱知者，如「祇今漢武帝，新起集靈台」，以「三轉黃圖」的記載固不謬；殊不知長生殿亦名「集靈台」。

漢武的集靈台，是習見的典故；其實應作集靈宮，見「三輔黃圖」；誤宮爲臺，可能由玉溪「侍臣最有相如渴，不賜金莖露一杯」那首七絕而始。眞正的集靈台，見於正史；「舊唐書」明皇紀：「新成長生殿，曰集靈台，以祀天神」。梅村明明指的是唐明皇的長生殿；卻偏說「祇今漢武帝」，加上一層濃厚的煙幕。當時文網雖不如雍乾之密，但論宮闈秘辛，無論如何是個絕大的忌諱；因此「七夕即事」雖重在「即事」，而不能不爲「七夕」費卻許多閒筆墨。史有曲筆隱筆；梅村自許「詩史」，後人亦無不以詩爲史視梅村，然則詩中多用曲筆、隱筆，亦正是煞費苦心的史筆。如果讀梅村詩囫圇呑棗，不求甚解，實在是辜負了梅村稍存眞相於天壤間的苦心。

第二首聯，「重將聘洛神」之「將」自應作平聲，則與漢書顏師古注：主輜重之將，謂之重將無關。將爲致送之意，爲詩經「百兩將之」之意。天孫織錦，以聘洛神，莫非爲牛郎添一小星？可謂奇想！其實只是寫世祖的恩賞，「黃金裝鈿合」，自知受賜者誰何？下句「寶馬立文茵」，疑賜博果爾以爲撫慰。「文茵」爲虎皮；「寶馬」不一定指駿馬，裝飾華麗之馬，亦是「寶馬」。然則「寶馬立文茵」只是寫世祖誇示其所賜貴重。第三聯，「刻石昆明水」徵七夕典之而毫無意義；亦猶如第一首第二聯，只是爲「停梭結綺春」作陪襯而已。結語有深意，應與清涼山讚佛詩第一首合看。「翠裝雕玉輦，丹髹沉香齋」云云，以至「願共南山槨，長奉西宮杯」即爲「沉香亭畔語」的內容；他生之約，訂於此夕。「戚夫人」當指有子之妃，非康熙生母佟佳氏，即皇二子福全生母寧愨妃。

第三首描寫別殿開宴的盛況，亦當與讚佛詩第一首合看，「曼倩詼諧笑，延年宛轉歌」；讚佛詩中則有「待詔東方生，執戟前詼諧」，兩用東方朔，可知原有此弄臣；以「執戟」觀之，其爲御前侍衛無疑。

第四首方是正面寫博果爾。「花萼高樓迴，岐王共輦游，」知此夕之宴，亦有博果爾。「淮南丹米熟、緱嶺樹先秋，」指七月初三之事。「詔罷驪山宴」，即心史斷爲本定七夕冊封，因博果爾之喪暫停典禮之由來。下句「恩深漢渚愁」，最可思。

「恩深漢渚愁」自是指洛神，與第二首起句相呼應，則七夕冊小宛之說，更爲可信。上句「詔罷驪山宴」爲世祖悼弟而停筵宴，但未必不行冊妃禮，其說見後。下句「恩深漢渚愁」，則是小宛傷博果爾之逝。梅村詠小宛之詩，因時地不同，而擬古人不一；就冒家而言，直言小宛出身爲校書；在入宮以後，則以妃嬪擬小宛，因其情同以長恨歌所敘，所以徵楊貴妃之典獨多，惟此四詩中，先擬之爲薛夜來，則是以多爾袞暗擬魏文帝；又擬之爲洛神，則是以博果爾暗擬陳思王曹植。但曹植求甄逸之女不得，後爲曹丕所得；雖不諱言愛慕，而有原名「感甄賦」的「洛神賦」之作，畢竟未有肌膚之親；更無任何名分。因此說博果爾對小宛愛慕不釋則有之；謂世祖奪弟所愛亦不妨，但如說小宛已爲襄親王妃而世祖奪之，則全非事實。世祖以多爾袞奪肅親王福晉爲大恨，又豈能效多爾袞之所爲？

今按「東華錄」，順治十三年只有十二月間冊「董鄂氏」爲皇貴妃的記載；並無八月間先冊封爲賢妃的明文。但可信的是七月七日，確曾行冊封禮；後世以襄親王之喪甫四日，而帝竟冊妃爲嫌，故刪其事；但刪而不盡，仍有跡象可尋。考釋如下：

順治十三年六月十九，封已死兩姊爲長公主，各立墓碑，遣大臣致祭。

六月廿六諭禮部「奉聖母皇太后諭：定南武壯王女孔氏，忠勳嫡裔、淑順端莊，堪翊坤範，宜立爲東宮皇妃，爾部即照例備辦儀物，候旨行冊封禮。」按：此孔氏即孔四貞；孔有德闔門殉難後，爲孝莊所撫養，待年封妃。所謂「東宮皇妃」非謂太子妃；只是所居後宮在東，表示位分較高。吳梅村別有「倣唐人本事詩四首」，專詠孔四貞；心史先生亦有考證，此爲另一事，不贅。

七月初五：襄親王博果爾薨。

七月初六：「上移居乾清宮。」

七月初七：大赦天下。

又：道光年間，莊親王綿課之子奕賡作「括談」，有一條云：「順治十三年定，王以下，奉恩將軍以上，大福晉嫡妻病故，其側福晉及妾准立爲嫡，將姓名送部，照例給與封冊誥封。今此例久廢。」

凡此皆爲董小宛將封妃的前奏，端順長公主爲皇十一女，爲博果爾的同母姊；姊已嫁未封公主，弟則封爲親王，更見得博果爾的爵位來得不尋常，至於特頒恩詔、許親貴以側室扶正；此可推想世祖當時已有廢繼后以小宛正位中宮的打算。

以下「已酉、襄親王博果爾薨」；「壬子，上移居乾清宮」；「癸丑，大赦天下。」衡以「詔罷驪山宴」句，可確信小宛封賢妃的典禮，照常舉行；只是原定賜宴的節目取消而已。其理由可得而述者如下：

一、壬子爲七月初六，正當溽暑；倘無必要，不會由別苑移居大內之理。正因次日有冊封之典；頒詔須由天子正衙，方顯得隆重。

二、癸丑爲七月初七，緣何「大赦天下」？唯一可以扯得上的原因，即是冊封賢妃。其實，冊妃非立中宮，原無大赦之理。但「御製端敬皇后行狀」中，一再以小宛矜囚恤刑爲言，「故重辟獲全，大獄末滅者甚眾；或有更令霞讞者，亦多出后規勸之力。」又梅村「清涼山讚佛詩」：

「微聞金雞詔，亦由玉妃出」，雖爲順治十七年之事，但既可因皇貴妃之薨而行赦，自亦可因封妃而頒恩詔。於此更不妨一談「丁酉科場案」中，世祖的態度。按順治十四年科場大獄，南北兩闈南士被荼毒，爲北派勾結滿人對南派的大舉進攻。「痛史」「丁酉北闈大獄記略」：

至四月二十二日忽接上傳，拿取各犯御前親錄。故事：朝廷若有斬決，未撫司開南角門；刑部備綁索、嚼子，點劊子；工部肅街道。是日早間備綁索四十副，口啣四十枚，劊子手四十名，厲行切刀數口，簇擁各犯入太和門。當是時，上御殿引問，鬼怕惕息，便溺皆青。獨張天植自陳孤蹤殊遇，臣男已蒙廕，實貴自有，不必中式；況又能文，可以面試等語。特蒙賜夾，校尉蝦（高陽按：侍衛，滿語曰「蝦」）等，欲夾雙足：上豎一指，遂止夾一足。堅不承認曰：「上恩賜死，無敢辭；若欲屈招通關節，則必不承受。」上回面向內久之，傳問曰：朝廷待汝特厚，汝前被論出，朝廷特召內陞，何負於汝？平日做官，亦不甚貪猥；奈何自罹於辜！今俱從輕，各拿送法司，即於長安街重責四十板候旨。」

駕起而科官不論列，以引咎而免責；其牽連在內，如于子文等；首難如蔣文卓、張漢等，俱不與焉。當有刑部員役，遵旨行杖，杖太重，若必欲斃之杖下者然。唯時大司寇噤不出一語，獨少司寇杜公（高陽按：刑部侍郎杜立德）奮起大詬諸皀曰：「上以天恩賜寬宥，爾等必置之死，

> 以辜負上意耶？止可示辱而已。若不幸見罪，余請獨當之；爾輩不肯聽吾言，吾將蹴踢死若曹矣！」於是諸校始稍稍從輕，得不死。是晚杖畢，仍繫至刑部獄中。

按：「上回面向內久之」一語，最可注意；或者「賢妃」遣內侍有所面奏。殿廷深遠，情狀不可見，不可聞而已。

三、「詔罷驪山宴」之驪山，指華清宮而言，見「唐書地理志」。按：如爲尋常宴樂，乃至敘家人之禮，舉行家宴，不過侍衛傳旨；敬事房記檔而已，不見明詔。如禮節上有賜宴的規定，因故不克舉行，始特下詔令。因此，「詔罷驪山宴」必因禮部先期進冊封賢妃儀注，中有於西苑賜宴賢妃母家一項，乃因襄親王之薨，特詔停止。

下接「恩深漢渚愁」，言董小宛與博果爾的關係，如甄后（洛神）之與陳思王曹植；博果爾既薨，小宛感念相待之情，自必哀傷。但方當封妃之喜，現於形色者，只能有淡淡的憂鬱，故下一「愁」字。梅村之爲梅村，詩史之爲詩史，洵可謂隻字不苟。

於此又生一大疑問，即博果爾死得突然；年方十六，不可能暴疾而方；倘如早有痼疾，則冊妃之典，必早延期；若爲暴死，如墮馬、溺舟，必有官文書記載。其中最大的疑問是，既薨無謚；謚「昭」爲康熙年間追謚。「謚法考」：「容儀恭美曰昭」。博果爾生平無可稱，只得用此字。

依「會典」規定，親王薨予謚，定例一字；惟追封者不予謚。襄親王何以薨而不謚，清朝官文書中，無任何解釋；合理的推測是，這跟世祖廢后不見下落，是同一緣故。襄親王博果爾之死，出於自裁。不予謚一方面是對他不識大體，遽而輕生的懲罰；另一方面亦無適當的字眼可謚。親王謚法中，最差的一個字是「密」。照「謚法考」：「追補前過曰密」；清朝的親王謚「密」者兩人，一是康熙廢太子胤礽，爲雍正封爲理親王、謚密；再一個是入民國後慶親王奕劻。博果爾自裁即是一大過，既死又何能「追補前過」，所以康熙追謚，只好從無辦法中想辦法，從儀容中著眼，謚以「昭」字。

結尾兩句，玩味詩意，乃爲博果爾所詠，長枕大被，兄弟友愛，結果所歡被奪；想到友于之情，反增傷感，故曰「傷心長枕被」。而小宛又定在七夕冊封，其情難堪。是日開宴，自然在座；十六歲的少年，自忖還經不起那樣的刺激，舉動會失常度；而又無計規避，則唯有一死，既得解脫，亦以抗議。所謂「無意候牽牛」，就是不想再過這年的七夕了。心史箋此詩結句謂：「梅村以宮中恩寵，盛指七夕爲期，而會有弟喪，無復待牽牛者，謂不行冊禮也。梅村正詠其事。後仍於八月冊立。」且不論玩味詩意，「無意候牽牛」，解釋爲「不行冊禮」，殊嫌牽強；且最明白的證據是，「東華錄」無此記載。以東華與實錄相較，則東華可信成分，較雍、乾兩朝一再刪改的實錄爲可信。此爲心史先生自己的議論，奈何忘之？

引證當時名流詩詞之詠董小宛者，當然也不能忘掉冒辟疆的知交之一趙而忭。他的挽詞是七首詞：題作：「壬辰秋末，應辟疆命悼宛君，賦得七闋錄寄，非敢觴哀，聊當生芻耳。」

如此製題，就很特別；第一、既爲知交，應自動致意，豈有應命作悼詞之理？第二、「壬辰」已在順治九年，庚寅正月初二至壬辰秋，相隔卅個月，即令三年之喪，例服二十七個月，亦已釋服，何得再補作悼詞。凡此不合常情之處，正見得曲折之深。至於趙而忭所賦的七闋詞，只看他所用的詞牌及所步的，便知別有寄託。

這七首詞末的自注是：

一、用辛稼軒「憶舊游」調。

二、右調「傳言玉女」韻。

三、右用周美成「鳳凰台上憖吹簫」。

四、右調「惜分飛」用宋人韻。

五、右調「憶秦娥」用李夫人韻。

六、右調「雨霖鈴」用柳耆卿韻。

七、此柳耆卿「秋夜」原韻，用以譜冒子未盡之意。雪兒有知，亦恐不當麗詞歌也。

「雨霖鈴」用唐明皇，追憶楊玉環故事；「雪兒」則爲玉環所畜鸚鵡名。最後書此一段，所以暗示，此七首詞不足爲外人道。趙而忭其時正入詞林，其父開心則長御史臺，鐵骨錚錚，得罪的人很多，因而不能不格外愼重。茲錄引「鳳凰台上憶吹簫」一闋如下：

孤影何憑？衹看初月，教人猶倚搔頭，彼少年才蕊，一笑吳鈎。生許鶼雲蝶露，依畫雉，子夜咸休。如此後，魂埋一夏，意讓三秋。

悠悠，巧期過眼，非緣水紅橋，可任翔留。況採芝成闕，分玉為樓，回念英雄相守，多足償生後雙眸。銜雲外，神仙亦添，幾樣痕愁。

（右用周美成「鳳凰台上憶吹簫」）

我現在先不查清眞詞，不知美成有無此一闋愁字韻的「鳳凰台上憶吹簫」，但李清照卻有此詞，錄引如下：

香冷金猊，被翻紅浪，起來慵自梳頭；任寶奩塵滿，日上簾鈎。生怕離懷別苦，多少事，欲說還休；新來瘦，非干病酒，不是悲秋。休休！這回去也，千萬遍陽關，也則難留。念武陵人

按：皇后封號，如為嫡后，往往用「承天輔聖」，如因子而貴，則必有「育聖」二字，上用「贊天」等字樣。小宛晉后，除「端敬」為稱號外，謚為「孝獻莊和至德宣仁溫惠」十字；以無「天聖」字樣為歉者，誠如心史先生所說：「端敬既不以嫡論，亦不得以子嗣帝位而得一『聖』字。」於此可知，小宛之子預定將成東宮，「湯傳」所記不誤。

這段敘述中，有兩項重要的透露，第一是董小宛以端敬皇后的身分，所獲得的哀榮；第二是世祖確有出家的打算。先談前者。

小宛的喪禮之隆重，在中國歷史上是一般后妃身後少見的。湯傳的記載，信而有徵；吳梅村「清涼山讚佛詩」第二首，在「可憐千里草、萎落無顏色」以下，共有六韻十二句描寫湯傳中所說的「滿洲習俗」，如「破萬家」而織成的「孔雀蒲桃錦」、大秦珠、八尺珊瑚，都用來裝飾湯傳中所說的「兩座輝煌的宮殿」，即吳詩中所謂「割之施精藍、千佛莊嚴飾」；而結果是「持來付一炬」；以下「紅顏尚焦土」句，進一步證實了所焚者為「精藍」。

又張宸「青琱集」記世祖初崩時的情形說：

十四日，焚大行所御冠袍器用珍玩於宮門外。時百官哭臨未散，遙聞宮中哭聲、沸天而出：仰見太后黑素袍，御乾清門台基上，南面，扶石欄立，哭極哀。諸宮娥數輩，俱白帕首白從哭。

百官亦跪哭，所焚諸寶器，火焰俱五色，有聲如爆豆。人言每焚一珠，即有一聲；蓋不知數萬聲矣！謂之「小丟紙」。

此「丟紙」即滿洲喪禮。既有「小丟紙」，自然還有「大丟紙」；張宸又記，世祖梓宮移往景山壽皇殿的情形：

> 有鞚馬數十匹，刻金鞍轡鐙；鞍首龍銜一珠，如拇指大；鞍尾珠之，如食指大，背各負數枕，備焚化，枕頂亦刻金為龍銜珠，如鞍首，共百餘。
>
> 駝數十匹，繁纓垂貂，極華麗，背負綾綺錦繡，及帳房什器，亦備焚。……近靈輿，各執赤金器、金瓶、金垂壺、金盤、金碗、金盥盆、金交床椅杌等物，皆大行所曾御者，亦備焚。

這就是「大丟紙」；不過爲小宛發喪，「大丟紙」大到燒兩座宮殿，此眞古今奇聞。董小宛以秦淮校書而身後如此，泉下有知，亦足以自豪了。

其次是百官服喪，吳詩於此頗致譏刺；在「紅顏尚焦土，百萬無容惜」句下接寫：「小臣助長號，賜衣或一襲。」所賜之衣，無非青布孝袍，與上文對看，蓋見喪禮奢靡過甚。此下又有

「只愁許史輩，急淚難時得，從官進哀誄、黃紙抄名入，流涕盧郎才，咨嗟謝生筆」等語。本來除太后外，后妃之喪，外臣不進哀誄。此爲例外。又張宸記「端敬皇后喪」：「舉殯、命八旗官二、三品者，輪次舁靈，與舁者皆言其重。票本用藍墨，自八月至十二月盡，乃易朱。先是內大臣命婦哭臨不哀者議處，皇太后力解乃已。」所描寫的情況，猶過於湯傳。按：票本用藍墨自八月至十二月盡，則爲百日；清制：大喪百日而服除。小宛之喪，竟與孝端大喪禮節相同。

至於殉葬之說，不見官文書記載；但玉林弟子行峰作「侍香記略」云：「端敬皇后崩，茆溪森於宮中奉旨開堂，且勸朝廷免殉葬多人之死」。則確有殉葬之事。淨傳所記「共三十名」；或者如行峰之師兄茆溪森，不加勸諫，則所死者猶不止此數。

其次是世祖手自削髮，這一點非常重要，證明出家之說，自有由來。同時從吳梅村的詩句，以及官文書中，可以推斷出許多未爲人知的事實。我可以這樣說，世祖本人已經削髮；十八年正月初二日，又幸憫忠寺，爲太監吳良輔祝髮；心史先生謂此爲「代帝出家」，實則不然；吳良輔是將來世祖出家五台山時，預定留在那裡陪伴他的侍者。

這就是說：世祖以後是否眞能出家，固大成疑問；但此時卻已下了決心。另外一個有力的旁證是：世祖曾擬傳位於從兄弟。「湯若望傳」：

「一位繼位的皇子尚未詔封，皇太后立促皇帝作這一件事。皇帝想到了一位從兄弟，但是皇太后和親王們的見解，也都是願意由皇子中選擇一位繼位者。」

這是正月初六，世祖自知不起以後的事。若非如此，孝莊亦不會力促世祖立儲。事實上，在正月初三，世祖便有此意；說得明白些，世祖是因為決心出家，在為吳良輔祝髮的第二天，便曾對繼位問題作了安排；「王文靖公自撰年譜」云：

辛丑（順治十八年）三十四歲。元旦因不行慶賀禮，黎明入內，恭請聖安，召入養心殿，賜坐、賜茶而退。翌日入內請安，晚始出。

初三日，召入養心殿，上坐御榻，命至榻前講論移時。是日，奉天語面諭者關係重大，並前此屢有面奏，及奉諭詢問密摺，俱不敢載。惟自念身係漢官，一介庸愚，荷蒙高厚，任以腹心，雖舉家生生世世，竭盡犬馬，何以仰答萬一？豈敢顧惜身家，不力持正論，以抒誠悃也。吾子吾孫，其世世銘心鏤骨，以圖報效也。

王文靖即王熙，世祖遺詔，出其手筆；韓菼作王文靖公行狀，謂「面奉憑兒之言，終身不以語人，雖子弟莫得而傳。」然則試問：何事「關係重大」？何事終身不敢以語人？自然是皇位繼承問題。「東華錄」雖載：「正月壬子上不豫；壬子為正月初二，是日既為吳良輔祝髮；而王熙初二、初三晉見，並不言世祖有病狀，則即使有病，亦並不重，何得遽爾議及身後？由此可知，世祖既決心行遂，則對皇位不能不有交待。召見王熙所談的必事兩件事：出家與傳位。

國賴長君，古有明訓；況當甫得天下，四海未靖之際，冲人何能擔當大任？所以世祖欲傳位從兄弟，是完全可以理解的事。世祖的這位從兄弟，我推測是太祖第七子饒餘郡王阿巴泰的第四子和碩安親王岳樂。

「清史列傳」卷二，記岳樂云：

岳樂，饒餘敏郡王阿巴泰第四子，初封鎮國公。順治三年正月，隨肅親王豪格征四川，誅流賊張獻忠。五年八月隨英親王阿濟格剿平天津土賊；十一月復隨英親王駐防大同。六年九月晉封多羅貝勒；八年二月襲封多羅郡王，改號曰「安」。九年二月掌工部事；十月預議政。十年七月以喀爾喀部土謝圖汗、車臣汗等違旨，不還所掠巴林戶口；又來索歸順同部蒙古，命為宣威大將軍，駐歸化城，相機進剿。尋因喀爾喀悔罪入貢，撤還。十二年八月掌宗人府事。十四年十一月諭獎：性行端良，莅事敬慎；晉封和碩安親王。

細檢諸王列傳，其時最賢者即岳樂，且三十七歲，正爲能擔當大事的盛年。再以諭獎之詞而言，不獨得世祖欣賞，且信其能爲有道之君；因此，可以確定世祖所選定的「從兄弟」，必爲岳樂。

至於王熙之所謂「豈敢顧惜身家、不力持正論」？則可分兩層來看，第一、「正論」必首勸勿逃禪。如聽勸則不發生繼位問題；第二、如必欲出家，則傳子而勿傳兄弟。王熙作此忠諫，事實上亦等於反對岳樂繼位。倘爲岳樂所知，可能會施以報復，此所以有不顧身家之語；而此秘終身不洩，自爲明哲保身之計。

世祖擬傳「從兄弟」一事，更可得一旁證。張宸「青琱集」記：

> 初四日，九卿大臣問安，始知上不豫。初五日，又問安，見宮殿各門所懸門神對聯盡去。一中貴向各大臣耳語，甚愴惶。初七晚，釋刑獄諸囚，獄一空；止馬逢知、張縉彥二人的釋。傳諭民間毋炒豆、毋燃燈、毋潑水，始知上疾為出痘。初八日各衙門開印。予黎明盥漱畢，具朝服將入署，長班遽止之曰：「門啟復閉，只傳中堂暨禮部三堂入，入即摘帽纓，百官今散矣。」……日晡時召百官攜朝服入，入即令赴戶部領帛。領訖，至太和殿西閤門、遇同官魏思齊，訊主器，

曰：「吾君之子也。」心乃安。

於此可見，事先必有不傳子之說，所以張宸急「訊主器」；聞「吾君之子，心乃安」，是因爲倘傳從兄弟，則又恢復到太祖時代的合議制，則非一紙詔書可定，須諸王貝勒共推，有德有力者居之，勢必引起不安。再看張宸前面所記，是日曾經戒嚴，「九衢寂寂，惶駭甚」。又記：

二鼓餘，宣遺詔，淒風颯颯，雲陰欲凍，氣極幽慘，不自知其嗚咽失聲矣。宣已，誡百官毋退，候登極。……早，風日晴和，上陞殿，宣哀詔於天安門外金水橋下。

是日爲十二月初九；前一日二鼓即宣遺詔，距世祖之崩，只一晝夜；而既宣遺詔：「朕子玄燁，佟氏所生，八歲岐嶷穎慧，克承宗祧，玆立爲皇太子；即遵典制，持服二十七日，釋服即皇帝位。」卻又迫不及待，違反遺詔的規定，在天明即行登極禮；可知是顧命四大臣，深恐有變；不待有異心者調兵入京奪位，先讓八歲太子即位，造成既成事實，杜絕覬覦大位者。既已登極，則國已有君，倘或舉兵，便可以叛逆視之。張宸又記：

閱三日，輔臣率文武百官設誓，旗下每旗一誓詞，各官每衙門一誓詞。詞正副三通，一宣讀，焚大行殯宮前；一赴正大光明殿焚讀上帝前；一藏禁中。詞曰：「臣等奉大行皇帝遺詔，務戮力一心，以輔揑主。自今以後，毋結黨，毋徇私、毋黷偵、毋陰排異己，以戕善類；毋偏執己見，以妨大公，違斯誓者，上天降殛，奪算凶誅。」

此三日中，必有許多暗潮洶湧；但雍乾兩朝，大刪實錄，只見當時遞嬗之際，一片祥和，其實不然，幸賴私人記載，保存了若干眞相。野史之可貴在此。

現在要談世祖遺詔罪己者共十四款；開宗明義，即以「漸習漢俗」自責：

朕以涼德，承嗣丕基，十八年於茲矣。自親政以來，紀綱法度，之人行政，不能不仰法太祖太宗謨烈，因循悠忽，苟且目前，且漸習漢俗，於淳樸舊制，日有更張，以致國治未臻，民生未遂，是朕用罪一也。

以下兩款是自罪太后生前，子道不終；太后萬年之後，不能服三年之喪，少抒太宗賓天，未服衰絰之憾：

朕自弱齡，即遇皇太宗皇考帝上賓，教訓撫養，惟聖母皇太后慈育是依，隆恩罔極，高厚莫酬，惟朝夕趨承，冀盡孝養，今不幸子道未終，誠悃未遂，是朕之罪一也。皇考賓天時，朕止六歲，不能服衰絰行三年喪，終天抱憾，惟侍奉皇太后，順志承顏，且冀萬年之後，庶盡子職，少抒前憾，今永違膝下，反上廑聖母哀痛，是朕之罪一也。

按：此當是未經大改的原文。因爲人生修短有數，大限一至，非人力所能挽回；所以子道不終，悲痛有之，何足自責？惟有應養親而逃禪，則是不孝之罪。以上第一款對整個滿洲；第二、三款對父母；於是第四款：

宗室諸王貝勒等，皆係太祖太宗子孫，為國藩翰，理宜優遇，以示展親，朕於諸王貝勒等，晉接既疏，恩惠復鮮，以致情誼睽隔，友愛之道未周，是朕之罪一也。

這是對宗室，照文氣看，删而未改；「友愛之道未周」下，應有從今連彌補的機會亦沒有了，方成自罪的罪狀之一。以下兩款，可以確信是大改特改；甚至是新增之文：

滿朝諸臣，或歷世竭忠，或累年效力，宜加倚託，盡厥猷為，朕不能信任，有才莫展。且明季失國，多由偏用文臣，朕不以為戒，而委任漢官，即部院印信，間亦令漢官掌管，以致滿臣無心任事，精力懈弛，是朕之罪一也。

朕夙性好高，不能虛己延納，於用人之際，務求其德與己相伴，未能隨才器使，以致每嘆乏人，若捨短錄長，則人有微技，亦獲見用，豈遂至於舉世無才，是朕之罪一也。

以上兩款，慰撫滿員；其下一款，獨責劉正宗，疑爲保留的末命：

設官分職，惟德是用；進退黜陟，不可忽視。朕於廷臣中，有明知其不肖，不即罷斥，仍復優容姑息；如劉正宗者，偏私躁忘，朕已洞悉於心，乃容其久任政地，誠可謂見賢而不能舉，見不肖而不能退，是朕之罪一也。

按：自明末延續的南北之爭，至順治初變本加厲，而主之者一爲馮銓；一爲劉正宗。劉與方拱乾因指認南朝的僞太子王之明一案，結怨更深；辛酉科場案，爲劉正宗所煽動操縱，用以荼毒南士，而尤在傾陷方家子。鄧文如「清詩紀事」云：

正宗當國，有權奸之目，丁酉科場之獄，為其一手把持；與慎交水火。自負能詩，力主歷下，與虞山、婁東異幟。擠二陳一死一謫，而獨得善終。其詩筆力甚健，江南人選詩多不及之，門戶恩怨之見也。

「愼交」爲復社支派之一；丁酉案中有名的吳漢槎，即愼交中人。「歷下」指王漁洋；「虞山、婁東」指錢牧齋、吳梅村。二陳一爲方以智的兒女親家陳名夏；一爲吳梅村的兒女親家陳之遴。

按：丁酉科場案以劉正宗本心，牽涉南闈，或北闈的南士，恨不得置之死地；賴小宛之力，流徙已屬從輕發落。其後必又以小宛之言，自覺過苛，而又受劉正宗之感；因而在順治十七年，以魏裔介、季振宜之劾，嚴辦劉正宗。清史列傳「貳臣傳」：

（順治）十六年，上以正宗器量狹隘，終日詩文自務，大廷議論，輒以己意為是，雖公事有誤，亦不置念，降旨嚴飭並諭曰：「朕委任大臣期始終相成，以愜簡拔初念，故不忍加罪，時加

申戒；須痛改前非，移朕優容恕過之意。」十七年二月，應詔自陳乞罷，不允。六月左都御史魏裔介，浙江道御史李振宜，先後奏劾正宗陰險欺罔諸罪；命「明白回奏」。正宗以「衰老孤蹤，不能結黨，致攖誣劾」自訟。下王、貝勒、九卿、科道會刑部提問。正宗反覆申訴，裔介與振宜共質之。

結果罪名成立，皆經對質；王公大臣會奏，列其罪狀：

正宗前自陳，不以上諭切責己罪，載入疏內。裔介所劾是實。（其一）董國祥為正宗薦舉，以降黜之員外，越授郎中，後坐賄流徙；正宗不引罪檢舉。裔介與振宜所劾是實。（其二）

裔介劾正宗，知李昌祚係叛案有名，累擬內陞，今訊稱姓名相同，但前此不諳察究，有意朦朧是實。

正宗弟正學，順治四年投誠後叛，為李成棟參將，七年復投誠，裔介暗囑巡撫耿焞題授守備，正宗回奏，衹稱正學因擒獲逆犯，敘功題授，不言從叛情事，飭非諱罪是實。

裔介劾正宗與張縉彥同懷叵測之心，縉彥為正宗作詩序，詞句詭譎，正宗聞劾，即刪毀其序，誑云未見，其欺罔罪實應絞。

奏入，從寬免死，革職逮奪詔命，籍家產一半歸入旗下，不許回籍。按：劉正宗一案特為列入遺詔，可信其爲原文。其時滿州、蒙古，及漢大臣之隸屬於北派者，已經聯結成一條陣線，對江南的高官、士紳，及地方百姓展開無情的打擊與剝削；但其時還不便明著痕跡，所以仍保留了這一款。

國用浩繁，兵餉不足，而金花錢糧，盡給宮中之費，未嘗節省發施，及度支告匱，每令會議，諸王大臣，未能別有奇策，止議裁減俸祿，以贍軍餉，厚己薄人，益上損下，是朕之罪一也。

這一款也可能是原文；亦確是世祖應自責之罪，與下兩款應合併而論。

經營殿宇，造作器具，務極精工，求為前代後人之所不及，無益之地，糜費甚多，乃不自省察罔體民艱，是朕之罪一也。

端敬皇后於皇太后克盡孝道，輔佐朕躬內政聿修，朕仰奉慈綸，追念賢淑，喪祭典禮，過從優厚，不能以禮止情，諸事聿濫不經，是朕之罪一也。

按：世祖在冲幼時，受孝莊及太宗舊臣之教，以嬉遊爲晦，作出明朝武宗、熹宗的模樣，示無大志，俾免多爾袞猜忌。及至多爾袞既死，世祖已成了一名超級紈袴，習性不易改變，順治十年以後，既以方孝儒等江南世家子弟，作爲文華侍從，出入必偕；復又得小宛爲妃，因而徹底漢化，而實爲徹底江南化，飲食服御、園林車馬，無不極端講究；聲色狗馬、四字俱全，復又佞佛，以致靡費無度。此中還包含著遺民志士極大的一個計劃在內，西施沼吳差足比擬；當在談康熙時記論、此不贅。

祖宗䂓業，未嘗任用中官，且明朝亡國只因委任宦寺，朕明知其弊，不以為戒，設立內十三衙門，委用任使，與明無異，以致營私作弊，更踰往時，是朕之罪一也。

以上言端敬之喪及任用宦寺，可確信非原文，此亦正是孝莊及四輔——顧命四大臣力謀改革的重點。按：內十三衙門設立於順治十六年六月底，當時有一上諭，首歷數如朝任用宦官之失，而在「歷觀覆轍，可爲鑒戒」之下，一轉而爲：

但宮禁役使此輩，勢難盡革，朕酌古因時，量為設置，首為乾清宮執事官，次為司禮鑒、御用監、內官監、司設監、尚膳監、尚衣監、尚寶監、御馬監、惜薪司、鐘鼓司、直殿局、兵仗局。滿洲近臣與寺人兼用。

較之明朝的十二監、四司、八局，雖少了八個衙門，但重要部門，完全保留，所刪除的監、司、局，恰恰正是上諭開頭所謂「不過閽闥灑掃使令之役」，如明朝的「寶鈔司」，如顧名思義，以爲印製銀票、錢票之類，那就錯了，一檢明史職官志，會啞然失笑，寶鈔司「掌造粗細草紙」，明宮太監、宮女數萬，太監小解的姿勢與常人殊，亦須用草紙；由於草紙的消耗量特大，所以特設「司」管理製造。又有「混堂司」，職司爲「掌沐浴」，俗稱浴池爲「混堂」即由此來。如有這些衙門，反而貶低了宦官制度的「尊嚴」，刪之反顯得權重。

於此可知，前面斥宦官，以及後面的告誡，「不許」這個，「不許」那個，完全是杜反對者之口的具文。可注意的是，「滿洲近臣與寺人兼用」這句話。自來研清史者，對於十三衙門的興廢，頗有申論，但常忽略了這「兼用」的一句話；所謂「滿洲近臣」即上三旗包衣。但上三旗包衣又何肯以太監自居，而況生理、心理及生活習慣不同，亦難共事。我研究上三旗包衣所組織的內務府，發現跟宦官相爭的事實甚多；而合作的跡象極少，一個是順治十八年二月十五日，世祖既崩一月有餘以後，革十三衙門的上諭中，有這樣一段話：「乃知滿洲佟義，內官吳良輔，陰險狡詐，巧售其奸，熒惑欺蒙，變易祖宗舊制，倡立十三衙門；以及最後「吳良輔已經處斬，佟義若存，法亦難貸。」知佟義早已伏法：而此人顯然就是上三旗的包衣，他的職位應該是「乾清宮執事官」，爲內十三衙門的首腦；而吳良輔應該是司禮監的秉筆太監。

另一個跡象是，在明詔革十三衙門的同一天，遣送國師玉林南歸，年譜中有「欽差內十三道惜薪司尙公相送」。這尙公當是尙可喜之子；尙可喜有一子名三傑，後來當過內務府大臣；但以年齡而論，可能是尙可喜的次子尙三孝，早期的漢軍，亦算「滿洲近臣」。

至於佟義，是否佟養性一家，不得而知；不過「滿洲近臣」亦可解釋爲上三旗的侍衛。但不論侍衛亦好，包衣亦好；都只是爲宦官集團所利用。十三衙門通過了乾清宮執事官這條直接上達於帝的途徑，便可挾天子以令諸侯；凡屬於宮中的一切事務，逕取中旨而行。世祖既爲一名超級紈袴，亦樂得有這樣一個簡便的指揮系統，予取予攜，盡情揮霍，「經營殿宇，造作器具，務極精工，求爲前代後人之所不及」，僅是揮霍一端而已；此外巡幸遊宴，佞佛布施，漏巵尙多，加以太監從中侵漁，益成不了之局。

按：自漢朝以來，財政制度，即有內外之分；國庫自國庫，內府自內府。天子敗家之道有三：一黷武；二巡幸遊觀，土木興作；三佞佛好道。除了用兵須國庫支出以外，二、三兩種靡費，大致皆出於內府，不是太糊塗的皇帝，稍加節制，而又無大征伐，財政上的危機，不會太深刻。但看世祖罪己所說，「國用浩繁，兵餉不足，而金花錢糧，盡給宮中之費」云云，則內外不分，揮霍國庫，危亡可以立待；世祖不死，清祚必促。乃一死而局面頓改，此眞有天意在內；當然這也是孝莊主持之功，康熙對祖母的純孝，確是有由來的。

「湯若望傳」中有一段說：

「順治自這個時期起，愈久愈陷入太監之影響中。這一種下賤人民，當在朝代更替的時期，俱都被驅逐出宮，成千成百地到處漂泊，而這時卻漸漸又被一批一批收入宮中，照舊供職。這樣被收入宮中而又從新紮根築巢的太監們，竟有數千名之多。這一些人們使那些喇嘛僧徒，復行恢復他們舊日的權勢。還要惡劣的，是他們誘引性慾本來就很強烈的皇帝，過一種放縱淫逸生活。」

以上敘述，合兩事爲一事，乃湯傳作者，對材料未能充分瞭解消化所致。所謂兩事，一事即十三衙門設立以後，「從新紮根築巢的太監們，竟有數千名之多」，此爲順治十年下半年以後的事；另一事即榮親王之薨，對世祖的情緒爲一大打擊，「自這個時期起」，即指此而言。榮親王的殯葬，還引發了一場新舊派之間的政治爭鬥。

「湯若望傳」：

「關於這位皇子殯葬的情形，在以後繼續數年的歷史中，是我們還不得不屢屢提及的。欽天監內所設之一科，應行按照舊規則，規定殯葬正確地點與吉利之時刻。這一件事情是這一科裡辦理了的，並且還向朝中上有一份呈報。可是這次殯葬儀式是歸滿籍之禮部尚書恩格德之所辦理，他竟敢私自更改殯葬時刻，並且假造欽天監之呈報。於是這位太子便被在一個不順利的時刻裡安葬。這樣便與天運不合了。因此災殃竟要向皇室降臨。這位太子母后的不久崩殂，就是頭一次所發生不吉利之事件。此外還有其他兩件死亡事件繼續發生，這兩次事件是我們馬上就要敘述的。並且最後甚至皇帝晏駕，也都歸咎於這次殯葬的舛錯。」

按：清史稿「湯若望傳」：

「康熙五年，新安衛官生楊光先叩閽，進行著「摘謬論」、「選擇議」，斥湯若望十謬，並指選擇榮親王葬期，誤用洪範五行，下議政王等確議。議政王等議：歷代舊法，每日十二時，分一百刻，新法九十六刻。康熙三年立春候氣先期起管，湯若望妄奏春氣已應，參觜二宿改調次序。

四餘刪去紫炁，天祐。皇上歷祚無疆，湯若望祇進二百年曆。選擇榮親王葬期，不用正五行，反用洪範五行，山向年月，並犯忌殺，事犯重大。……自是廢新曆不用。聖祖既視政，以南懷仁沿理曆法，光先譴黜，時湯若望已前卒。

康熙初年的曆法之爭，爲新舊兩派衝突的焦點，當留在康熙朝來談；此處可注意的是，生甫三月的殤子，照子平之術來說，可能尙未「起運」，而殯葬建墓園，選擇葬期，講究「山向」，實同庸人自擾。「吳梅村讚佛詩」：「南望倉舒墳，掩面添淒惻」，證以「湯若望傳」所記，信其爲實錄。世祖之決意逃禪，由愛子、寵妃相繼夭逝之刺激，確爲實情。他本來是感情極其豐富的人，在愛子既殤，而小宛又因傷子抱病時，變得有些歇斯底里；順治十六年鄭成功登陸，沿江列郡，除安慶外，幾乎都已收復，義師直逼金陵時，湯若望記世祖的感情狀態，爲一段極珍貴的史料：

「當在這個噩耗傳至北京，膽怯的人們已經為首都的安全驚懼了起來。皇帝完全失去了他鎮靜的態度，而頗欲作逃回滿洲之思想。可是皇太后向他加以叱責。她說，他怎樣可以把他的祖先們以他們的勇敢所得來的江山，竟這麼卑怯地放棄了呢。

他一聽皇太后的這話，這時反而竟發起了狂暴的急怒了。他拔出他的寶劍，並且宣言為他決不變更的意志，要親自去出征，或勝或死。為堅固他的這言詞，他竟用劍把一座皇帝御座，劈成碎塊。照這樣他要對待一切人們的，只要他們對於他這御駕親征的計劃說出一個不字來時。皇太后枉然地嘗試著，用言詞來平復皇帝的這暴躁。她扯身退去，而另遣派皇帝以前的奶母，到皇帝前勸誡皇帝，因為奶母是被滿人敬之如自己生身母親一般的。這位勇敢的奶母很和藹地，向他進勸。可是這更增加了他的怒氣。他恐嚇著也要把她劈成碎塊的，因此她就吃了一驚地跑開了。

各城門旁已經貼出了官方的佈告，曉諭人民，皇上要親自出征。登時全城內便起了極大的激動與恐慌，不僅僅在老百姓方面，因為他們不得不隨同出征，就是在體面的人們，也是一樣的在激動恐慌。因為，皇上在疆場上一旦遇到不幸，這可是因他的性格的暴烈，極有可能的，那麼滿人的統治，就又要受危險了。」

按：順治十六年夏，鄭成功自海入江、下鎭江、薄金陵，爲明朝恢復的唯一良機，惜以戰略戰術的錯誤，功敗垂成。此爲順治朝的一件大事，而與董小宛所代表的背景，有密切關係，不能不附帶一談。玆先錄「蔣錄」是年五、六、七月間記載：

> 五月壬申，浙江總督趙國祚奏官兵自永嘉、泰順、青田等處，進剿海寇，俱多斬獲。
>
> 戊寅，浙江巡撫佟國器奏，臣同總督趙國祚，昂邦章京柯魁，梅勒章京夏景梅，提督田雄，水師總兵常進功等，統滿漢兵追擊鄭逆，直抵衙前，賊渠奔遁，又敗之於定關等處，焚斬甚多。
>
> 辛巳，浙江總督趙國祚匯報官兵剿殺鄭逆成功，得旨，此奏內准據各官塘報，或稱砍死海賊無算，或稱打落淹水無算，及壞賊船，打死劫糧賊眾，動曰不可勝計，或稱獲刀槍旗牌等物焚燬，或稱生擒賊二三名不等斬訖，俱無的據，著確察議奏，凡各官塘報捷功，必臨陣斬獲若干，所獲馬匹器械若干，攻克城池營寨若干，確實有據，始可言功，若泛言斬獲，及城池失守，賊去即稱恢復，皆係飾詞鋪張，深為可惡。
>
> 常見明末行間奏報，輒云殺死無數，獲器械無算，掩敗為功，相為欺罔，以致誤國，今乃仍踵陋習，每多希功請敘，儻沿襲不改，必致貽誤封疆，著即通行嚴飭，以後再有此等奏報者，定治以罔上冒功之罪，不貸，兵部知道。
>
> 六月己亥諭兵部，大閱典禮，三年一行，已永著為例，數年以來，尚未修舉，今不容再緩，著即傳諭各旗官兵，整肅軍容，候秋月朕親行閱視。

傳諭舉行大閱典禮，即湯傳所記世祖欲親征，而且已「貼出了官方佈告，曉諭人民，皇上要親自出征。」蔣錄謂「秋月親閱」，爲後世所改，並非實錄。

當鄭成功的海上樓船，浩浩蕩蕩由舟山北指；張蒼水亦以義師相從，入晉江抵崇明島，清朝總兵梁化鳳，斂兵堅守；張蒼水以崇明爲江海門戶，主張先取之以爲「老營」。這是進可攻、退可守的穩紮穩打之計；但鄭成功自信過甚，貪功太切，決定逕取瓜州，截斷梁化鳳的糧道，則崇明不攻而自破。此爲一誤；及至六月中，既下京口，又有一誤。清史稿「編補鄭成功載記一」記：

甘輝進計曰：「南都完固，不可驟攻。今據瓜洲，則山東之師不下；守北固，則兩浙之路不通；扼蕪湖，而江、楚之援不至。且分兵鎮其屬縣，手足既斷，腹必自潰，此長策也。」潘庚鐘亦曰：「未可驟進，當暫守瓜鎮，分據維揚，扼其咽喉，收拾人心，觀釁而動；北堵清兵不下，斷其糧道，兩月之間，必生內亂，此曹操之所以取勝於官渡也。」馮澄世亦言進取不易。成功獨排眾議曰：「不然，時有不同耳！昔漢祚改移，群雄分據，故曹常以勝算制人。我朝歷年三百，德澤已久，不幸國變，百姓遭殃，大兵一至，自然瓦解，恢復舊京，號召天下豪傑，千載一時也。若老其師，敵之援兵四集，前後受敵，我勢豈不自孤？昔太祖得廖永忠，諭通海水師奪采石，取金陵，破竹摧枯。正貴神速耳。」遂於七月佈檄各鎮。悉師薄金陵。

以下為「東華錄」記七月間事：

六月壬子、海寇陷鎮江府。

秋七月丁卯、命內大臣達素為安南將軍，同固山額真索洪，護軍統領賴塔等，統領官兵，征剿海逆鄭成功。

丙子、海寇犯江南省城。

庚辰漕運總督亢得時，聞海寇入犯江寧，出師高郵，自溺死。

江寧之戰經過，雙方說法不同，茲先記江南總督郎廷佐的奏報：

海寇自陷鎮江，勢愈猖獗，於六月二十六日逼犯江寧，城大兵單，難於守禦，幸貴州凱旋梅勒章京噶褚哈等密商，乘賊船尚未齊集，當先擊其先到之船，喀喀木，噶袞哈等發滿兵，乘船二十艘，於六月三十日兩路出剿，擊敗賊眾，斬級頗多，獲船三十艘，印二顆，至七月十二日，逆渠鄭成功親擁戰艦數千，賊眾十餘萬登陸，攻犯江寧城外，連下八十三營，絡繹不絕，安設大砲、地雷，密佈雲梯，復造木柵，思欲久困，又於上江、下江以及江北等處，分佈賊船，阻截要路，臣與喀喀木等晝夜固守，以待援兵協剿，至七月十五日，蘇松水師總兵官梁化鳳親統馬步官兵三千餘名至江寧。

援兵惟一的主力爲梁化鳳的三千餘人，此外最多不過金山營的一千人；其他各路赴調者，合計亦不過千；連同八旗之師，總共一萬人；而鄭成功所部號稱十七萬，這當然是有虛頭的，但即令只是半數，與清軍相較，亦爲八與一之比。同時張蒼水率所部進據上游蕪湖，以扼川楚援師；除安慶外，沿江郡縣「上印」者三十七，聲勢大張。鄭成功此時如能一鼓作氣，進攻西、北諸門；從任何一點來看，都無不克之理，誰知因循自誤；「載記」又記：

（七月）十七日，各提督、統領進見；甘輝曰：「大師久屯城下，師老無功，恐援虜日至，多費一番功夫。請速攻拔，別圖進取。」成功諭之曰：「自古攻城掠邑，殺傷必多，所以未即攻者，欲待援虜齊集，必撲一戰；邀而殺之」云云。

其時義師屯獅子山下，列營鳳儀門（今挹江門）外；清軍則以獅子山爲屏障，立三營於神策門之西的鐘阜門。延至二十三日，義師尙無動靜；清軍乃冒險出擊。

郎廷佐奏報云：

七月二十三日派滿兵堵賊諸營，防其應援，遂發總督提督兩標，綠營官兵，並梁化鳳標營官兵，從儀鳳，鍾阜二門出剿。賊踞木柵，併力迎敵；我軍各將領，奮不顧身，冒險先登，鏖戰良久，陣擒偽總領余新，並斬偽總兵二員，擊死賊眾無算。至晚收軍，臣等又公議，滿洲綠旗官兵悉出擊賊，恐城內空虛，留臣守城，其喀喀木、噶褚哈、馬爾賽、梁化鳳等由陸路進；漢兵提督管效忠，協領扎爾布巴圖魯，費雅住巴圖魯，臣標副將馮武卿等，由水路進。各統官兵次日五鼓齊出，賊已離營，屯紮高山，擺設挨牌火砲，列陣迎敵，我兵自山仰攻，鏖戰多時，賊始大敗。生擒偽提督甘煇，並偽總兵等官，陣斬賊眾不計其數，燒毀賊船五百餘隻，餘孽順流敗遁。喀喀木、噶褚哈等復領水陸兩路官兵，疾追至鎮江，瓜州，諸賊聞風乘舟而遁。

其實此戰全爲梁化鳳的功勞，先則約降，以爲緩兵之計；繼而穴城奇襲，破人家門戶作通路。余新既受其愚，復不能警惕；當此時也，居然在火線上做生日，致爲梁北鳳所乘。兵敗如山倒；至二十八日，清軍已大獲全勝而回軍金陵。張蒼水所部亦受牽連，不能不向安徽霍山一帶遁

走；逾年始得復歸舟山。

鄭成功曾執贄錢牧齋稱弟子，自北征之役始，至鄭成功抑鬱以歿，錢牧齋先後爲賦「後秋興」一百零八首，編爲「投筆集」。細看錢詩，再看張蒼水詩文，始知鄭成功徒負英雄之名，將略頗成問題。而張蒼水於此役厥功甚偉，爲鄭成功所誤，前功盡棄；而後世但知鄭成功爲「失敗的英雄」；殊不知此五字惟蒼水足以當之。

關於北征之役，海上義師與金陵守卒強弱之形，懸絕霄壤；而何以由大勝而大敗，其間因果，殊不分明。此以後世記其事者，多爲鄭隱飾曲諱之故；張蒼水「北征得失記略」，身在局中，所記雖不免稍有誇飾，但爲實錄則無疑。亦惟有看此「紀略」，才能明瞭勝何由勝；敗何由敗？茲分段引錄「紀略」並加解釋，以存眞相，亦爲埋沒已久的張蒼水吐氣。

歲在己亥，仲夏，延平藩全軍北指，以余練習江上形勢，推余前驅。抵崇明，余謂延平，「崇沙乃江海門戶，且懸洲可守；不若先定之為老營。」不聽。

按清史稿「補編，鄭成功載記」，記此較蒼水爲詳，已略見前述。「載記」論斷：「崇明爲江海門戶，進出鎖鑰，乃進退應據之地，雖費時費力，亦必力爭，因其有戰略上特殊價值之故；

乃成功以清軍堅守，遂捨而不攻，繞道直取瓜州，在當時固收勝利之速效；迨圍困金陵之際，崇島即揮兵由後馳援，此予鄭軍精神之威脅極大，北伐之敗，實先伏機於此。」大致不誤。但不攻而圍，監視梁化鳳的三千兵，使不得越雷池一步，則又何能自江南間道馳援金陵？成功將略之疏，於此可見。

> 既濟江，議首取瓜步。時虜於金焦間以鐵索橫江，夾岸置西洋大砲數百位，欲遏我舟師。延平屬余領袖水軍，先陸師入。余念國事，敢受驅命，逆揚帆逆流而上。次砲口，風急流迅，舟不得前。諸艘鱗次且進且卻，兩岸砲聲如雷，彈如雨，諸艘或折檣，或裂帆，水軍之傷矢石者，且骨飛而肉舞也。余叱舟人鼓棹，逆入金山；同艨數百艘，得入者僅十七舟，而本艜則十三。嘻！危哉。次早，藩師始薄瓜城；一鼓而殲滿、漢諸虜殆盡，乘勝克其城。

此記情狀如見。「本艜十三者」，得突破防禦工事入金山的「十七舟」；十三艘爲張蒼水的浙東義師；鄭部僅得四舟。清軍本以鐵索橫江，巨砲夾岸爲守；此關既破，下二三燈火的瓜州，摧枯拉朽，何足言功？

延平既欲直取石頭，余以潤州實長江門戶，若不先下，則虜舟出沒，主客之勢殊矣；力贊濟師鐵甕，而延平猶慮留都援騎可朝發而夕至也。余謂：「何不遣舟師先搗觀音門，則建業震動，將自守不暇，何能分援他郡？」延平意悟，即屬余督水師往，且以直達蕪湖為約。

「石頭」、「建業」爲金陵別稱；「潤州」、「鐵甕」，皆指鎮江。「觀音門」在金陵城北燕子磯之西。「讀史方輿記要」引「金陵記」云：「幕府山東有絕壁臨江，梯磴危峻，飛檻凌空者，宏濟寺也；與宏濟寺對岸相望，翻江石壁，勢欲飛動者，燕子磯也。俱爲江濱峻險處。」鎮江水師，經黃天蕩而來，首先到達的攻擊點即是觀音口；控制了觀音口即控制了燕子磯，金陵守軍失此險處，自感威脅，義師便達到了牽制的目的。

夫蕪湖，固七省孔道，商賈畢集；居江楚下游，為江介鎖鑰重地。況踰金陵、歷采石，懸軍深入，此不可居之功也。余一書生耳，兵復單弱，何能勝任！雖然，倡義之謂何？顧入中原而不圖恢復耶？余何敢辭？於是……海舟行遲，余易沙船牽挽而前。

按：「七省」者：江蘇、浙江、江西、湖南、湖北、河南、山東。張蒼水自以爲不可爲而爲之；那知民心所向，成就出人意表。

未至儀真五十里，吏民賫版圖迎王師。蓋彼邦人士知余姓名有素，故遮道來歸。迄余抵儀真；先一夕延平已遣李將軍單舸往撫；余輒欲引去，闔郡士民焚香長跪雨中，固邀余登岸。不獲已，登江濱公署，延見慰諭之。眾以李將軍無兵，恐虜騎突至，則無以捍牧圉，咸稽首留余保障；余迄不可，遂行。

舟次六合得報藩師已於六月二十四日復潤州。余計潤城已下，藩師由陸逐北，雖步兵皆鐵鎧難疾趨，日行三十里，五日亦當達石頭城下，即作書致張茂之謂：「兵貴神速，若從水道進師，巨艦逆流遲拙，非策！」余恐後期，因晝夜牽纜，士卒瑟瑟行蘆荻中，兼程而行。

按：「李將軍」爲李順，在鄭成功左右，其職司類如督撫的中軍；「張茂之」名英，爲鄭成功的先鋒。

抵觀音門乃六月二十八日也。不意藩師竟從水道來，故金陵得嚴為之備。余艤棹觀音門兩宿，藩師戰船無一至者。余乃駕輕舟數十，先上蕪湖，而身為殿，泊浦口。

按：據郎廷佐奏報，「海寇……於六月二十六日逼犯江寧城，大兵單，難於守御。」即指張蒼水的少數部隊而言；泊觀音門兩宿，而金陵清軍不敢出擊，可知兵力空虛。如鄭成功得鎮江後，能遣一軍，自陸路兼程馳抵南京，截斷要路，則郎廷佐投降，亦非不可能之事。

七月朔，虜偵我大艅尚遠，遂發快船百餘載勁虜，侵晨出上新河，順流而下，擊棹如飛。余左右不滿十舟，且無風戰不利，幾困；忽一帆至，則余轄下犁艚也。余即乘之復戰，後艅續至，虜始遁去；而日已曛矣。

按：此即郎廷佐奏報中，所謂「六月三十日，兩路出𠞰」之戰，一就出發之時而言；一就接戰之日為準，故有日期上的參差。

至於戰船，一謂二十；而獲敵船亦二十；一謂「快船百餘載勁虜」，而「左右不滿十舟」，皆不免炫其以寡敵眾。但規模極小，亦可想見；充其量只是百把條快艇之戰。「艚」為小船：「犁艚」即有舵的小船。當然此「小船」係與艨艟巨艦相對而言；既可張帆，大致與運河中的漕船相彷。

詰朝，整師前進，虜匿不出。余部曲馳江浦已破，蓋余方與虜對壘也，先一哨越浦口旁掠，止七卒抵江城，城中虜騎百餘開北門遁，七卒遂由南城入，亦一奇也。

以七卒而剋一城，確爲一奇。義師的聲威，清軍的怯弱，都可想見；這樣好的機會，輕輕放過，三百年後，猶爲扼腕。

捷聞，延平止余毋往蕪關，而且扼浦口，以撫江邑。此七月初四日事也。

按：此爲鄭成功仍缺乏自信，所以想藉重張蒼水，在江寧外圍助戰。

翌日，延平大軍亦抵七里洲，正商量攻建康；而余所遣先往蕪湖諸將捷書至，蕪城已降矣。爾時上游聲靈丕振，而留都守禦亦堅；延平謂余：「蕪城又上游門戶，倘留都不旦夕下，則江楚之援日至，知非公不足辦此。」余謙讓至再，延平但促余旋發。於是率本轄戈船以行，而幕府之謀，自此不復與聞矣。

按：張蒼水為鄭成功的監軍。至此，各自為戰。據郎廷佐奏報，鄭成功於七月十二日始到江寧；而據張記，則鄭於七月初五，已到江寧對岸的七里洲；而梁化鳳於七月十五，領兵赴援。此十日之間不能攻剋江寧，足以堅清軍固守之志。

七日，抵蕪城。傳檄諸郡邑，江之南北，相率來歸，郡則太平府、寧國、池州、徽州；縣則當塗、蕪湖、繁昌、宣城、寧國、南寧、南陵、太平、旌德、貴池、銅陵、東流、建德、青陽、石埭、涇縣、巢縣、含山、舒城、廬江、高淳、溧水、溧陽、建平；州則廣德、無為以及和陽。或招降，或克復，凡得府四、州三、縣二十四焉。

按：張蒼水其時所獲之地，西至舒城；西南至貴池，直逼安慶；由此迤邐往東，自石埭、太平、旌德至寧國府；凡蕪湖以南的繁昌、南陵、銅陵、青陽、涇縣、宣城都包括在內，皖南已有其半。自寧國以上，廣德、建平、高淳、溧陽、溧水，亦都在握。如果鄭成功自鎮江發兵，首取丹陽，沿茅山南下，經金壇而至溧陽，則北控長江、東斷運河，蘇常震動，不戰可下。江寧自亦無法堅守；而浙江既有浙東義師，必歸掌握；以東南財賦之區，足可自成局面。至於張蒼水，以微薄兵力，能擁一此片廣大土地，則自有道理在：

先是，余之按蕪也，兵不滿千，船不滿百；惟以先聲相號召，大義為感孚，騰書縉紳，馳檄守令。所過地方，秋毫不犯；有游兵闖入剽掠者，余擒治如法，以故遠邇壺槳恐後。即江、楚、魯、衛豪雄，多詣軍門受約束，請歸隸旗相應。余相度形勢，一軍出漂陽，以窺廣德；一軍鎮池郡，以扼上游；一軍拔和陽，以固采石；一軍入寧國，以偪新安。而身往來姑熟間，名為駐節鴻玆，而其實席不暇暖也。

此戰略即穩固沿江各郡而東取浙贛，南窺徽州，而以九江爲主要目標，其得力在軍紀嚴明。相形之下，鄭成功的表現，令人失望：

余日夜部署諸軍，正思直取九江。然延平大軍圍石頭城者已半月，初不聞發一簇射城中；而鎮守鎮江將帥，亦未嘗出兵取旁邑。如句容、丹陽，實南京咽喉地，尚未扼塞；故蘇、常援虜，得長驅入石頭。余聞之，即上書延平，大略謂「頓兵堅城，師老易生他變；亟宜分遣諸帥，盡取畿輔諸郡。若留都出兵他援，我可以邀擊殲之；否時，不過自守虜耳。俟四面克復，方可以全力

注之，彼直檻羊、穽獸耳」。無何，石頭師挫。緣士卒釋戈而嬉，樵蘇四出，營壘為空；虜諜知，用輕騎襲破前營，延平倉卒移帳。質明，軍灶未就，虜傾城出戰，軍無鬥志，竟大敗。

由此可見，鄭成功的部隊，毫無訓練；義師竟如烏合之眾。而鄭成功的統御能力，根本大成問題。結果累及浙東義師：

> 時余在寧國府，受新都降。報至，遽返蕪，已七月二十九日矣。初意石頭師即偶挫，未必遽登舟；即登舟，未必遽揚帆；即揚帆，必且復守鎮江。余故彈壓上游，不少退。而虜酋郎廷佐、哈哈木、管效忠等遺書相招，余峻詞答之。太平守將叛降於虜，余又遣兵復取太平，生擒叛將伏誅。然江中虜舟密布，上下音信阻絕。余遣一僧齎帛書，由間道款延平行營；書云：「兵家勝負何常，今日所恃者民心耳！況上游諸郡俱為我守，若能益百艘相助，天下事尚可圖也。倘遽捨之而去，如百萬生靈何」！詎意延平不但捨石頭城去，且棄鐵甕城行矣。

如張蒼水所言，鄭成功的居心殆不可問。就其前後對張蒼水的態度來看，始則用之爲前驅；及張聲威大振，所向有功，曾未聞有一旅之援；亦未聞有桴鼓之應，妒功之心，殊爲顯然。及其石頭小挫、頓成大創；果然心目中尚有一同仇敵愾的張蒼水在，亦當呼援就商，而併此亦無，已出情理之外；及至張蒼水遣使間道致書，請「百艘相助」，而竟不報；輜重舟楫，寧願委敵，不願資友，無異明白表示：「我不能成功；亦決不能讓你成功！」按：此非張蒼水諉過之言，苛責之詞；因「北征得失紀略」作於「永曆十三年嘉平月」，即順治十六年冬天，張蒼水輾轉回至浙東時。「紀略」既成，自必傳鈔各方，倘爲誣詞，鄭成功必當反駁；而遠未見有異辭，可以反證「紀略」爲紀實。

以下張蒼水自記其處變經過：

> 留都諸虜，始專意於余，百計截余歸路；以為余不降，必就縛。各將士始稍稍色變，而刁斗猶肅然。余欲據城邑，與虜格鬥，存亡共之；復念援絕勢孤，終不能守，則虜必屠城。余名則成，於士民何辜？而轄下將士家屬俱在舟，擬沉舟破釜，勢難疾馳；欲冲突出江，則池州守兵又調未集。忽諜報：虜艘千餘已渡安慶。余慮其與虜值，眾寡不敵。因部勒全軍，指上游，次繁昌舊縣。池兵亦至，共議進退；咸言「石頭師即挫，江、楚尚未聞也；我以艨艟竟趨鄱陽，號召義勇，何不可者？若江西略定，回旗再取四郡，發蒙振落耳」。乃決計西上。

按：安慶未下，爲清軍得以轉危爲安的一大關鍵。否則直下九江；舟師由湖口一入鄱陽，浙東義師可以自成局面，一部清史，或當改寫。

八月初七日，次銅陵。海舟與江舟參錯而行，未免先後失序。余一軍將抵烏沙峽，而後隊尚維三山所，與楚來虜舟果相值。余横流奮擊，沉其四舟，溺死女真兵無算。以天暮，各停舟。夜半，虜舟遁往下流，砲聲轟然。轄下官兵誤為劫營，斷帆解纜，一時驚散；或有轉蕪湖者，或有入湖者。西江之役，已成畫餅矣。

顧慮城破累及士民，而有不忍之心，此爲婦人之仁，根本不宜於帶兵打仗。項羽以此而敗；張蒼水腹飽詩書，豈不知其理？知而終不能改；此所以書生不可典兵。一誤又有以下再誤。

余進退維谷，遂沉巨艦於江中；易沙船，由小港至無為州。擬走焦湖，聚散亡為再舉計。適英、霍山義士來遮說：「焦湖入冬水涸，未可停舟；不若入英，霍山寨，可持久」。余然之。因盡焚舟，提師登岸。至桐城之黃金弸，有安慶虜兵駐守；此地乃入山隘口，余選銳騎馳擊之，奪馬數十匹，殺虜殆盡。遂由奇嶺進山，一望皆危峰峭壁矣。余轄下將士素不山行，行數日，皆跰；且多攜眷挈輜，日行三十里。余禁令焚棄輜重，而甲士涉遠多疲。余雖知必有長阪之敗，而赴義之眾何能棄置；亦按轡徐行。

按：焦湖即巢湖。既累於眷屬，當知入山必非所宜。結果單騎突圍，由安慶、池州，經徽州入浙東，繞一個大圈子，隆冬始達舟山附近的寧海。間關百折，跋涉兩千餘里，艱辛萬狀，無復人形。有「生還」五律四首，其第二首云：

痛定悲疇昔，江皋望陣雲。飛熊先失律，騎虎竟孤軍……鹵莽焚舟計，虺隤汗馬勛。至今頻扼腕，野哭不堪聞。

自悔焚舟失計；而以結句看，則義師眷屬，非死即被擄。而此時之滿漢，非三國之魏蜀，結局遠較「長阪之敗」爲悲慘，亦是可想而知之事。

後二年辛丑，即順治十八年；張蒼水又有「感事」四律：

箕子明夷後，還從徼外居；端然殊宋恪，終莫挽殷墟！青海浮天闊，黃山裂地虛。豈應千載

下，摹擬列扶餘？

聞說扶桑國，依稀弱水東，人皆傳燕語，地亦闢蠶叢；華路曾無異，桃源恐不同。鯨波萬里外，倘是大王風。

田橫嘗避漢，徐福亦逃秦，試問三千女，何如五百人？槎歸應有恨，劍在豈無嗔！漸愧荊蠻長，空文採藥身。

古曾稱白狄，今乃紀紅夷，蠻觸誰相鬥，雌雄未可知。鳩居粗得計，蜃市轉生疑。獨惜炎洲路，春來斷子規。

此爲鄭成功取台灣而作。順治十八年與民國三十八年的情事，完全不同；先總統決定退保台灣，是高瞻遠矚的恢復之計；而鄭成功彼時則不免有苟且之念。全謝山所輯張蒼水年譜，於康熙元年記「公有『得故人書至台灣』詩」下云：「延平以長江之敗喪師，自度無若國朝何，以得台灣爲休息之計；故不聽相國之言。」「國朝」指清朝；「相國」指蒼水。當鄭成功與荷蘭（紅夷）相持不下時，遣參軍羅綸，早返廈門；其言如此：古人云：「寧進一寸死，無退一寸生」。使殿下奄有台灣，亦不免於退步；孰若早返思明，別圖所進哉！昔年長江之役，雖敗猶榮；倘尋徐福之行蹤，思盧敖之故蹟，縱偷安一時，必詒譏千古，觀史載陳宜中、張世傑兩人褒貶，可爲明鑒。夫虬髯一劇，祇是傳奇濫說；豈眞有餘扶足乎！若箕子之君朝鮮，又非可語於今日也。

「感事」期望鄭成功爲田橫而勿爲徐福，期望未免過高。原句作「童女三千笑，孤兒五百嗔」。田橫五百壯士，集體自裁，身後未聞有何孤兒；則此「孤兒」實兼用「東林孤兒」故事，意謂黃黎洲輩，亦不以鄭成功的舉動爲然。

按：順治年間用兵的主要對象爲西南；經略洪承疇一直不願對永曆施以過重的壓力，意中似有所待。及至順治十六年秋，鄭成功功敗垂成，知事不可爲：東南之患既解，必以全力經營西南，永曆雖已入緬，亦終難免，因而以目疾乞解任回京。原因即在不願爲陳洪範第二。至於吳三桂，起先亦不大起勁；及至鄭成功思爲海外扶餘，知道他已失恢復中原的大志；清朝終於可以立定了，方始與愛星河積極進兵，賄通緬甸土著，於康熙元年將永曆騙至昆明，四月間遇害。凡此銅山崩，洛鐘東應的因果關係，爲論史者所不可思。鄭成功如仍守廈門，力圖進取，不僅牽制清軍，亦繫遺臣志士之望，關係甚重。此所以張蒼水阻鄭成功入台；而當永曆遇害的噩耗一傳，鄭成功旋於五月間病歿，殆深悔失計，抑鬱所終。全輯鄭譜，康熙元年述張蒼水「甌行誌慨」詩，加按語云：

是詩為延平世子（按：鄭經）而作。島事自延平歿後，世子無意西出，親族、兵將大都望風投款以封爵。於是朝議銳意南征，合紅毛夷夾攻，鄭人退守銅山。官軍入島，隳中左，金門兩郭，收其婦女，寶貨而北，兩島之民爛焉。世子入台郡，分諸將地，頗有箕裘之志；度曲徵歌，偷安歲月，軍不滿千，船不滿百，兵甲戈矛一切頓闕。相國兩詩，深有慨乎言之矣！

總之，鄭成功生平如果脫出政治上號召的意義，純就史家的眼光來看，尚須另作評價。此處僅就張蒼水的志節、作一歸宿。全謝山傳張蒼水云：

初，公之航海也，倉卒不得盡室以行；有司繫累其家以入告。世祖以公有父，弗籍其家；即令公父以書諭公。公復書曰：「願大人有兒如李通，弗為徐庶；兒他日不憚作趙苞以自贖」。公父亦潛寄語曰：「汝弗以我為憂也」！壬辰，公父以天年終；鄞人李鄴嗣任其後事。大吏又強公之夫人及子以書招公，公不發書，焚之。已亥，始籍公家；然猶令鎮江將軍善撫公夫人及子而弗囚也。嗚呼！世祖之所以待公者如此，蓋亦自來亡國大夫所未有；而公百死不移，不遂其志不已，其亦悲夫！

按：此文中前之所謂「世祖」，實指多爾袞。其時世祖方幼，尚未親政。己亥爲順治十六年；金陵之役以後，方始抄家。而世祖之遇亡國大夫格外優厚者，因爲漢化已深，基本上是同情甚至佩服遺民志士的。

於是浙之提督張杰懼公終為患，期必得公而後已。公之諸將孔元章、符瑞源等皆內附，已而募得公之故校，使居舟山之補陀為僧，以伺公。會公告糴之舟至，以其為校，且已為僧，不之忌也。故校出刀以脅之，其將赴水死；又擊殺數人，最後者乃告之。曰：「雖然，公不可得也。公畜雙猿以候動靜，舟在十里之外，則猿鳴木杪，公得為備矣」。故校乃以夜半出山之背，攀藤而入。暗中執公，並子木、冠玉、舟子三人；七月十七日也。

按：「補陀」即普陀；時張蒼水避居舟山外海，屬於浙江南田縣所轄的一小島，名爲懸嶴。此「故校」，據「魯春秋」記爲寧波人孫惟法；「將」則吳國華；「子木」即羅綸；「冠玉」姓楊，爲張蒼水鄉人子，故家後裔。父母雙亡，從張蒼水於海上。臨刑時，當事者見其年幼，憐而欲釋。楊冠玉表示義不獨生，竟延頸就刃。

十九日，公至寧；杰以轎迎之，方巾葛衣而入。至公署，嘆曰：「此沈文恭故第也，而今為馬廄乎？」杰以客禮延之，舉酒屬曰：「遲公久矣！」公曰：「父死不能葬、國亡不能救，今日之舉，速死而已！」數日，送公於杭；出寧城門，再拜嘆曰：「某不肖，有孤故鄉父老二十年來之望！」

又「闕名」著「兵部左侍郎張公傳」，記此更翔實而生動：

甲辰秋，邏者獲二卒為導，突往執之。被執登舟，所畜一小猴相向哀鳴，躍入水死。至郡城，提督張待以客禮；角巾葛衣，輿而入。張曰：「張先生何以屢邀而不至？」答曰：「父死不葬，不孝；國難無匡，不忠。不孝、不忠，羞見江東！」勸之降，不答。次日，送之赴省；前此投誠諸將卒者幾千人，齊聲號慟。煌言神色自若，出西門，曰：「姑緩！」望北四拜，辭闕也；望郭門四拜，辭鄉也。隨輿岸上送者拱手而別。登舟，左右翼而行，慮其赴水；笑曰：「無庸！此非我死地」！

按：此爲目擊者所記；故推斷「闕名」當爲萬斯同。萬氏兄弟與張蒼水交好；斯同生於崇禎十六年，康熙三年爲廿二歲，始親見張蒼水從容盡義，故所記如此。斯同復應聘入史館，恐有所觸忌，遂致「闕名」。

「闕名」又記其解往杭州的情形：

至武林，處於舊府。時總督趙廷臣勸降甚力，始終不答。自被執，即不食；日賦詩自娛。守者叩頭哀懇，煌言徐曰：「既辦一死，何苦累若等」，乃復食，亦惟啖時果數枚而已。一日，督院赴館，蹙額曰：「老先生部文到矣！」煌言即起。肩輿至官巷口，口占曰：「我年四十五，今朝九月亡；含哭從文山，一死萬事畢」。端坐於地而正命焉。會城義士朱壼生、張文嘉等葬其遺骸於西湖南屏山（杭人稱為南屏先生）淨慈寺左邵皇親墳翁仲後之左側，遙與岳武穆、于忠肅兩墓相望。煌言詩：「西子湖頭有我師」；從初志也。夫人董，先死；子萬祺，前三日亦被刑於京口。幕客句容羅綸，鄞人楊冠玉，與煌言同死；俱葬於左右，三冢巍然。楊冠玉者，大家後裔；與煌言比鄰。父母死，從之海上。臨刑，當事見其幼，欲釋之；冠玉曰：「司馬公死於忠，某義不忍獨生！」延頸就刃。今寒食酒漿，春風紙蝶，歲時澆奠不絕；而部曲過其墓者，猶聞野哭云。

「孔曰成仁、孟曰取義」；中國的知識分子，以臨難不苟免，爲人格修養上的基本要求；但

眞所謂「慷慨成仁易，從容就義難」，因爲成仁常在情勢極度急迫之際，一方面不暇計及其他；一方面自我爲悲壯義烈的情緒所鼓舞，輕生並不難。如果時機上有容人多想一想的片刻，往往就會遲疑躊躇，貪生之念，倏焉而起，一發不可抑。明臣殉節有脫靴入水，以水冷而怯，別謀自盡之道，這一來就死不成了。

又如龔芝麓，人品是決不壞的；但亦以未能殉節，復未能歸隱，致列名「貳臣傳」。當時龔芝麓常跟人說：「我原要死，是小妾不肯。」指顧眉君而言。龔對外人稱顧爲妾，而在家人故舊門生面前，視顧儼然敵體，稱「顧太太」。龔妻頗賢惠，不受清朝的誥封，措詞極蘊藉；她說：「我已受前明誥封，清朝的誥封給顧太太好了。」

按：其時，浙江總督爲漢軍鑲黃旗人趙廷臣，順治二年以貢生初授江蘇山陽知縣，遷江寧江防同知，因催徵逾限罷職。即此便知是好官。順治十年，以洪承疇之薦，隨營委用；湖廣既平，復定貴州；趙廷臣得爲巡撫。旋擢雲貴總督。康熙即位，調督浙江，張蒼水被擒，爲趙廷臣親駐定海，與提督張傑所定議。「清史列傳」載：

聖祖仁皇帝御極，調廷臣浙江總督，彙敘督雲南荒田功，加太子少保。康熙二年廷臣疏言，浙江逋賦不清，由徵解繁雜，請以一條鞭起解之法，令各州縣隨徵隨解，布政司察明註冊，至為簡便。又請移海島投誠官兵，分插內地，杜賊人煽誘，定水師提鎮各營設兵之制，以備水戰。杭嘉湖三府毗連太湖、泖湖，易於藏奸，請增造快號兵船、援兵巡哨，部議俱從其請。時海敵鄭成功死，廷臣招其黨僞將軍……獨僞兵部張煌言率眾遠遁，廷臣馳赴定海，與提督哈爾庫、張杰定議，檄水師由寧、台、溫三府出洋搜剿，斬獲六百餘，降其偽副將陳棟。知煌言披緇竄伏海島，廷臣選驍將徐元、張公午飾為僧人服，率健丁潛伏普陀山……擒獲煌言。

趙廷臣是能臣，如世祖不崩，不能調往浙江；移浙即表示新君的四顧命大臣決意解決鄭成功的問題。順治十八年秋天，盡遷東南沿海各地之民往內地，爲堅壁清野之計，此舉破家無數；清朝官書諱言其事；張蒼水「奇零草」中，有一題：「辛丑秋、虜遷閩浙沿海居民；壬寅春、余艤棹海濱，來燕無巢，有感而作」。詩爲五言古風：

去年新燕至，新巢在大廈；今年舊燕來，舊壘多敗瓦。燕語問主人，呢喃語盈把。畫樑不可望，畫艦聊相傍；肅羽恨依棲，銜泥嘆飄颺。自言昨辭秋社歸，比來春社添惡況；一片蘼蕪兵燹紅，朱門那得還無恙？最憐尋常百姓家，荒煙總似烏衣巷。君不見晉室中葉亂五胡，煙火蕭條千里孤；春燕巢林木，空山啼鷓鴣。只今胡馬復南牧，江村古木竄鼪鼯：萬戶千門空四壁，燕來亦

隨牆上烏。海翁顧燕三太息，風簾雨幙胡為乎？

又「清史記事本末」載：

（順治）十八年冬十月，棄降將鄭芝龍於市，徙沿海居民，禁舟出海，從降將黃梧請也。鄭氏在京者，無少長，皆被殺。下令遷界，禁漁船商舟出海，自是五省商民，流離蕩析，而萬里皆邱墟矣。

於此可知，鄭成功如堅守海濱，五省商民，不致有此流離破家之禍。是故「闕名」不以爲鄭之取台灣爲延明祚；在張蒼水傳末，下一斷語：張煌言死，明朝始亡！此眞力足扛鼎的史筆。

錢牧齋「後秋興」時，言鄭成功攻金陵，所以頓兵不進者，是因爲正在接洽清軍投降；今考其人，乃松江提督馬逢知。世祖大漸時，盡釋獄囚，惟兩人不釋，一爲明朝最後的一個兵部尚書張縉彥；一即馬逢知。董含「三岡識略」記：

馬逢知起家群盜，由浙移鎮雲間，貪橫僭侈，民殷實者，械至倒懸之，以醋灌其鼻；人不堪，無不傾其所有，死者無算。復廣占民廬，縱兵四出劫掠。時海寇未靖，逢知密使往來；江上之變，先期約降，要封王爵，反形大露。科臣成公肇毅，特疏糾之；朝廷恐生他變，溫旨徵入，繫獄，妻子發配象奴。未幾，與二子俱伏法。當逢知之入覲也。珍寶二十餘船，金銀數百萬，他物不可勝計，及死無一存者。

吳梅村詩集中，有兩首詩詠馬逢知，一爲「茸城行」，茸城即松江；一爲「客請雲間帥坐中事」，是一首七律。「茸城行」描寫馬逢知的行徑云：

承恩累賜華林宴，歸鎮高談橫海勛；未見尺書收草澤，從誇名字得風雲。

據此可知，清朝用馬逢知，目的是希望他能安撫萑苻；結果一無所成。而貪黷橫暴，則較土匪猶不如：

千箱布帛運軺車，百萬魚鹽充邸閣，將軍一一數高貲，下令搜牢遍墟落，非為仇家告兼併；即稱盜賊通囊橐。堂屋遙窺室內藏，算緡似責從前諾。敢信黔婁脫網羅，早看猗頓慎溝壑。窟室

飛觴傳箭催，博場戲責橫刀索。

貪財以外，復又好色：

將軍沉湎不知止，箕踞當筵任頤指，拔劍公收伍伯妻，鳴髀射殺良家子。

結果是：

江表爭猜張敬兒；軍中思縛盧從史；枉破城南十萬家，養士何無一人死！

按：「南史」張敬兒傳：敬兒爲雍州刺史，居官貪殘，民間一物堪用，無不奪取。此輩自唯恐天下不亂，而其時四方寧謐，苦無「用武之地」；因而造一謠言，授江湖術士傳播；謠言是：「天子在何處，宅在赤谷口；天子是阿誰？非豬即是狗。」敬兒所居，地名赤谷；小名狗兒，其弟小名豬兒。此言將天子自爲，事聞伏誅。吳詩徵此典，即董岡所謂「反形大露」之意。由張敬兒兄弟，很容易使人聯想到北伐之前在湖南的軍閥張敬堯、敬湯兄弟；眞一丘之貉。馬逢知是這樣國人皆曰可殺的人物，而鄭成功欲與通謀，即令有功，亦失民心；何況無功！計謀之拙，無逾於此；此又鄭成功須再評價的一端。

至於盧從史爲唐朝貞元年間昭義軍節度使，與成德軍節度使王士眞子承宗，密謀叛亂；宰相裴垍說動從史牙將王翊元，盡洩從史陰謀及可取之狀，以致從史被擒。照此典故而言，馬逢知部下亦必有人輸誠於朝廷；鄭成功既通馬逢知，則義師內部情況，亦可能爲清朝所悉，其敗殊非偶然。吳梅村有「七夕感事」五律一絕，於鄭成功頗致譏評；詩曰：

南飛烏鵲夜，北顧鸛鵝軍，圍壁鉦傳火，巢車劍拄雲；江從嚴鼓斷，風向祭牙分。眼見孫曹事，他年著異聞。

此以鄭成功的「江上之役」，比擬爲赤壁鏖兵。首以鄭成功擬曹操，實非恭維，而是譏其自大；「鸛鵝軍」典出左傳，注謂「鸛鵝皆陣名」，用於此處，謂鄭成功的部下，有如童嬉。「圍壁」不典，乃梅村自創的新詞，壁者營壘，指清軍紮於金陵西北城外的少數部隊，以優勢兵力不攻而圍，計已甚左；「鉦傳火」者，士卒以鉦傳火而造飯，軍前猶如寒食，乞火而炊，這頓飯吃下來，非半天不可，何能應變；不敗何待？「巢車」典亦出左傳；「成十六年」：「楚子登巢車以望晉軍」；注謂「巢車、車上有櫓」。此指鄭成功的水師而言；「劍拄雲」者，將星如雲，但於樓船上仗劍觀望而已。此與「圍壁」皆言鄭軍不攻；而期望旦夕間有變，不戰而下金陵。

第二聯上句寫實；下句用借東風之典，言變生不測。「孫曹」指孫權與曹操；結句調侃絕妙，其實傷心出以詼諧，正見遺老心境之沉痛。

自世祖一崩，滿州親貴大臣與漢大臣中的「北派」，立即對江南的世家士族，展開鎮壓，順治十八年正月廿九日上諭：

諭吏部戶部：錢糧係軍國急需，經營大小各官，須加意督催，按期完解，乃為稱職。近覽章奏，見直隸各省錢糧，拖欠甚多，完解甚少，或係前官積逋，貽累後官；或係官役侵挪，借口民欠。向來拖欠錢糧，有司則參罰停升，知府以上，雖有拖欠錢糧未完，仍得升轉，以致上官不肯盡力督催，有司怠於懲比，枝梧推諉，完解愆期。今後經營錢糧各官，不論大小，凡有拖欠參罰，俱一體停其升轉；必待錢糧完解無欠，方許題請開復升轉。爾等即會同各部寺，酌立年限，勒令完解。如限內拖欠錢糧不完，或應革職；或應降級處分，確議具奏。如將經營錢糧未完之官升轉者，拖欠官並該部俱治以作弊之罪。

這道上諭，稱爲「新令」；發展爲所謂「奏銷案」。蘇州、松江、常州、鎭江四府，官員、紳士、士子因欠完田賦，或黜革；或逮捕；或刑責，達一萬數千人之多。

董含「三岡識略」記：

江南賦役，百倍他省，而蘇松尤重。邇來役外之征，有兑役、里役、該年、催辦、捆頭等名；雜派有鑽夫、水夫、牛稅、馬荳、馬革、大樹、釘、麻油、鐵、箭、竹、鉛彈、火藥、造倉等項。又有黃冊、人丁、三捆、軍田、壯丁、逃兵等冊。大約舊賦未清，新餉已近，積逋常數十萬。時司農告匱，始十年並征，民力已竭，而逋欠如故。巡撫朱國治，強愎自用，造欠冊達部，悉列江南紳衿一萬三千餘人，號曰「抗糧」。既而盡行褫革，發本處枷責；鞭扑紛紛，衣冠掃地。如某探花欠一錢，亦被黜；民間有「探花不值一文錢」之謠。夫士夫自宜急公，乃軒冕與雜犯同科；千金與一毫等罰，仕籍學校，為之一空，至貪吏蠹胥，侵沒多至千萬，反置不問。吁，過矣！後大司馬龔公，特疏請寬奏銷，有「事出創行，過在初犯」等語，天下誦之。

按：董含字閬石，董其昌的孫子；順治十八年的進士，而就在這年因爲欠賦而被斥革。所謂「某探花」指昆山葉方藹，順治十八年一甲第三名及第。在欠賦冊中，指他「欠折銀一釐」。葉方藹時爲翰林院編修，具奏云：「所欠一釐，准今制錢一文也」。但即使只制錢一枚，仍須丟官，民間因有「探花不值一文錢」之謠。後於康熙十二年復起，位至一品，謚文敏。

「大司馬」龔公指龔芝麓。當康熙二年，方官左都御史，於八月間具奏，「請將康熙元年以前，催繳不得錢糧，概行蠲免。有司既併心一事，得以畢力見征；小民亦不苦紛紜，得以專完正課。」奉旨：「下部知之」，即准奏之謂。苛擾兩年有餘，至此告一段落，但以不知幾人破家；幾人畢命；幾人出亡。而因果報應之中最令人感慨者，則爲周壽昌「思益堂日札」所記一事：

> 國初江南賦重，士紳包攬，不無侵蝕。巡撫朱國治奏請窮治，凡欠數分以上者，無不黜革比追，於是兩江士紳，得全者無幾。有鄉試中式，而生員已革；且有中進士而舉人已革，如董含輩者非一人。方光琛著，歙縣廩生，亦中式後被黜，遂亡命至滇，入吳三桂幕。撤藩議起，三桂坐花亭，令人取所素乘馬與甲來，於是貫甲騎馬，旋步庭中，自顧其影嘆曰：「老矣！」光琛佐左廂出曰：「王欲不失富家翁乎？一居籠中，烹飪由人矣！」三桂默然，反遂決！軍中多用光琛謀。吳世璠敗，光琛亦就擒，磔於市。

方光琛爲明朝禮部尚書方一藻之子。當吳三桂舉事時，朱國治適爲雲南巡撫；寃家路狹，爲吳三桂縛去祭旗開刀，死狀甚慘；無名氏「研堂見聞離記」云：

撫臣朱國治既以錢糧興大獄，又殺吳郡諸生一二十人，知外人怨之入骨，適以丁憂罷；故事：隸旗下者例不丁憂，守喪二十七日，即出視事。公守喪畢，具疏請進止，朝議許其終制。另推新撫韓公世琦，尚未蒞位；朱恐為人為變，倉猝離位，輕舟遁去，吳中為幸。朝議以大臣擅離汛地，擬降五級，而嚴旨切責，革職為民。後於康熙十一二年，復撫滇中，值吳三桂變，提去開膛梟示。

所謂「殺吳郡諸生一二十人」，指有名的「哭廟案」，金聖嘆死於是役。自「江上之役」以後，朝中親貴及用事大臣，以江南人心未盡帖服，因指派小酷吏朱國治撫吳，但在世祖未崩前，親裁大政，朱國治尚未能肆逆；及世祖既崩，了無顧忌，金聖嘆首當其衝。「哭廟案」及朱國治的下場，以後再談；此處就「奏銷案」中，受荼毒的南數省士紳而知名者，略志其遭遇：

一、吳梅村：順治十年，被迫出山，授國子監祭酒；顧伊人撰「吳梅村先生行狀」云：「閻一歲，奉嗣母之喪南還，上親賜丸藥，撫慰甚至。先生乃勇退而堅臥，謂人曰『吾得見老親，死無恨矣！』未幾，朱太淑人沒，先生哀毀骨立。復以奏銷事，幾至破家。」

按：梅村詩集有七律一首：「注就梁丘早十年，石壕忽呼蓽門前，范昇免後成何用？寧越鞭來絕可憐！人世催科逢此地，吾生憂患在先天。從今陴上田休種，簾肆無家取百錢。」此詩共兩首，題作「贈學易友人吳燕餘」，而此首除起結兩句，與易經典故有關外，通首皆詠追欠賦，二句「石壕忽呼蓽門前」，刻畫如見；之句用後漢范昇免官典，則梅村似亦在革職之列；四句則晉朝北海太守王承，所不鞭犯夜的書生，而竟鞭撻，折辱斯文，故有下句「人世催科逢此地」之嘆。結尾兩句，感慨更深，揚雄世世種陴上之田，從今休種則耕讀傳家亦不可得；不如致君年賣卜，日得百錢自贍。「無家」二字絕沉痛；而他人學易，謂之為將來可資以賣卜，非贈人之體，實亦憤激使然。

又「研堂見聞雜記」云：「其革職廢紳，則照民例，於本處該撫發落。吾州在籍諸紳，如吳梅村、王端士、吳寧國、黃庭表、浦聖卿、曹祖來、吳元祐、王子彥，俱擬提解刑那，其餘不能悉記」。提解慘狀見邵長蘅「青門麓稿尺牘」，致表兄楊廷鑑書：

江南奏銷案起，紳士維黜籍者萬餘人；被逮者亦三千人。昨見吳門諸君子被逮過毗陵，皆鋃鐺手梏，徒步赤日黃塵中。念之令人驚悸，此曹不疲死，亦道渴死身。旋聞有免解來京之旨，灑然如鑊湯熾火中一尺甘露雨也。

按：此爲康熙元年盛夏之事；五月間有特旨，無論已到京，未到京，皆釋放還鄉。

又「研堂見聞雜記」云：

吳下錢糧拖欠，莫如練川，一青衿寄籍其間，即終身無半鏹入縣官者。至甲科孝廉之屬，其所飽更不可勝計，以故數郡之內聞風蝟至，大僚以及諸生，紛紛寄冒，正供之欠數十萬。會天子震怒，特差滿官一員，至練川勘實；既至，危坐署中，不動聲色，但陰取其名籍，造冊以報。時人人惴恐，而又無少間可以竄易也。既報成事，奉旨即按籍追擒，凡欠百金以上者一百七十餘人，紳衿俱在其中；其百金以下者則千計。時撫臣欲發兵擒緝，而蘇松道王公紀止之，單車至練川，坐明倫堂。諸生不知其故，以次進見；既集，逐一呼名，叉手就縛，無得脫者，皆鋃鐺鎖繫，兩隸押之，至郡悉送獄。而大僚則繫之西察院公署。

此所謂一百七十餘人也，其餘猶未追錄。原旨械送都下；撫臣令其速行清納，代爲入告，即於本處發落。於是旬日之間，完者十萬。猶有八千餘金，人戶已絕，無從追索，撫臣仍欲械送；道臣王公及好義鄉紳，各捐金補償乃止。然額課雖完，例必褫革，視原欠之多寡，責幾月，枷幾月，以爲等殺，今猶未從決遣也。

獨吾友王惟夏，實係他人影立，姓名在籍中；事既發，控之當道，許之題疏昭雪。惟夏亦謂免於大獄，不意廷議以影冒未可即信，必欲兩造到都合鞫。於是同日捕到府；後其餘免械送，惟夏獨行。

按：練川爲常熟的別稱。明朝江南紳權素重；常熟以錢氏鉅族，更爲豪橫，但亦歷任地方官，本乎「爲政不得罪巨室」的鄉愿作風，積漸而成。「練川之獄」爲「奏銷案」的先聲；易言之，「奏銷案」爲「練川之獄」的發展。如上所引，既捕繫責令清納，而又褫革功名；而又分別枷責，既罰又打，想見朱國治治吳之苛。

至於王惟夏一案，別有說法。王惟夏名昊，又字維夏。爲王世貞之後；明朝自嘉靖末年以來，弇州名重無比，「三槐堂王」實爲江南世家之最；廷議必欲「兩造到都合鞫」，無非有意折辱斯文。

今日發筆，首須向讀者致歉的是，昨稿著筆時，因「練川」憶及「琴川」，隨即想到吳梅村的「感舊」；玉京道人卞賽賽初遇梅村於秦淮，欲以身相許，而梅村故作不解。後數年已易代，梅村作客常熟，聞玉京亦在此，偶話舊遊；主人「尚書某公」（按：自然是錢牧齋），「請爲必致之」，座客皆停杯，打算留著量喝喜酒。誰知玉京一到，知是梅村，回車入內宅與柳如是話舊，竟不願見梅村一面。我一向覺得梅村的這段唯一韻事，也是恨事，令人迴腸蕩氣，惘然不甘。因而一時錯覺，竟以心中的琴川爲筆底的練川；但所記常熟錢氏豪橫逋欠者眾，亦爲實情。

至於練川，正是王世貞「弇山堂」所在地的太倉。王爲中國第一大姓，其源凡四，而以琅琊王居首。晉室南渡，王謝子弟，散居各地；即在北方，亦不盡留於琅琊，其中有一支遷山東莘縣；我曾作考證，其地即爲金瓶梅的主要背景。莘縣王氏，至宋眞宗朝出一名相王旦；東坡「三槐堂銘」，即爲莘縣王氏而作。金兵入汴，王旦之後隨宋室南渡；郡望特標「三槐堂王」，以別於東晉時僑寄江南的「琅琊王」。王世貞即爲「三槐堂王」。

太倉王氏自王錫爵入相而愈貴，錫爵之後出丹青兩名家，即其孫時敏（煙客）及時敏之孫原祁（麓台）。山水「四王」，太倉占其三，王煙客祖孫之外，另一王爲王鑑，字元照，曾爲廉州知府，故人稱王廉州。他是王世貞的曾孫，而王惟夏爲王元照的從兄弟。惟夏之叔子彥，爲王世貞之弟世懋的孫子；與吳梅村以中表而爲兒女親家。集中贈王子彥叔侄之詩甚多，類皆愁苦之音；

有「送王子惟夏以牽染北行」五律四首。梅村詩集箋注，於「牽染」條下作按語云：「惟夏北行，不知所緣何事？『集覽』謂係奏銷案，細味詩意，了不相似。且奏銷之獄，江南不下數百人，未聞被逮入京也。」殊不知即由於節外生枝的必使兩造至京「合鞫」之故。

吳詩雖號稱詩史，但如「圓圓曲」等不稍寬貸；而於當世時政，則言婉而意苦，但乞於憐，至多諷示，不敢公然指斥。如送惟夏四律，即爲一例。「其三」云：

客睡愁難起，霜天貫索明。此中多將相；何事一書生？薄俗高門賤，清時頌繫輕，為文投獄吏，歸去就躬耕。

按：此詩體例稍異，乃設身處地爲王惟夏在解京途中抒感。「客睡」者宿於郵驛；少陵「客夜」詩：「客睡何曾著，秋天不肯明」；首句言長路漫漫，愁不成寐？因枕上所見惟「霜天貫索明」之故。晉書天文志：「貫索九星，賤人之牢也。一曰……九星皆明，天下獄煩。」此爲觸景生情，虛實相生的寫法；因霜天星明而推想貫索九星皆明；既天下獄煩，則此去誠恐不免，故客睡生愁。

「此中多將相」爲「獄煩」的注腳；世祖初崩，朝局大翻，將相繫獄，原自有故，乃何事又牽一書生在內？第一聯藉惟夏之自嘆；寄滄桑之深慨。

第二聯上句輕，下句重。「頌繫」典出漢書惠帝紀，「頌」者容也，謂雖被繫，仍加寬容，不必鋃鐺就道。以此，惟夏乃得自寬自慰，計惟至獄一投「親供」，是非自明，便可得釋；釋則即當歸去，如三國時田疇之「躬耕以養父母」。

「其四」云：

但可寬幽繫，從教察孝廉。昔人能薦達，名士出髡鉗；世局胥靡夢，生涯季主占，定聞收杜篤，寧止放江淹。

此末一首乃慰惟夏，兼爲之向當道陳情。首言如不必以刑責爲急，略寬其獄；進而察其人品，可當孝廉方正之舉；「髡鉗」不過城旦之刑，殊非重罪，其中亦頗出名士。後漢書劉平傳：「數薦達名士」，第一聯上下兩句，皆強調王惟夏名下不虛。

第二聯則頗寄感慨，「役囚徒以鎖連綴」，謂之「胥靡」，見漢書楚元王傳注。上句「世局胥靡夢」，稍嫌費解，或另有本事，亦未可知；下句「生涯季主占」則用史記「日者傳」，楚人司馬季占，卜於長安東市的典故，言亂世禍福無端；但從好處去想：不止如江淹在獄中上書王景，得

以釋放；且極可能如後漢杜篤，因在獄中作大司馬吳漢誄辭，爲光武激賞，賜帛免刑得官。

按：當時在朝的吳中大老爲金之俊，吳江人，明朝萬曆年間進士，頗受世祖禮遇；本可領導南派，抗議苛政，但結果竟上了「認罪」一疏，孟心史先生談奏銷案，轉引陸文衡「嗇庵隨筆」云：

撫公朱，因見協餉不前，創為紳欠衿欠之法，奏銷十七年分錢糧，但分厘未完，即掛名冊籍，目以「抗糧」。司農方擬駁核，而曹溪相國子侄，亦冊欠有名，亟上認罪一疏，於是概不敢議寬免，照新例革職枷責者，至一萬三千五百十七人云。

按：戶部堂官別稱「司農」。其時戶部漢尙書、左右侍郎爲杜立德、郝惟訥、朱之弼；籍隸寶坻、霸州、大興，雖皆北入，而與馮銓、劉正宗輩，大異其趣。杜立德治獄平恕，辛酉科場案，南士多賴其保全；郝惟訥持大體、論事務求平允；朱之弼內行修篤，凡所獻替，皆主於愛民。度支三長官皆不以朱國治的苛擾爲然，準備駁斥；那知吳中在朝的大老都已「認罪」，戶部再議寬免，豈非「倒行逆施」？孟心史說他曾見過當時江流的一通函札，稱金之俊爲「三吳大罪人」！稽諸史實，金之俊當時確爲三吳所共棄。

略曉明清之際史事者，都知道有「十從十不從」之說，或謂之爲「十不降」。就現代的觀點來看，金之俊所獻之策，確爲「統戰」的高招，譬如衣冠之制，男子必須薙髮留辮，不得如明朝之戴網巾；而女子不必如旗下之天足著旗袍。男子生則如清朝之制，死則可用明朝衣飾入殮，終清皆然。此即所謂「男從女不從」；「生從死不從」。在男性中心社會中，女可「不從」並不表示賦予女性以反抗的自由；「死不從」則是騙人的話；但確實發生了騙的作用。世有如魯迅之所謂「阿Q」者，金之俊可說是代表人物。

金之俊其時將近七十；在此以前，一直告病，而終始蒙優詔慰留；至康熙元年秋，亦即王惟夏旅途中愁不成寐時，金之俊以內不自安，終於以原官致仕。而時人詩文中，絕不提此人；殆與三吳名流，不通弔問。如此衣錦還鄉，不還也罷。金之俊的鄉居生活，不但寂寞，而且頗受騷擾；經常有人在他家大門上貼「大字報」罵他。金之俊不堪其擾，訴之於江南江西總督郎廷佐。郎自「江上之役」轉危爲安後，一直坐鎮兩江，爲督撫中的第一流；結果受了金之俊的累。蔣氏「東華錄」康熙八年正月第一條記載：

書正月丁未：先是大學士金之俊子告在籍，獲有底毀伊之匿名帖，呈送江南江西總督郎廷佐；後又獲施君禮所投首詞，稱前項謗帖，乃施商雨等所作，亦行呈送郎廷佐，即行提人犯究審，隨以謗帖首詞始末入告。得旨。

匿名乃奸惡之徒，造寫陷害平人，如見其投擲拿獲，理應照律從重治罪。今施君禮稱，爲施商雨所作，乃不自行持首，將帖擲於金之俊門首事屬可疑。若因此匿名帖察拿究問，則必致株連無辜；且律載收審匿名帖者，將審問之人治罪。於商雨等俱不必察拿究問。金之俊係大臣，將匿名帖送總督究審，郎廷佐係總督，將匿名帖收受察拿，生事不合。著議處！至是，吏部以金之俊、郎廷佐並應罰俸議上；得旨：金之俊著革去宮保銜；郎廷佐於病痊起用日；降四級調用。

越一年，金之俊下世、年七十八，諡文通。清朝文臣諡文通者只兩人，皆爲貳臣；即金之俊與王永吉。金、王人品差不多，但金之俊身後寂寞異常，當時江南名流詩文，無有及此人者；因此，後世「疑年錄」之類的參考書，多無金之俊之名，如筆者案頭中華版「古今人名辭典」及商務版姜亮夫輯「歷代名人年里碑傳總表」即是。尤可怪者，姜亮夫於其書序例中言，曾得吳江金松客之助；金既爲吳江人，則縱非金之俊族裔，亦必無不知金之俊之理；知而不錄，則爲有意摒棄，殆亦「我到君前愧姓秦」之意？

於此可見，人之傳名，流芳固難，遺臭亦不易。忝持野史之筆，豈可不爲讀者一索其眞相；鄧文如「清詩紀事初編」謂金之俊有「金文通公二十卷」；順治中先刻「外集」，續刻「息齋

集」，身後都爲此集，而盡削前明所作；又謂其「本不能文而自命歐曾」；「詩則僅具腔拍而已。」其才如此；其品則鄧書別有徵引：

蘇瀜「惕齋見聞錄」稱之俊歸吳，營太傅第，後街曰「後樂」；前巷曰「承恩」。吳人夜榜其門曰：「後樂街前長樂老；承恩坊裏負恩人」。又曰：「仕明仕闖仕清。三朝『之俊』傑；縱子縱孫縱僕，一代『豈凡』人。又曰：『一二三四五六七亡八；孝弟忠信禮義廉無恥』。妻頗賢，別居不受新誥，曰「我自有誥封」。姪某嘗責之俊監斬二王。本傳稱之俊卒前一年，以送究匿名帖事削太傅銜。是鄉評物論，皆不與之。

上引之文，標點爲筆者所加。第一聯則金之俊以范仲淹自命，而吳人以馮道相擬。第二聯嵌金之名字；之俊字豈凡。第三聯疑原作錄敘有誤，應作「一二三四五六七；孝弟忠信禮義廉」，上聯隱「忘八」；下聯隱「無恥」。至所謂「監斬兩王」，一爲明太子慈烺，「東華錄」載：

「順治元年十二月辛巳（十五日），有劉姓者，自稱明崇禎太子，內監楊玉為易服，送至故明周后父周奎家。時崇禎帝公主亦在奎所，相見掩面泣。奎跪獻酒食。既而疑其偽，具奏以聞。

隨令內院傳故明貴妃袁氏，及東宮官屬，內監等辨識，皆不識。問以宮中舊事，亦不能對。袁氏等皆以為偽，惟花園內監常進節、指揮李時蔭等執以為真。吏部侍郎沈惟炳，御史趙開心，給事中朱徽等各言事關重大，宜加詳慎。因下法司覆勘，得假冒狀。楊玉，李時蔭等十五人皆棄市。以開心奏中有『太子若存，明朝之幸』一語，亦論死，因係言官免罪，罰俸三個月。仍令內院傳諭內外，有以真太子來告者，太子必加恩養，其來告之人亦給優賞。」

按：周奎叔侄所獻者，實爲眞太子；孟心史考證此案極確。清朝自以爲得天下極正；應吳三桂之請入關，逐李自成，乃爲明朝復仇。既然如此，則有明朝太子出現，縱不能拱手讓還天下，亦當恩養；所以非指爲僞，不能誅戮。後四十年，康熙獲崇禎皇四子永王慈燦，亦如法炮製，指眞爲僞，以成其殺。至於另一王，則爲李自成自山西俘來的晉王。

金之俊在明朝官至兵部右侍郎，降清後「仍原官」，至順治二年六月調爲吏右。監斬向歸刑部右侍郎；而其時刑部兩漢侍郎爲孟喬芳、金和玉，不知何以由金之俊監斬？如係臨時指派的差使，則非己之職，本可疏辭；倘爲自告奮勇，那就更不可恕了！宜乎爲其姪所責。

頃得讀者陳君來書，詢以對鄭成功如何再評價，以及顧亭林及錢牧齋對「江上之役」的看法，囑爲一談，敢不如命。按：「江上之役」爲延明祚的惟一良機；無奈鄭成功將略甚疏，以致一夕生變，竟成「異聞」。兩年以後，世祖新喪，此又一良機；而鄭成功必欲取台，張蒼水固諫不聽；半年以後，新朝腳步已穩，於是發生一連串的悲劇：

一、清朝用鄭成功叛將黃梧之議，一方面五省遷界，堅壁清野爲暫守之計；一方面殺鄭芝龍，表示與鄭成功決絕，亦即表示已不以鄭成功爲患。

二、由於東南無憂，乃得集中全力解決永曆；吳三桂亦不復有所瞻顧，以重金購緬人爲內應，於是年十二月初，俘獲永曆。是則殺永曆者，雖由吳三桂直接下手；等於鄭成功間接促成。

三、鄭經本爲逆子，當順治十八年夏秋間，鄭成功與荷人僵持時，已有「子弄父兵」的謠傳；及至康熙元年，乃有通乳媼生子的醜聞。而「父死、君亡、子亂」之外，復有「將拒」的情事，而此皆由鄭成功自取。民國十六年顧頡剛在杭州得一舊鈔本，爲崇禎十三年進士，鄞縣林時對所撰的「荷鍤叢談」敘鄭成功死狀云：「子經，乳名錦捨，擁兵與父抗，成功驟發顛狂；癸卯（高陽按：應爲壬寅）五月，咬盡手指死。」此必鄭成功命黃昱至廈門，監殺鄭經及其母董氏，鄭經擁兵相抗，予鄭成功極深的刺激而發顛狂。所謂「將拒」，殆指部將不奉己命，而爲其子所用。

因此，鄭成功的再評價，固絕不能抹煞其開台之功，但論「反清復明」的志節，則頗有疑問。至其將略之疏，只看黃梧、施琅不能爲其所用；張蒼水、甘輝之言，亦不見聽，可知其餘。

至於顧亭林、錢牧齋對「江上之役」的看法，不妨併敘；茲先談錢牧齋的「投筆集」，前後「秋興」一百另八首；首八律題作「金陵秋興八首次草堂韻」，下注「乙亥七月初一日，正鄭成功初下京口；張蒼水直逼金陵之際。」

茲錄其第一首及第八首如下：

龍虎新軍舊羽林，八公草木氣森森。樓船蕩日三江湧，石馬嘶風九域陰；掃穴金陵還地肺，埋胡紫塞慰天心。長干女唱平遼曲，萬戶秋聲息擣湛。（其一）

金刀復漢事逶迤，黃鵠俄傳反覆陂，武庫再歸三尺劍，孝陵重長萬年枝；天輪只傍丹心轉，日駕全憑隻手移。孝子忠臣看異代，杜陵詩史汗青垂。（其八）

第八首自注：「少陵詩：周宣漢武今王是，孝子忠臣異代看。」以結句言，固以少陵自命：如鄭成功果然成功，則中興鼓吹，尚有無數氣象堂皇的佳作。無奈「後秋興八首」便是一片惋嘆之詞了。

這「八首」題下小注：「八月初二日聞警作。」按：清軍於七月廿三日由梁化鳳出儀鳳、鐘阜兩門，洞穿民居爲通路，以輕騎襲鄭軍前營；鄭成功倉皇撤退，「質明，軍灶未就，虜傾城出戰，軍無鬥志，竟大敗。」距得鎮江，適爲匝月；三、四日間即已揚帆而去。張蒼水於七月廿九日得報；而常熟於八月初二聞警。詩云：

王師橫海陣如林，士馬奔馳甲仗森，戎備偶然疏壁下，偏師何竟潰城陰？憑將按劍中軍令，更插鞾刀儆士心。野老更闌愁不寐，誤聽刁斗作秋砧。（其一）羽檄橫飛建旆斜，便應一戰決戎華。弋船迅比追風驃，戎壘高於貫月槎；編戶爭傳歸漢籍，死聲早已入胡笳。江天夜報南沙火，簇簇銀燈滿盞花。（其二）龍河漢幟散沈暉，萬歲樓邊候火微。卷地樓船橫海去，射天鳴鏑夾江飛；揮戈不分旄頭在，反旆其如馬首違，嚙指奔逃看靺鞨，重收魂魄飽甘肥。（其三）

「媁刀」即靴刀，謂大將臨陣，插刀於靴；敗則自殺，期免被俘受辱。第一首謂鄭成功有不勝則死的決心；而戒備偶疏，偏師竟潰，恕詞之中，有責備之意。

第二首兩聯，盛道軍力之強；旁觀者皆以爲必勝無疑；豈意倏忽之間，漢幟竟共沈暉俱散！

第三首寫鄭成功之敗，頗爲含蓄。「龍河」即「護龍河」，在上元縣西，首句言金陵兵潰；京口有「萬歲樓」，故次句指鎮江不守，但「候火雖微，可以燎野」，希望未絕；三句謂鄭軍入海；四句寫清軍反攻，「鳴鏑」者匈奴冒頓所創，「射天」七字，刻畫清軍氣銳，精警異常。五句「分」讀仄聲，作名份之份字解；「旄頭」即二十八星中的昴，為胡星：「揮戈不分旄頭在」，謂雖用武，不料胡星不滅；六句言將士不用命；七、八句寫清軍因禍得福。

四、五兩首，可答讀者之問。第四首是：

由來國手算全棋，數子抛殘未足悲，小挫我當嚴警候；驟驕彼是滅亡時。中心莫為斜飛動，堅壁休論後起遲。換步移形須著眼，棋於誤後轉堪思。

此首純為慰勉鄭成功，語氣吻合師弟關係。慰以捲土重來，猶未為晚；勉以記取教訓穩紮穩打。起句以棋局為喻，結局仍歸之於論棋；「著眼」即所謂「做眼」，既得之地，先須求活，再求進展。當時如能先取崇明，確保歸路不斷，則鎮江可守，事當別論；此即「棋於誤後轉堪思」之意。第五首云：

雨戒關河萬里山，京江天塹屹中間，金陵要定南朝鼎，鐵甕須爭北顧關。應以縷丸臨峻阪，肯將傳捨抵孱顏！荷鋤父老雙含淚，愁見橫江虎旅班。

八首之中以此一首透露最多。全詩分兩解，前解論戰略；後解論戰術。唐貞觀中，李淳風撰「法象志」，以爲天下山河之象，存乎「兩戒」。大致以黃河爲中線，北爲「北戒」，限戎狄；南爲「南戒」，限蠻夷。「兩戒關河萬里山」下接「京江天塹屹中間」，可知著眼於南戒的長江；而尤重京江。「北顧」即北固；「鐵甕」爲潤州的別稱，潤州即鎮江。三、四言能守北固、保潤州，則長江天塹，北軍何由而渡，南朝可以定鼎金陵。當時恢復的計劃是打算與清軍畫江而治；爲由顧亭林所指導而訂定的大計。亭林詩集中，數數言及，早在宏光即位時，「感事」四律中，即有「自昔南朝地，常稱北府雄」之句，萌始創建另一個東晉的構想。至順治五年，此一構想成熟；有詩爲證：

異時京口國東門，地接留都左輔尊，囊括蘇松儲陸海，襟提閩浙壯屏藩；漕穿水道秦隋跡，壘壓江干晉宋屯。一上金山覽形勝，南方亦是小中原。

這首七律的題目，就叫「京口」。京口在南京之東；「異時京口國東門」，即以「金陵要定南朝鼎」之故。又順治六年「春半」詩：「晚世得先主，只作三分事，干戈方日尋，天時自當至」，亦爲欲圖偏安之一證。而亭林則以武侯自命；如順治七年春，「重至京口」：

雲陽至京口，水似已川縈，逶迤見北山，乃是潤州城。城北江南舊軍壘，當年戍卒曾屯此；西上青天是帝京，天邊淚作長江水；江水繞城回，山雲傍驛開，遙看白羽扇，知是顧生來。

此外詩中仰慕諸葛，而思步武之句，不一而足。至於浙東義師，數至金焦，則不獨爲顧亭林力贊之謀，且亦曾實際參加行動，悼亡詩：「北府曾縫戰士衣，灑漿賓從各無違」，可知顧家曾爲海上義師的「糧台」。順治十一年春張名振、張蒼水大舉入長江，在金山遙祭孝陵，其後以「上游師未至」，無功而返。顧亭林有「金山」長歌一首，爲研究他的戰略思想，最重要的根據。詩云：

東風吹江水，一夕向西流，金山忽動搖，塔鈴語不休；水軍一十萬，處嘯臨潤州，巨艦作大營，飛艫為前茅；黃旗亙長江，戰鼓出中洲；舉火蒜山旁，鳴角東龍湫。故侯褒鄂姿，手運丈八矛，登高矚山陵，賦詩令人愁，沉吟橫槊餘；天際旌旆浮，忽聞黃屋來，先聲動燕幽。闔廬用伍胥，鄢郢不足收；祖生奮擊楫，肯效南冠囚！願言告同志，努力莫淹留。

此詩至「賦詩令人愁」止，全爲寫實。「塔鈴」典出晉書佛圖澄傳，佛圖澄是印度人，但非和尚，而爲道士；神通廣大，據說塔鈴作聲，乃是胡語，預言軍事吉凶，而只有佛圖澄能通其語，石勒常倚之以明勝敗。「金山忽動搖，塔鈴語不休」，見得情勢嚴重，領起「水軍一十萬」，彌見聲威之壯。「蒜山」聯接北固，相傳武侯與周瑜曾於此謀拒曹操，故一名算山；龍湫則在東面的九靈山中。此言水軍一到，東西有義師響應。

「故侯」指定西侯張名振；「賦詩令人愁」下接「沉吟橫槊餘」，則知仍用曹孟德橫槊賦詩之典，所謂「繞樹三匝，無枝可依」，以期約之師不至，進退失據，故爾生愁。

此下則爲顧亭林對此役的檢討及謀畫，「天際旌旆浮，忽聞黃屋來，先聲動燕幽」三句，爲模擬之詞；「黃屋」即「黃幄」，天子的行帳；意謂此詩若能奉永曆或監國的魯王，親臨前線，則將震動北朝；而金陵一下，初步可望爲東晉偏安之局。

「伍胥」指鄭成功。其時鄭芝龍已爲清朝掌握；成功生母稱爲「翁氏」者，則於清軍初入閩南時，因恐被俘受辱而自殺。在顧亭林看，鄭成功於清朝，有囚父死母之仇。故擬之爲伍子胥。「鄢郢不足收」亦非漫徵伍員助吳平楚之典；「鄢郢」即荊州一帶。居長江上游，東晉之能站住腳，由於荊州未失；當時的計劃，南朝定鼎，首須經營上游，此可從施琅的議論中獲知端倪。

據李光地記述，曾與施琅談「江上之役」，施琅的看法，即應以優勢水軍，上掠荊襄，確保下游。至於「應以縷丸臨峻阪；肯將傳捨抵孱顏？」是論戰術；亦正切中鄭成功之病。兵貴神速，應如丸之走坂，乘勢急下。鄭成功得鎮江後，若由陸路直趨金陵一百七、八十里路、至多四日可在，先聲奪人，足令守軍膽寒；豈意仍循水道，逆流上行，走了十天才到，此眞是「肯將傳捨抵孱顏」了。

「孱顏」即巉巖，山高峻不齊貌。東坡詩：「我行無遲速，攝衣步孱顏」，從容遊山，可行則行；當止則宿於傳捨，行軍豈可如此？故以「肯將」設爲疑問的語氣。結尾兩句「荷鋤父老雙含淚；愁見橫江虎旅班！」「荷鋤」二字有兩義：鄭師遁走在七月下旬，炎威未殺，而父老猶荷鋤田間，可知江南民生疾苦，此爲一義。荷鋤猶揭竿，父老荷鋤，準備起義響應，不意「虎旅已班」，其悲可知，此爲又一義。衡情度理，以後一義爲是。

「後秋興之十」八首，爲世祖崩後所作；題下自注：「辛丑二月初四日，夜宴述古堂，酒罷而作。」按：其時哀詔已到江南；國有大喪，罷宴止樂，而錢毫不理會，且特作此注，幸災樂禍之心，溢於言表，因此乾隆於貳臣之中，對錢謙益格外痛恨。曾有題牧齋「有學集」詩云：「平生談節義，兩姓事君王，進退都無據，文章那有光？眞堪覆酒甕，屢見詠香囊。末路逃禪去，原爲孟八郎。」以此詩筆題「有學集」倒確是爲錢牧齋的詩文增光了。

此八首詩極有意味；後四首尤妙。其第五首云：

雲台高築點蒼山，異姓勛名李郭間，
整東交南新象馬，恢張遼左舊河關，
蓬蒿菱捨趨行在，布帛衣冠仰帝顏。
鄭璧許田須努力，莫令他日後周班。

此詩深可推敲。就表面看，爲鼓勵西南永曆朝將帥，乘機而起，努力恢復；但暗中有勸吳三桂舉義之意。吳三桂於三吳自有淵源；錢牧齋欲致意於吳三桂，有兩條途徑：一是經由柳如是、陳圓圓轉達；二是經由吳三桂的女婿王永寧媒介。按：蘇州拙政園，入清後爲陳之遴所有；陳之遴敗，吳三桂購此園以贈其婿王永寧，正爲此時之事。

「發」讀爲沛；「發捨」即行軍郊野藉長林豐草露宿之意，周禮鄭注所謂「軍有草止之法」，即指此。「蓬蒿發捨趨行在」，似爲勸吳三桂潛行朝帝，末兩句綰合左傳「鄭伯請釋泰山之祀，以祀周公」、「以璧假許田爲周公祊」；及「齊人餽諸侯，使魯次之，魯以周班後鄭」兩故事，大致是敦促西南方面應如鄭伯之擁戴周室，努力使「朱三太子」正位；否則一旦恢復，論功行賞，爵位就會落在後面。魯指魯王；魯王既然監國，又近在東南，則一旦「定鼎南朝」，自必

主政而握賞罰之權，猶左傳中所謂「使魯次之」。語意雙關而幽深；一代文宗，詢爲不愧。

第六首云：

辮髮胡姬學裹頭，朝歌夜獵不知秋。可憐青塚孤魂恨，也是幽蘭一燼愁；銜尾北來真似鼠，梳翎東去不如鷗。而今好擊中流楫，已有先聲達豫州。

首兩句言世祖好遊獵，而妃嬪相從。頷聯上句正指董小宛；下句「幽蘭」據錢遵王注，引宇文懋昭大金國志：「義宗傳位丞麟之後，即閉閣自縊；遺言奉御絳山，使焚之。其自縊之後曰『幽蘭軒』，火方熾……絳山留，掇其餘燼，以敝衾瘞於汝水之旁。」按：金義宗即金哀宗；蒙古兵入汴京，哀宗走蔡州，河南汝寧府，以府治爲行宮，築軒其中，即幽蘭軒，亦稱幽蘭客。擬世祖爲金哀宗，其事不侔，聊且快意而已。但「幽蘭」與「青塚」相對，別有意趣；此言小宛雖埋恨地下，但亦不免爲世祖之崩而傷心。

項聯上句用新唐書李密傳「密將敗屯營，群鼠相銜尾，西北度洛」的典故；下句不典，東坡詩「病鶴不梳翎」，易「鶴」爲「鷗」，純爲遷就原韻之故。「東去」謂清軍敗逃出關；然而此亦不過錢牧齋意中的「先聲」而已。

第七首云：

旄頭摧滅豈人功？太白新占應月中。掃蕩沈灰元夕火，吹殘朔氣早春風。揭空鐃鼓催花白，攪海魚龍避酒紅，從此「撐犁」辭別號，也應飛醆賀天翁。

「旄頭」之解已見前，言世祖之崩由於「天誅」。次句典出「酉陽雜俎」：「祿山反，李白制『胡無人』，言太白入月敵可摧，及祿山反，太白蝕月」。順治十八年三月十五月蝕，此在前一年頒朔時，即已推知，因用作世祖將死的占驗。頷聯上下句皆言世祖崩於元宵之前、立春之後（按：是年陰曆正月初七，爲陽曆二月五日，正當立春）。

項聯上句，「鐃鼓」本爲軍鼓之一，此處借用擊鼓催花之鼓；「揭」訓舉，「揭空」謂高舉；高舉鐃鼓催發之花，非紅而白，乃描寫服喪。按：此八首中第二首結句：「而今建女無顏色，奪盡燕支插柰花」，兼用樂府匈奴歌：「失我燕支山，令我婦女無顏色」；及晉書成慕杜后傳：「三吳女子相與簪白花，望之如素柰，傳言天公織女死，爲之著服，至是后崩」兩典「建女」爲建州女子之簡稱，言世祖之崩，正爲收復失土的良機。此首中的「催花白」，重申其意。

「攪海」句，錢遵在原注引用佛具，極其晦澀難解；總緣遷就韻腳，勉強成對，無甚意義。

結句典出漢書匈奴傳：「單于姓攣鞮氏，故其國稱之曰：『撐犁孤塗單于。』匈奴謂天爲『撐犁』；子爲『孤塗』；單于者廣大之貌也。」此言無端加天以「撐犁」的別號，殊嫌褻慢；今隱射世祖的「撐犁孤塗單于」既死，則「撐犁」的別號，亦同歸於消滅，豈不可賀？「天翁」即天公，韻腳所限，不得不用「翁」字。

第八首云：

營巢抱繭歎逶迤，憑仗春風到射陂，日吉早時論北伐，月明今夕穩南枝。鞍因足弱攀緣上，檄為頭風指顧移，傳語故人開口笑，莫因腕晩嘆西垂。

按：前七首皆寫世祖之崩，從各種角度看此事，既須湊足七首，又爲韻腳束縛，徵典將窮，不免竭蹶，故有「攪海魚龍避酒紅」這種入於魔道的澀怪之句；結句「從此」云云，匪夷所思，已同打油，實由無可奈何，強湊成篇。至於末首，則爲起承轉合之一結，理應一抒懷抱，一句一義，從容工穩，自是佳作。

首句言頻年經營恢復之事；次句謂光復有望，小民生計將蘇，射陂即陽湖，跨揚州、淮安兩府，漢書廣陵厲王胥得罪，其相勝之，奏奪王射陂草田，以濟貧民。三句勉勵鄭成功及早北伐，於此可知鄭成功入台，非江南遺老所望；四句仍用曹孟德臨江賦詩典，非復「繞樹三匝，無枝可棲」，意謂此番北伐，必能在江南建立據點。

後半首自抒懷抱，五、六言「老驥伏櫪，雄心未已」，上馬殺賊，力不從心；但安坐草檄，則不讓陳琳，指顧可就。「寄語故人」泛指志在恢復之遺老；末句足見信心，不止於事有可爲的慰藉之詞。

但一年以後就不同了。「後秋興之十二」，題下自注：「壬寅三月二十三日以後，大臨無時，啜泣而作。」此爲獲知永曆被俘以後所作。第一首云：

滂沱老淚灑空林，誰和滄浪訴鬱森？總關沉灰論早晚，空於墨穴算晴陰；皇天那有重開眼，上帝初無悔亂心。何限朔南新舊鬼，九疑山下哭霜碪。

此爲窮極呼天之語，但第六首依然寄望於鄭成功；詩云：

枕戈坐甲荷元功，一柱孤擎溟渤中。整旅魚龍森束伍，誓師鵝鸛肅呼風，三軍縞素天容白，萬騎朱殷海氣紅。莫笑長江空半壁，葦間遠有刺船翁。

末句「葦間」，錢遵王原注引莊子漁父篇：「延緣葦間，刺船而去。」非是。實用越絕書「越絕荊平王內傳」所敘的故事，伍子胥奔吳，至江上得漁者而渡：「子胥食已而去，顧謂漁者曰：『掩爾壺漿，無令之露。』漁者曰：『諾』。子胥行，即覆船挾匕首自刎而死江水之中，明無洩也。」牧齋以子胥期望鄭成功，而以漁者自況；意謂鄭成功若能覆楚，則己當捨身相助，以成其志。但鄭成功是辜負他的老師了。

最後八首作於康熙二年癸卯夏天，題下自注云：「自壬寅七月至癸卯五月，僞言繁興，泣血感慟而作，猶冀其言之或誣也。」所謂「僞言」即永曆爲吳三桂所弒，新朝君臣既諱此事，兼又道遠，所以錢牧齋還存著萬一之想，「冀其言之或誣」。

其第四首爲鄭成功而作；詩云：

自古英雄恥敗棋，靴刀引決更何悲？
君臣鰲背仍同國，生死龍明肯後時；
事去終嗟浮海誤，身亡猶嘆渡河遲。
關張無命今猶昔，籌筆空煩異代思！

首二言鄭成功之死；嚙指而亡，無異自盡，故謂「靴刀引決」。頷聯據錢遵王注：「陶九成『草莽私乘』：方鳳輓陸君實詩：『作微方擁幼，勢極尚扶顛，鰲背舟中國，龍胡水底天。聳存周已晚，蜀盡漢無年，獨有丹心皎，長依海日懸。』」按：陸君實即陸秀夫；此言永曆與鄭成功，先後皆亡。項聯「事去終嗟浮海誤」，此無定論，足徵張蒼水卓識。以下用宗澤及關張典，未免溢美。

「後秋興」另有八首，爲柳如是勞軍定西侯張名振所部而作：

負戴相攜守故林，繙經問織意蕭森。疏疏竹葉晴牕雨，落落梧桐小院陰；
白露園林中夜淚，青燈梵唄六時心，憐君應是齊梁女，樂府偏能賦蒿碪。
（其一）
丹黃狼藉鬢絲斜，廿載間關歷歲華，取次鐵圍同穴道，幾曾銀浦共仙槎；
吹殘別鶴三聲角，迸散棲烏半夜笳。錯記窮秋是春盡，漫天離恨攪楊花。
（其二）
北斗垣墻闇赤暉，誰占朱鳥一星微，破除服珥裝羅漢，減損虀鹽餉佽飛；

娘子繡旗營壘倒，將軍鐵栢鼓音違。鬚眉男子皆臣子，秦越何人視瘠肥。

（其三）

閨閣心懸海宇棋，每於方罫繫歡悲，乍傳南國長馳日，正是西牕對局時；漏點稀憂兵勢老，燈花落笑子聲遲。還期共覆金山譜，桴鼓親提慰我思。

（其四）

水擊風摶山外山，前期語盡一杯間，五更噩夢飛金鏡，千疊愁心鎖玉關；人以蒼蠅汙白璧，天將市虎試朱顏，衣朱曳綺留都女，羞殺當年翟茀班。

（其五）

歸心共折大刀頭，別淚欄杆誓九秋，皮骨久判猶貫死，容顏減盡但餘愁；摩天肯悔雙黃鵠，貼水翻輸兩白鷗。更有閒情攪腸肚，為余輪指算神州。

（其六）

此行期奏濟河功，架海梯山抵掌中，自許揮戈迴晚日，相將把酒賀春風；墻頭梅蕊疏牕白，甕面葡萄玉盞紅，一割忽忘歸隱約，少陽原是釣魚翁。

（其七）

臨分執手語逶迤，白水旌心視此陂，一別正思紅豆子，雙棲終向碧梧枝；

盤周四角言難罄，局定中心誓不移。趣覲兩宮應慰勞，紗燈影裏淚先垂。

（其八）

柳如是曾赴定海，犒勞定西侯張名振所部義師；順便渡蓮花洋進香普陀，爲羅漢裝金。此八首七律爲牧齋送別之作。張名振歿後，義師爲張蒼水所接統，無論士氣、訓練，皆較鄭成功所部爲優，所惜軍實不足；鄭成功倘眞爲英雄，傾心與張蒼水合作，則與清朝畫江，乃至畫河而治，決非不可能之事。無奈鄭成功爲「豎子」；自思明入海，其人即不足爲重，而張名振雖僻處孤島，二、三門弟子以外，只養了兩頭小猿，充瞭望警報之任，但一身繫朱明的存亡，故以張蒼水之死爲明亡之年，其時爲康熙三年甲辰。我談康熙，亦即由這年開始。

名作經典

有井水處有金庸
有村鎮處有高陽

高陽的著作既是文學作品難得的佳構，也是從歷史脫胎兒來的史料，是以文學的筆調來敘述史實，以史實作架構來寫小說。高陽使歷史人物復活，讓歷史事件重現，以生花妙筆賦予歷史人物以活潑的生命，給古人注入豐富的感情，使其躍然紙上，活現讀著面前。在他的作品當中，既有悠遠的時間縱深，也有遼闊的地理橫廣。高陽以文學作藝術的勾劃，將古典文學性的歷史，改寫成現代文學的小說，將歷史與小說融匯於一爐，為現代文學創造出一個新的典型。

末代皇帝自傳 經典新版

名歷史小說家
高陽作序

愛新覺羅・溥儀著 著
共上下兩冊
單冊280元

史上唯一為自己作傳的皇帝
四千餘年帝制**最後一位皇帝**

他的前半生，是近現代中國的反映；他的後半生，只是日暮崦嵫的餘年。他的一生如戲，充滿曲折離奇，三歲登基，受時勢禁錮的一生。從九五至尊到階下囚，從飯來張口到親手勞動……溥儀巨大反差的一生，有多少不為人知的秘密？

【經典新版】清朝的皇帝（一）開國雄主

作者：高陽
發行人：陳曉林
出版所：風雲時代出版股份有限公司
地址：10576台北市民生東路五段178號7樓之3
電話：(02) 2756-0949
傳真：(02) 2765-3799
執行主編：朱墨菲
美術設計：吳宗潔
行銷企劃：林安莉
業務總監：張瑋鳳

初版日期：2020年1月
ISBN：978-986-352-775-6

風雲書網：http://www.eastbooks.com.tw
官方部落格：http://eastbooks.pixnet.net/blog
Facebook：http://www.facebook.com/h7560949
E-mail：h7560949@ms15.hinet.net
劃撥帳號：12043291
戶名：風雲時代出版股份有限公司

風雲發行所：33373桃園市龜山區公西村2鄰復興街304巷96號
電話：(03) 318-1378
傳真：(03) 318-1378
法律顧問：永然法律事務所 李永然律師
北辰著作權事務所 蕭雄淋律師

行政院新聞局局版台業字第3595號 營利事業統一編號22759935

定價：280元

國家圖書館出版品預行編目資料

清朝的皇帝 / 高陽著. -- 經典新版. -- 臺北市：風雲時代, 2019.11 冊； 公分

ISBN 978-986-352-775-6 (第1冊：平裝). --

863.57 108017678